AF099554

Du même auteur :
Au Nom de l'Harmonie, tome 1 : Zéphyr
Au Nom de l'Harmonie, tome 2 : Miroir
Au Nom de l'Harmonie, tome 3 : Descendance
Au Nom de l'Harmonie, tome 4 : Souffle de Vie Partie 1
Au Nom de l'Harmonie, tome 5 : Souffle de Vie Partie 2

Working Love (série Love #1)
Wacky Love (série Love #2)

mètre cinquante-cinq lui donnait l'impression que tout le monde était trop grand…

Comme Charline s'efforçait d'ignorer Martin, car elle ne savait pas quoi lui dire, il fit quelque chose d'impulsif et d'un peu stupide. Il souleva le costume d'humanoïde dans ses bras. Charline poussa un cri d'effroi.

— Repose-le tout de suite ! hurla-t-elle paniquée. Ça coûte une blinde et on a mis des semaines à le fabriquer…

— Si tu ne me montres pas une preuve que tu as effacé la vidéo, je pars avec ! menaça-t-il.

— Putain, mais qu'est-ce qu'il fait cet abruti ! rugit François qui était resté près de la salle pour surveiller la discussion de loin.

— OK, répondit Charline en levant les mains devant elle pour apaiser Martin. Repose-le, maintenant, s'il te plaît…

Elle fit un signe à François pour qu'il se tienne tranquille et n'intervienne pas. Puis, deux autres cris aigus retentirent et semblèrent attirer l'attention de toute la société. C'était Chloé et Maria qui venaient de voir ce que Martin avait fait.

Voyant que d'autres personnes commençaient à s'agglutiner autour de la porte, Martin se résigna à reposer son fardeau. Il tendit un doigt vers Charline.

— Tu as intérêt à être convaincante, sinon je pars avec ce truc ! la prévint-il.

Elle leva les yeux au ciel, exactement comme le faisait sa cousine Jessica.

— Très bien, suis-moi. Je vais voir ce que je peux faire…, soupira-t-elle.

Une semaine plus tard, l'équipe de Charline avait enfin terminé le costume d'humanoïde. Il ne restait plus qu'à le peindre, la tâche préférée de Charline ! Elle adorait rendre la peau aussi réaliste que possible. Alors qu'elle préparait son matériel, une voix masculine l'interpela.

— Salut Charline ! s'agaça Martin qui se trouvait dans l'encadrement de la porte, les bras croisés sur sa poitrine.

— C'est pas le mec de la vidéo ? ricana François. Il avait l'air tellement flippé ce jour-là, et le stagiaire nous a rabâché cette histoire tous les jours jusqu'à la fin de son stage…

Charline adressa à François un regard sévère qui le fit taire. Sa phrase mourut sur ses lèvres.

— Donc, tu as encore la vidéo ? enchaîna Martin avec une pointe de colère.

— C'était il y a des mois… je l'ai effacée, je t'assure.

Pourtant, Martin toisait Charline avec tellement de colère que François prit la fuite, suivi de près par Maria et Chloé qui avaient observé la scène sans un mot.

— Je veux une preuve ! Et ce qui m'énerve encore plus, c'est d'apprendre que tu l'as montrée à tout le monde ici !

— Pas tout le monde, répliqua Charline d'une petite voix. Juste quelques employés…

Martin plissa les yeux et attendit la suite. Charline qui avait perdu de sa superbe - à noter que cela ne lui arrivait presque jamais - se mit à ranger quelques affaires pour se donner une contenance. Martin s'approcha d'elle pour tenter de l'intimider un peu plus. Il fallait dire qu'il était beaucoup plus grand que Charline. De toute façon, son

— C'est ma femme qui les a faits, répondit fièrement Tony, un quadragénaire dynamique.

Charline lui adressa un clin d'œil puis reporta son attention sur Tom.

— OK, je vais l'appeler. De toute façon, on a du retard sur le diplo.

Elle se remit sur ses deux pieds pour rejoindre son bureau, situé au rez-de-chaussée, juste à côté de son atelier. Il y avait des caméras qui donnaient dessus pour vérifier l'avancement de son équipe et éviter de les faire attendre, lorsqu'ils avaient besoin d'elle. Ça lui permettait de mieux gérer son temps, entre la paperasse et les tâches manuelles.

D'ailleurs, Chloé, son assistante personnelle, était naturellement douée pour aider Charline à gérer son studio. Du coup, elle envisageait de lui proposer une promotion depuis plusieurs mois. Mais les derniers événements lui avaient fait un peu redouter son choix. Si Charline nommait Chloé comme son bras droit, elle n'avait pas intérêt à lui faire de la peine, et ça semblait un peu mal parti…

Durant le reste de la journée, Charline contacta le réalisateur qui lui avait confié son projet et répondit aux dix autres qui la démarchaient. Contente d'avoir autant de succès après dix années à ramer comme une malade, avec moins de cinq employés, et à appeler tous les réalisateurs du pays en se faisant rire au nez dans le meilleur des cas, elle lâcha un soupir de joie et de contentement. Comme quoi, tout finissait par arriver un jour.

Charline ne gérait pas moins d'une cinquantaine d'employés et ils la respectaient tous. Chose assez rare à l'égard d'une directrice, ou d'un directeur d'ailleurs.

— Salut, les gars ! cria-t-elle à la cantonade en atteignant la dernière marche des escaliers.

— Charline ! répondirent en chœur les dix hommes autour d'elle.

Elle avait bien tenté d'embaucher autant d'hommes que de femmes, mais hélas, elle n'avait trouvé aucun profil féminin intéressant…

Plusieurs de ses employés s'agglutinèrent autour d'elle pour lui proposer tout un tas de cochonneries à grignoter.

— Un croissant ?

— Des M&M's ?

— Des macarons ?

Charline ne savait plus où donner de la tête et piocha un peu partout avec des yeux brillants de gourmandise, avant de reprendre son sérieux.

— Bon, alors dites-moi, comment ça se présente de votre côté ?

— Eh bien… le client ne sait pas ce qu'il veut. On lui a déjà envoyé une dizaine de simulations et il n'y a rien qui lui plaît. En plus, il est un peu contradictoire dans ses demandes, expliqua Tom, le responsable du service.

Charline s'assit sur le coin d'un bureau et mordit dans un macaron à la framboise tout en réfléchissant.

— La vache ! Ils sont délicieux, lâcha-t-elle la bouche pleine. Ils viennent d'où ?

lorsqu'il faudrait peindre leur œuvre. En revanche, celle de François était presque terminée. Il s'occupait des parties motorisées et de la structure.

Charline les laissa œuvrer pour rendre visite à ses autres équipes. L'une d'elles s'activait sur une énorme tête de diplodocus. Chaque groupe travaillait en autonomie et était composé de plusieurs personnes avec des compétences différentes. Du coup, tous les matins, elle faisait le tour pour voir si tout se passait bien.

— Salut, boss ! l'interpela Jimmy, un grand blond plutôt maigre qui buvait deux litres de café par jour.

Il était toujours le premier de son équipe à arriver. Les autres le rejoindraient dans une bonne vingtaine de minutes. Charline était plutôt cool pour les horaires tant que tout le monde faisait son travail, mais effectuer 7h par jour, c'était quand même un minimum.

Pendant que Jimmy savourait sa première tasse de café de la journée, Charline lui adressa un sourire poli et s'approcha.

— Comment ça va ? Vous serez prêts à temps ?

Jimmy lui fit une sorte d'exposé sur tout ce qu'il restait à faire, avec les problèmes rencontrés et les nouveaux temps de réalisation.

— Ça va être juste, répliqua Charline en grimaçant. Je vais appeler le réalisateur pour lui demander un délai.

Jimmy acquiesça et Charline rendit visite aux deux autres équipes d'effets spéciaux, où tout se passait bien, avant de rejoindre les bureaux des ingénieurs 3D situés sur une mezzanine à l'étage.

les effets spéciaux, on avait souvent affaire à des artistes parfois extravagants. D'ailleurs, il arrivait à Charline de se demander ce que Chloé faisait ici. Et à chaque fois, elle proposait une solution brillante à un de leurs problèmes, puis Charline oubliait qu'elle avait douté de son employée.

— Salut Charline, la salua timidement Chloé.

Charline hésita juste assez pour que les deux autres les observent bizarrement.

— Salut Chloé. J'espère que tu es bien rentrée hier soir, continua Charline avec chaleur pour dissiper toutes craintes à son égard.

— Oui, merci.

Chloé se détourna ensuite pour dissimuler sa gêne. Elle rejoignit Maria pour l'aider. Voyant que l'ambiance était inhabituelle, François s'approcha de Charline d'un air de conspirateur.

— Il s'est passé quelque chose hier soir, après notre départ ?

— Pas du tout ! nia Charline, un peu trop vivement.

Et François n'en crut pas un mot. Pourtant, Chloé avait toujours été irréprochable et Charline n'avait jamais montré de malaise avec qui que ce soit, ce qui était encore plus étrange.

Après ce léger incident du matin, la journée se passa normalement. Charline donna quelques instructions à Maria pour habiller le costume d'humanoïde avec des matières souples et solides qui rappelaient la texture d'un corps. En général, c'était pas mal de moulages et de temps de séchage. La partie de Charline interviendrait après,

Le lendemain matin, lorsque Charline retourna à l'entrepôt d'effets spéciaux, elle était un peu stressée. Finalement, les avances de Chloé allaient peut-être créer un léger malaise… Mais ce n'était pas ce qu'elle voulait.

Comme d'habitude, elle entra d'un pas énergique en distribuant des saluts enthousiastes à tous ceux qui croisaient son chemin. Lorsqu'elle entra dans la salle dédiée à l'humanoïde, François, un geek plutôt cool avec une allure de gros nounours, lui tendit un mug de café. Il la connaissait bien.

— Salut Boss, l'accueillit-il avec un sourire chaleureux.

— Merci, François, répliqua Charline avec bonne humeur.

Elle but une gorgée du liquide brûlant avant de se tourner vers Marie qui s'activait déjà à préparer les matériaux nécessaires à la confection du corps du costume. Cette dernière s'arrêta quelques secondes pour saluer sa patronne, puis retourna à sa tâche. Comme à son habitude, elle portait un pantalon noir avec quelques ficelles çà et là, une chemise à carreaux rouge et de fausses dents de vampire. Un délire qui lui prenait de temps en temps. Sa longue tresse d'un roux flamboyant reposait sur une de ses épaules, et en plus de son look particulier, Maria était couverte de tatouages. Sa silhouette était imposante et son énorme paire de seins faisait loucher pratiquement tous les hommes.

Il était vrai que de ses trois employés, Chloé était la plus conventionnelle. En même temps, lorsqu'on travaillait dans et ses yeux d'un bleu perçant avaient toujours attiré un paquet de monde. Peut-être aussi sa personnalité déjantée. Sans oublier le fait qu'elle soit brillante, ce qui ajoutait forcément à son charme.

Comme il se faisait tard et qu'elle était seule, elle finit par rentrer chez elle. Souvent, elle restait un peu et dansait sur la piste de danse avec quelques habitués. Mais, ce soir, elle était fatiguée. En fait, ce qui venait de se passer avec Chloé l'avait un peu chamboulée. Ce n'était pas la première fois qu'une personne de son travail la draguait, mais une fille comme Chloé, discrète, sérieuse et réservée, c'était une première. En général, elle attirait des personnes un peu comme elle, plutôt insouciantes et volages. Des personnes qui ne recherchaient pas une relation sérieuse, comme semblait le vouloir Chloé.

Ce soir-là, lorsque Charline s'allongea dans son lit, ses pensées furent saturées d'images de Chloé. Elle aimait autant les femmes que les hommes. Certaines personnes ne comprenaient pas et pensaient que c'était une lesbienne qui ne s'assumait pas lorsqu'elle sortait avec un homme. Pourtant, Charline n'aimait pas simplement l'apparence physique de quelqu'un, elle l'aimait pour son âme. C'était un tout qui l'attirait et lui faisait ressentir des émotions plus ou moins fortes. Parfois, on lui demandait si elle préférait sortir avec un homme ou une femme et elle était toujours incapable de répondre. Certes, quelques parties de leur corps étaient différentes mais, pour Charline, c'était un détail et cela ne l'empêchait pas de passer d'inoubliables moments coquins, quel que soit le sexe de ses partenaires.

— Avec un verre de bière ? s'étonna Charline qui était toujours sobre après son mojito.

La faute à sa cousine avec qui elle avait pris de bonnes cuites par le passé. Mais bon… ce soir, ils avaient bien mangé avant de boire de l'alcool.

— Oui, je ne tiens pas l'alcool, continua timidement Chloé. Ça me fait souvent dire n'importe quoi. D'ailleurs… est-ce que tu veux que je te raccompagne ?

Charline cilla. Elle dévisagea son assistante avec incrédulité. Elle qui était toujours d'un professionnalisme à toute épreuve, ça ne lui ressemblait pas d'agir de cette façon.

— Est-ce que tu es en train de me draguer ? répliqua Charline, se sentant plutôt flattée.

— Non ! s'affola Chloé. Enfin… je sais que c'est un peu déplacé, mais…

Charline posa sa main sur celle tremblante de Chloé pour la rassurer.

— T'es une belle fille, Chloé, mais je ne pense pas que ça colle entre nous. Ne t'en fais pas, je n'en parlerai pas aux autres et il n'y aura pas de malaise entre nous.

Chloé fit la moue et baissa les yeux sur son verre vide, tandis que Charline relâchait sa main.

— Très bien… je vais rentrer aussi, alors…

Elle se dépêcha de récupérer ses affaires pour s'enfuir le plus vite possible, adressant juste un petit signe de tête à Charline avant de partir.

Ce genre de situation était monnaie courante pour Charline. Elle était loin d'avoir une taille mannequin comme sa cousine, mais sa poitrine imposante, ses fesses rebondies fallait se montrer inaccessible et si Jessica rapportait à Lisandro qu'elle s'intéressait à lui, ce serait foutu !

Elle prit donc son mal en patience et se concentra sur son travail. En même temps, ce nouveau projet était tellement passionnant que ce ne fut pas très difficile.

À la fin de la journée, elle avait presque bouclé la première étape. La structure était désormais terminée et son équipe pourrait bientôt s'attaquer au corps. D'ailleurs, ils étaient si enthousiastes que Charline leur proposa d'aller boire un verre pour continuer à discuter de tout ça de façon décontractée. Non pas que l'ambiance soit plus sérieuse au boulot, mais c'était agréable de faire des réunions dans un pub. Le management à la Charline quoi. Et tout le monde en était ravi.

Vers 22h, la plupart des membres de son équipe s'en allèrent. Seule Chloé, pourtant la plus sérieuse de ses employés, resta avec elle. Elle ne semblait d'ailleurs pas vouloir partir, ce qui était inhabituel. C'était une fille discrète qui bossait avec efficacité. Une grande brune aux lunettes dorées avec de grands yeux marron. Rarement maquillée, elle dégageait quelque chose de naturel. De plus, elle avait souvent de bonnes idées à soumettre à Charline quand elle lui demandait son avis. Oui, cette fille était vraiment un bon élément. C'était d'ailleurs pour ça qu'elle l'avait choisie pour être son assistante.

Chloé fit tourner sa paille dans son verre en regardant Charline bizarrement. Elle lui adressa même un sourire embarrassé.

— Je crois que j'ai un peu trop bu, rigola-t-elle.

Olivia Sunway

ISBN : 9782490913152
Dépôt légal : mai 2022
Imprimé par BoD
© Temporelles 2022
Temporelles
52 rue Louis Baudoin
91100 Corbeil Essonnes

— Détendez-vous, j'ai déjà effacé la vidéo, lâcha Charline avec une pointe d'humour dans la voix.

— Tu aurais pu me le dire, bougonna Jessica.

— Pourquoi ? Tu aurais rompu avec lui ? questionna Charline, consciente qu'elle mettait peut-être le bazar dans leur couple.

— Elle dit n'importe quoi ! répliqua Jessica en s'adressant à Martin.

— Charline, reprit Martin. J'espère que tu dis la vérité, parce que si jamais tu t'avises de publier cette vidéo, je te jure que je ne laisserai pas passer.

Charline ne put s'empêcher de rire.

— Écoute, si j'avais vraiment l'intention de m'en servir, je l'aurais déjà fait, tu ne crois pas ?

— Alors tu m'as baratinée ?! s'insurgea Jessica.

— Vous êtes heureux, maintenant, non ? demanda Charline avec malice. Tu n'as qu'à dire merci.

— Mais… oui. OK. Merci, je suppose, se radoucit Jessica.

Charline pensait que sa cousine aurait été un peu plus énervée, mais sans doute que la présence de Martin l'avait empêchée de lui crier dessus.

— Bon, allez les amoureux, je vous laisse. J'ai du boulot.

Et elle raccrocha avant de demander des nouvelles de Lisandro. Le beau gosse qu'elle avait rencontré lors d'une soirée avec Jessica. Ces deux-là étaient assez proches et sa cousine l'avait mise en garde. Ce mec ne semblait pas prêt à avoir une relation sérieuse, ce qui convenait parfaitement à Charline. Sauf que le truc avec ce genre de gars, c'est qu'il

Chapitre 1

Lorsque Charline arriva à son studio d'effets spéciaux, elle se précipita vers sa dernière création : un costume d'humanoïde inspiré d'Alien. Autant dire que pour cette commande d'un gros studio américain, elle réalisait son rêve. Il fallait qu'il soit parfait !

Son téléphone vibra dans sa poche puis la sonnerie de Star Wars monta crescendo pour faire un véritable boucan. Tout le monde la regarda en lui adressant un signe de main pour la saluer.

— Jessica ! s'exclama Charline en décrochant.

Cela faisait six mois que Jessica et Martin sortaient ensemble. Un véritable exploit pour la cousine de Charline, surnommée à raison de garce sans cœur par la plupart de ses collègues. Sa réputation se tassait doucement depuis que tout le monde avait compris qu'elle s'était enfin rangée. Même son ex, Kevin, avait accepté l'idée de la laisser partir.

Au début de leur relation, Charline avait fait une mauvaise blague à Martin et l'avait filmé pour le ridiculiser. Elle avait même taquiné Jessica en lui assurant qu'elle effacerait la vidéo le jour où ils fêteraient leurs six mois.

— Ça fait six mois aujourd'hui que je sors avec Martin, répliqua Jessica. Il a compté les jours et il m'a forcée à t'appeler. Tu es sur haut-parleur, Charline.

— Salut, Martin, soupira Charline.

Elle aussi avait compté les jours.

— Salut, lança-t-il nerveusement.

Charline entraîna Martin vers son bureau sous les regards curieux de ses employés.

— Le spectacle est terminé, retournez bosser ! lança-t-elle à la cantonade.

Et tout le monde se dispersa, leur laissant un peu d'intimité. Enfin…

— Tu aurais pu prévenir que tu passais, grinça Charline, contrariée.

Martin ne répondit pas, se contentant de la regarder appeler le service informatique pour lui demander un rapport des fichiers supprimés définitivement. Elle ne savait pas trop si ça conviendrait à Martin, mais c'était tout ce qu'elle avait.

— La preuve arrivera dans une bonne heure. Tu peux rester si tu veux, mais je dois terminer de peindre la chose que tu as failli détruire tout à l'heure.

— Dans ce cas, je te suis, répliqua Martin qui n'avait pas l'intention de quitter Charline avant d'avoir la preuve qu'il avait demandée.

Pendant les deux heures qui suivirent, Charline travailla avec concentration et calme, en véritable harmonie avec les trois autres membres de son équipe, ce qui fascina littéralement Martin. La cousine de Jessica était tellement extravagante et pleine d'énergie qu'il n'aurait jamais pensé la voir si calme un jour.

Plus les minutes passaient, plus le costume prenait forme. C'en était déstabilisant. Martin était tellement absorbé par le savoir-faire de Charline, qu'il sursauta lorsque quelqu'un toqua à la porte, puis entra brusquement.

— J'ai ton rapport de suppression, Boss ! s'exclama Patrice, un jeune homme athlétique avec des cheveux châtain clair.

— Donne-le à Martin, ordonna Charline d'une voix un peu absente, tellement elle était concentrée.

— C'est moi, intervint l'intéressé.

Il feuilleta le rapport avec une certaine frénésie, puis s'arrêta sur une page pour la lire avec attention. Une vidéo nommée "vengeance de Jessica" avait été supprimée le jour où sa relation avec Jessica avait atteint les six mois. Elle n'avait donc pas menti…

— Satisfait ? demanda Charline au bout d'un moment.

Martin releva la tête pour croiser son regard, sans tenir compte des autres personnes dans la pièce.

— Oui, merci…

Il se sentait un peu gêné tout à coup. Pourtant, il ne dit rien de plus et quitta le studio de Charline.

Chapitre 2

Lisandro commença sa journée comme d'habitude. Il éteignit son réveil qui bipait sur sa table de nuit, et secoua la fille qui dormait à côté de lui.

— C'est l'heure, tu dois partir, bredouilla-t-il d'une voix pâteuse.

— Quoi ? gémit la fille, à moitié réveillée.

Lisandro ne connaissait même pas son nom… mais, souvent, lorsqu'il avait envie de s'envoyer en l'air, il allait boire un verre dans son pub préféré et draguait une nana à son goût sur la piste de danse. Son taux d'échec était plutôt faible. Proche de zéro, même.

Comme la fille semblait s'être rendormie, il la secoua un peu plus fort. Puis, il se leva en tirant toute la couette pour la découvrir. Elle était complètement nue, tout comme lui, et son corps était magnifique. Son membre, toujours dressé au réveil, se mit à palpiter douloureusement. S'il avait eu le temps, il se serait bien laissé tenter une nouvelle fois, mais il avait son rendez-vous quotidien du lundi, à 7h précise, et il ne pouvait ni annuler ni se permettre d'arriver en retard.

— Encore cinq minutes…, râla la fille en tâtonnant maladroitement sur le matelas d'une main pour récupérer la couette.

— Debout ! Tu as dix minutes pour t'habiller ou je te fous dehors à poil.

La tête brune se redressa brusquement pour le fusiller du regard.

— T'es un vrai connard…

— Il paraît, oui…, concéda Lisandro en attrapant quelques affaires.

Il se dirigea vers la salle de bain pour prendre une douche. Lorsqu'il en ressortit, il n'y avait plus aucune trace de sa conquête de la nuit. Et c'était tant mieux ! Il enfila une belle chemise noire ainsi qu'un pantalon beige qui lui donnaient une allure sophistiquée.

Lisandro avait fait l'acquisition d'une chocolaterie, deux ans plus tôt, qui commençait tout juste à fonctionner. Un soir où il était parti boire un verre dans son pub préféré, pour trouver une nouvelle conquête, il était tombé sur Jimmy, un jeune étudiant un peu perdu. À l'époque, Jimmy venait d'obtenir son diplôme de pâtissier et terminait sa spécialisation en chocolaterie. Il parlait des chocolats avec une telle passion qu'une idée avait germé dans l'esprit de Lisandro. Une idée un peu folle à vrai dire.

Les jours qui avaient suivi, il avait lancé une étude de marché, puis s'était renseigné sur la faisabilité du projet ainsi que sur le meilleur endroit pour l'implanter. Lorsque tout avait été en place, il avait investi ses maigres économies et emprunté une grosse somme d'argent pour ouvrir une chocolaterie indépendante avec Jimmy comme créateur. C'était un pari risqué, mais Lisandro avait senti quelque chose d'unique chez ce jeune. Surtout lorsqu'il avait goûté ses créations. Et il ne s'était pas trompé.

Aujourd'hui, Lisandro pouvait enfin s'offrir le véhicule de ses rêves, une Audi TT couleur jaune moutarde. Il l'avait depuis moins d'une semaine et il sentait que Jessica allait être folle de cette voiture, elle qui adorait les belles choses.

Lisandro prit donc sa nouvelle voiture pour se rendre à sa chocolaterie et découvrir les nouveautés de la semaine. Jimmy était toujours très discret sur ses créations et ne dévoilait pratiquement jamais ses ingrédients, mais Lisandro avait appris à en deviner quelques-uns au fil du temps.

Il gara son Audi tape-à-l'œil devant l'enseigne bleue, épurée, qu'il avait créée. Lorsqu'il sortit de son véhicule, les quelques passants présents le dévisagèrent ostensiblement, ce qui gonfla un peu trop son égo. Il sourit à la vieille dame qui passait à côté de lui au moment où il entrait dans le magasin. Il n'était pas encore ouvert au public et les lumières étaient encore éteintes. Il ouvrit la porte de service, juste à côté de la boutique qui menait directement au labo de Jimmy. Il ne fallut que quelques secondes à ce dernier pour venir à sa rencontre et le saluer avec excitation.

— Je t'ai préparé un truc délicieux ! Une recette que j'ai revisitée, tu m'en diras des nouvelles !

Lisandro se réjouit et le suivit avec enthousiasme jusqu'au plan de travail. Si un jour on lui avait dit qu'il adorerait déguster et donner son avis sur des chocolats, il n'y aurait pas cru. Son truc, c'était plutôt le sport et les jolies filles mais, maintenant qu'il avait découvert les délicieuses recettes de son chocolatier, il ne pouvait plus s'en passer. D'ailleurs, chaque lundi, il rejoignait Jimmy avec impatience.

Ce dernier était complètement euphorique.

— Calme-toi, rigola Lisandro en découvrant tout un tas de petits oursons en guimauve trop mignons.

— Tadam ! s'exclama Jimmy. Ne te fie pas à l'extérieur, goûte !

Lisandro s'exécuta et en enfourna un dans sa bouche. Un goût intense de menthe explosa sur sa langue et se mêla au nappage de chocolat noir qui enrobait l'ourson.

— Putain ! Je crois que je n'ai jamais mangé des oursons aussi bons.

— N'est-ce pas ? se réjouit Jimmy. Essaye celui-là maintenant.

Lisandro ne se fit pas prier et mangea le second. Une douce texture de fibre de coco croqua sous ses dents et le goût de la noix de coco se mélangea au nappage chocolat au lait. Le dernier ourson était blanc avec une mousse de framboise à l'intérieur.

— Tout simplement délicieux, lâcha Lisandro en gobant deux autres oursons.

Jimmy affichait un sourire jusqu'aux oreilles en regardant son patron et ami se goinfrer de ses nouvelles créations.

— Je suppose que tu valides ?

— Bien sûr ! D'ailleurs, est-ce que j'ai encore besoin de valider quoi que ce soit ? Depuis le début, tu fais un sans-faute. J'ai vraiment eu du nez quand je t'ai embauché.

Pour toute réponse, Jimmy sourit de plus belle, fier de son travail.

— Tu peux me préparer une boîte ? reprit Lisandro

Son chocolatier acquiesça. Puis la porte s'ouvrit de nouveau et Max les rejoignit pour admirer le travail de son collègue.

— Salut les jeunes, dit-il de sa voix grave et rocailleuse de fumeur.

Max était un ex-taulard qui s'était fait coffrer pour vente de drogue. Avant, il dealait du cannabis et faisait même de la culture illégale. Après sa peine de prison, il avait opté pour une autre sorte de drogue. Une légale. Il avait surtout vécu l'enfer en prison et il ne voulait pas y retourner. En plus, il adorait le chocolat.

Max avait la cinquantaine, une petite barbe et des cheveux courts grisonnants. Il arborait le look typique des bikers. Mais, s'il avait l'air bourru au premier abord, il accueillait les clients avec un sourire chaleureux et faisait son possible pour les chouchouter. D'ailleurs, Lisandro avait dû insister pour qu'il adopte une tenue plus sophistiquée pour travailler. Il avait donc troqué ses pantalons et vestes en cuir pour des jeans noirs et chemises blanches. Et ça lui allait plutôt bien.

Lisandro avait longtemps hésité avant d'embaucher Max, car il craignait que son passé n'entache la réputation de sa boutique. Pourtant, il lui avait quand même laissé une chance et avait été agréablement surpris de le voir à l'œuvre.

Au début, c'était Lisandro qui assurait toute la partie vente et il s'était donné à fond pendant plus d'un an. Cela l'avait épuisé et il avait voulu abandonner plus d'une fois. Mais, aujourd'hui, alors que sa boutique commençait vraiment à décoller, il était fier d'avoir tenu le rythme et il pouvait enfin souffler un peu.

Lisandro récupéra la boîte d'oursons tricolores que Jimmy lui avait préparée.

— Soyez sages, les enfants, dit-il en se dirigeant vers la sortie.

— Compte sur nous, patron ! répondirent-ils en chœur avec une pointe d'humour.

Lisandro avait toute confiance en Max pour gérer sa boutique et en Jimmy pour préparer un stock suffisant pour la journée.

Une fois sur le trottoir, il s'empressa de reprendre sa voiture pour rejoindre Jessica qui travaillait à seulement quelques kilomètres d'ici.

Comme il connaissait Christian, le PDG et patron de Jessica, Lisandro entra dans le parking privé de l'entreprise. Sa voiture faisait un ronronnement qui fit tourner quelques têtes alors qu'il se garait. La couleur criarde y était sûrement pour quelque chose aussi…

Lorsqu'il sortit de son véhicule, il salua les quelques ouvriers qui fumaient devant le bâtiment et fonça droit vers le bureau de Jessica avec sa boîte de chocolats à la main.

— Salut, miss cinglée ! s'exclama Lisandro en entrant énergiquement dans le bureau.

Martin sursauta, tandis que Jessica lui adressait un sourire chaleureux.

— Tiens, ça faisait longtemps, se réjouit-elle.

— On travaille, là ! bougonna Martin qui avait toujours du mal à supporter Lisandro.

— C'est l'heure de la pause et je t'ai apporté un cadeau, Jess, ajouta Lisandro avec un petit clin d'œil.

Martin prit sur lui pour ne pas lui sauter à la gorge. D'ailleurs, Jessica parut s'en apercevoir, car elle se leva pour le rejoindre. Ses talons aiguilles martelèrent le sol à mesure qu'elle s'approchait de son petit ami. Elle caressa son épaule avec affection et déposa un doux baiser sur sa tempe.

— Arrête d'être si jaloux, Lisandro est juste un ami, ajouta-t-elle.

Pour Martin, c'était l'humiliation totale. Déjà qu'il n'aimait pas ce type, maintenant il était au courant qu'il se sentait menacé par sa présence…

Génial !

— C'est bon, va te goinfrer de chocolats avec lui, j'ai des choses à terminer de toute façon, bougonna Martin, sans même relever les yeux vers Jessica qui continuait ses douces caresses sur son épaule et son biceps.

— OK ! s'écria Jessica en se précipitant vers Lisandro pour lui prendre la boîte des mains. Alors, qu'est-ce que c'est, cette fois ?

Elle souleva le couvercle avec impatience.

— Des nounours en guimauve ! s'écria-t-elle avec joie sous le regard appréciateur de Lisandro.

Il avait l'air content de son petit effet et Martin retint un grognement. Il détestait que Lisandro rende Jessica si heureuse avec de simples chocolats…

— Je savais que ça te plairait, lâcha Lisandro en entraînant Jessica avec lui, hors du bureau.

Martin se sentit seul, tout d'un coup, et il se promit de faire un superbe cadeau à Jessica. Un qu'elle n'oublierait pas. Depuis qu'ils étaient ensemble, il avait vraiment peur de la perdre. La phobie de l'engagement de Jessica avait toujours fait redouter le pire à Martin. Chaque matin, lorsqu'il se réveillait à ses côtés, il était soulagé qu'elle n'ait pas pris la fuite durant la nuit. Parce que c'était bien le genre de Jessica de faire un truc pareil…

Arrivée dans la salle de pause, Jessica déposa la boîte de chocolats sur une table. Elle l'ouvrit et attrapa un des nounours les plus foncés entre ses doigts. Pendant qu'elle observait ses friandises, Lisandro fit couler deux cafés.

— Au fait, tu ne m'as jamais dit où tu achètes tous ces délicieux chocolats ? Il n'y a même pas de marque sur la boîte…

Jessica croqua dans la guimauve à la menthe et poussa un gémissement. Certains appelaient ça l'orgasme du chocolat. D'ailleurs, ça lui arrivait souvent. Ce n'était pas la première fois que Lisandro constatait ce phénomène en regardant Jessica manger une de ses confiseries.

— Parce que c'est un secret…, répondit Lisandro un peu mal à l'aise.

Ce qui ne lui arrivait que très rarement.

— Oh mon Dieu ! gémit encore Jessica lorsqu'elle goûta le second parfum. Ils sont divins…

Elle en piocha un troisième avant de reporter son attention sur Lisandro.

— Comment ça : un secret ? Je croyais qu'on n'avait aucun secret l'un pour l'autre, dit-elle, suspicieuse.

— J'ai acheté une nouvelle voiture, enchaîna Lisandro pour détourner son attention. Elle est sur le parking.

Il tendit un des gobelets de café à Jessica. Elle mit quelques secondes à réagir, puis finit par le prendre. Une gorgée du liquide brûlant lui remit les idées en place.

— Ne crois pas que tu vas réussir à esquiver ma question, le prévint-elle en le fusillant du regard. Allons voir cette nouvelle voiture, avant que je te cuisine pour te soutirer des réponses.

Lisandro rigola et Jessica récupéra sa boîte de chocolats. Elle la serra contre elle comme un précieux trésor en suivant Lisandro jusqu'au parking.

Comme elle connaissait les voitures de chaque employé qui travaillait ici, il ne lui fallut pas longtemps pour trouver celle de Lisandro. D'autant plus avec la couleur qu'il avait choisie.

— Oh mon Dieu ! s'écria-t-elle outrée. Mais qu'est-ce que tu as fait ?! Pourquoi cette couleur de vieille crotte séchée ?

Lisandro pinça les lèvres, vexé.

— Ça s'appelle couleur moutarde et je l'adore. Maintenant, rends-moi les chocolats. Tu ne les mérites pas !

— Hors de question ! s'insurgea-t-elle en fourrant les deux derniers dans sa bouche.

Le mélange de framboise et de noix de coco en fut surprenant.

— Je croyais que tu faisais attention à ta ligne ? la taquina Lisandro, juste pour l'énerver.

— Qu'est-ce que tu insinues ? demanda Jessica, suspicieuse. Tu trouves que j'ai grossi ?

Lisandro soupira, car il ne voulait pas se fâcher avec elle. Il remarqua ensuite les employés qui fumaient près de l'entrée et qui les observaient avec insistance. Ils étaient sûrement en train d'inventer n'importe quoi sur eux…

— Mais au fait, tu fais quoi comme métier pour te payer une Audi TT neuve ?

— Elle n'est pas neuve, répliqua Lisandro.

Jessica leva les yeux au ciel.

— Ne joue pas sur les mots ! Et réponds à ma question.

Lisandro prit une grande inspiration. Il ne savait pas très bien pourquoi cela le stressait… Enfin, si, il avait peur qu'avouer à Jessica qu'il tenait une chocolaterie le rende un peu ridicule à ses yeux.

— Ça aussi, c'est un secret.

Jessica croisa les bras sur sa poitrine et le foudroya du regard. Elle n'eut pas besoin de dire quoi que ce soit, car Lisandro connaissait cette expression. S'il ne répondait pas à ses questions immédiatement, il déclencherait les foudres de son amie. Et mieux valait ne pas se trouver dans les parages lorsque cela arrivait…

Si Jessica était gentille avec lui, c'était aussi une vraie furie par moment. Parfois, elle le faisait un peu flipper et il se demandait comment Martin arrivait à la gérer.

— Monte, capitula Lisandro. Je vais tout te raconter, mais je préfère que personne ne nous observe.

Il désigna les fumeurs à quelques pas et Jessica s'exécuta, sans se départir de sa mine contrariée.

Une fois dans l'habitacle, le silence s'éternisa et Lisandro se sentit obligé de dire quelque chose.

— Je n'osais pas te le dire, mais… j'ai investi dans une chocolaterie, il y a deux ans. Elle commence tout juste à décoller.

Contrairement à d'habitude, sa voix était fébrile et manquait d'assurance, ce qui surprit Jessica.

— C'est toi qui fais les chocolats ? demanda Jessica en le fixant avec incrédulité.

— Non, c'est Jimmy. Je l'ai embauché pour qu'il crée les chocolats. Il a beaucoup de talent.

— Je veux le rencontrer ! s'exclama Jessica avec des étoiles plein les yeux.

— Je te donnerai un ticket en or pour que tu puisses faire la visite, plaisanta Lisandro.

Comme Jessica continuait de le fixer en attendant la suite, il se sentit obligé de préciser.

— Tu n'as jamais vu Charlie et la chocolaterie ?

— Heu… non, c'est quoi ?

— Rien, laisse tomber…

Il démarra la voiture et le moteur fit un ronronnement caractéristique qui plut tout de suite à Jessica.

— Je déteste vraiment la couleur de cette voiture, mais je dois reconnaître qu'elle fait un bruit très agréable, dit Jessica en admirant l'habitacle.

— Tu veux y aller maintenant ? Comme ça, on fait d'une pierre, deux coups. Je te fais essayer la voiture et tu rencontres Jimmy.

Jessica acquiesça avec enthousiasme, sans même se soucier d'abandonner son poste sans prévenir qui que ce soit. Elle n'avait même pas pris son portable…

La conduite de Lisandro était un peu brusque et il accélérait dès qu'il en avait l'occasion, clouant Jessica contre son siège à plusieurs reprises.

— Ne roule pas si vite ! J'ai l'impression de ne pas être attachée…

Pour toute réponse, il rigola.

— Pourquoi tu veux rencontrer Jimmy, au fait ? enchaîna Lisandro.

Jessica lui jeta un coup d'œil puis fit la moue.

— Tu sais que j'adore le chocolat et c'est mon rêve de rencontrer un chocolatier. En plus, je suis totalement fan de son travail, tu m'as fait goûter toutes ses créations…

Elle paraissait en totale admiration, ce qui surprit un peu Lisandro.

— Si j'avais su, je te l'aurais présenté à notre premier rendez-vous et c'est avec moi que tu sortirais à l'heure actuelle…, répliqua-t-il avec amertume.

Jessica croisa les bras sur sa poitrine pour le fusiller du regard, puis se cramponna de nouveau à la poignée de la porte quand Lisandro accéléra brusquement. Elle se concentra pour ne pas lâcher un petit cri pathétique. Si Jessica aimait les belles voitures ainsi que le bruit de leur moteur, elle n'était pas fan de la vitesse. C'était assez paradoxal, d'ailleurs…

— Je croyais que tu préférais Charline…, couina-t-elle en plissant les yeux pour ne pas regarder la route.

Enfin, Lisandro ralentit et se gara devant une boutique à l'enseigne bleue. Jessica relâcha l'air qui s'était bloqué dans ses poumons. Le temps qu'elle reprenne ses esprits, il était sorti et avait fait le tour du véhicule pour lui ouvrir la portière.

— C'est exact. J'ai un gros faible pour ta cousine, répondit-il en regardant Jessica sortir de l'Audi TT. D'ailleurs, quand est-ce que tu nous arranges un rendez-vous ? Il me semble que j'ai gagné le droit de coucher avec elle lorsqu'on était à la Qlimax.

— C'est vrai. Il faudra que je lui en parle mais, tu sais, Charline n'est pas une fille facile. Je ne te promets rien.

En effet, Lisandro et Charline avaient fait connaissance lors d'un festival de hardstyle. Ils s'étaient tout de suite bien entendus et n'avaient pas arrêté de chahuter ensemble. À tel point que Jessica avait proposé à Lisandro de coucher avec Charline s'il l'aidait à sortir avec Martin. Ce qu'il avait accepté, malgré les fausses protestations de Charline.

Ils marchèrent jusqu'à l'entrée de la chocolaterie. Lorsque la porte s'ouvrit, une clochette retentit pour annoncer leur arrivée.

— J'ai failli me faire casser le nez pour toi, alors tu as intérêt à faire un effort pour Charline, Miss cinglée.

C'était vrai, Lisandro avait tout fait pour aider Jessica dans sa relation avec Martin. Ces deux-là avaient un gros problème de communication. Au début, il avait un peu flashé sur Jessica, mais lorsqu'il les avait vus ensemble, il avait compris qu'il n'avait aucune chance. De plus, à force de discuter avec Jessica, il avait commencé à la voir comme une véritable amie et il avait voulu l'aider avec Martin, car il savait que c'était un mec bien, comparé à lui… Mais qu'il fallait le pousser dans ses retranchements pour le faire réagir. Toutefois, il comprenait que ce dernier ne l'appréciait pas et qu'il avait sans doute gâché leur début d'amitié.

Chapitre 3

— Déjà de retour, Patron ? les accueillit Max avec une pointe d'humour.

Jessica se tourna vers Lisandro, incrédule.

— Waouh ! Tout le monde t'appelle patron, ici ? Je comprends mieux pourquoi tu t'entends si bien avec Christian…

Lisandro fit la moue en la fusillant du regard.

— Ne sois pas condescendante, Miss cinglée. Toi aussi, tu t'entends bien avec Christian. Ce n'est quand même pas de ma faute s'il a déconné à cause de ton ex et qu'il vous a mené la vie dure au début de ton histoire avec Martin.

Jessica pinça les lèvres et croisa le regard de Max qui suivait la conversation en silence. Il ne savait pas qui était cette magnifique blonde aux allures de Barbie, mais elle avait l'air un peu garce sur les bords et assez hautaine.

— Max, je te présente Jessica. Elle adore le chocolat et elle voudrait rencontrer Jimmy.

— Pour le critiquer ? demanda Max, sceptique.

— Mais pas du tout ! s'emporta Jessica. Pour qui est-ce qu'il me prend, celui-là ?!

Elle reporta son attention sur Lisandro qui lâcha un petit rire moqueur.

— Avoue que ton entrée en matière n'était pas très chaleureuse. Je comprends mieux pourquoi tu as cette réputation de garce sans cœur…

Jessica se renfrogna et croisa les bras sur sa poitrine en reportant son attention sur le grand barbu aux allures de biker, malgré ses efforts de présentation.

— Vous êtes quand même magnifique, ajouta ce dernier pour essayer de détendre l'atmosphère.

Lisandro, qui se trouvait derrière Jessica, balaya son cou de sa main avec insistance pour lui faire signe de se taire, car il la connaissait par cœur.

— Comment ça, « quand même » ?! explosa-t-elle, comme la furie qu'elle était.

Trop tard…

Max fut tellement surpris par la réaction de Jessica qu'il ne sut plus ni quoi dire ni faire, tandis que Lisandro se cachait pour masquer son sourire.

Heureusement, Jimmy arriva à cet instant pour venir au secours de Max.

— Nous aurais-tu caché une petite amie ? questionna Jimmy en adressant un grand sourire à Jessica.

Le genre de sourire qui montre clairement qu'on est intéressé. Le fait qu'elle soit plus vieille que lui ne semblait pas le déranger. Pendant un instant, Lisandro regretta d'avoir gardé secrète sa relation avec Jessica. Car s'il avait dit à ses deux employés qu'il l'appréciait, Jimmy ne l'aurait jamais regardée comme il le faisait en ce moment.

— Si seulement…, répliqua Lisandro. Mais elle n'a jamais voulu de moi…

Jessica donna une petite tape sur le bras de Lisandro.

— Arrête… tu préfères ma cousine de toute façon. Donc, c'est vous le chocolatier, enchaîna-t-elle ensuite en s'approchant de Jimmy. J'adore absolument tout ce que vous faites.

On pouvait presque voir des étoiles briller dans ses yeux. Voir Jessica si admirative devant Jimmy contraria légèrement Lisandro. Il ne pensait pas ressentir ça en le lui présentant, mais il était quand même un peu jaloux…

Toutefois, il se garda bien de continuer cette conversation devant ses employés. La situation était déjà bien assez humiliante comme ça.

— Merci, répliqua Jimmy sans se départir de son sourire charmé. Est-ce que vous voulez visiter mon atelier ?

— Oh, oui ! s'écria-t-elle surexcitée.

Jimmy retourna vers la porte du fond tandis que Jessica lui emboîtait le pas. Lisandro leva les yeux au ciel, puis les suivit aussi.

— Si tu comptais sortir avec cette nana, je crois que c'est loupé, glissa Max d'un ton moqueur lorsque Lisandro passa à sa hauteur.

— Elle a déjà quelqu'un, grinça-t-il en passant la porte qui menait au labo.

Max étouffa un petit rire.

Jimmy commença la présentation de son travail avec une telle passion que Jessica buvait ses paroles. Elle était tout simplement fascinée par ce jeune homme qui semblait avoir une imagination et un talent sans limites. Elle adorait les gens compétents. C'était aussi pour ça qu'elle aimait Martin.

Martin…

Elle ne l'avait pas prévenu de son départ. À coup sûr, il allait lui en vouloir. Dans un sursaut, Jessica coupa Jimmy dans son exposé.

— Tu comptes me ramener à quelle heure ? s'affola-t-elle soudain en reportant son attention sur Lisandro.

Puis elle chercha son portable, mais elle se rappela qu'il était resté sur son bureau. Elle n'avait même pas pris son sac à main, alors qu'elle ne sortait jamais sans. Elle allait passer un sale quart d'heure.

— Je sais pas trop, tu semblais complètement subjuguée par mon chocolatier…, grinça Lisandro tandis que Jimmy affichait un sourire flatté.

— Ne dis pas n'importe quoi ! s'emporta Jessica.

Avec empressement, elle agrippa le bras de Lisandro pour le traîner vers la sortie.

— Martin va me tuer…, souffla-t-elle ensuite.

— Martin, c'est son mec ! cria Lisandro à l'attention de Jimmy qui perdit aussitôt son sourire pour laisser place à une expression boudeuse.

— Chut ! s'insurgea Jessica qui aimait toujours flirter malgré sa relation sérieuse avec Martin.

Lisandro se sentait un peu bête d'avoir dit ça. D'autant que Jimmy était largement plus jeune que Jessica et que selon toute vraisemblance, il ne l'intéressait pas…

Ils passèrent devant Max en trombe, qui tenta de les interpeller sans succès, et sortirent du magasin.

— Viiiite ! s'impatienta Jessica en trépignant devant la portière côté conducteur.

— Ça va…, grogna Lisandro en attrapant enfin ses clés.

Une fois l'ouverture centralisée actionnée, ils entrèrent tous deux dans l'habitacle en même temps. Lisandro démarra. Et, bien que cela lui fiche la trouille, Jessica incita son ami à rouler encore plus vite qu'à l'aller, tant elle était angoissée par la réaction de Martin. Elle n'était encore jamais partie sans le prévenir… Mais les chocolats, l'Audi TT et la proposition de Lisandro l'avait totalement fait oublier ses responsabilités.

Une fois la voiture garée sur le parking de son entreprise, Jessica sembla au bord de la syncope.

— Tu n'as pas l'air bien…, s'inquiéta Lisandro en la dévisageant.

Jessica avait les joues rouges, les mains moites, la respiration un peu trop rapide, et le cœur qui battait si vite qu'elle avait du mal à se ressaisir. Comme quelqu'un qui fait une crise d'angoisse, réalisait-elle ensuite. Puis elle jeta un œil à son ami.

— Tu crois qu'il va me quitter parce que je suis partie sans le prévenir ? s'inquiéta-t-elle.

Pour toute réponse, Lisandro éclata de rire.

— Franchement, ça m'étonnerait, Miss cinglée. Ce mec est dingue de toi.

— Mmm, marmonna-t-elle.

Elle n'y croyait qu'à moitié… Elle avait d'autant plus peur, car c'était la première fois qu'un membre du sexe opposé avait le pouvoir de lui briser le cœur.

Elle n'eut pas le temps de réfléchir davantage, car Martin sortit du coin fumeurs pour se diriger droit vers eux et il avait l'air vraiment furax.

Jessica attrapa frénétiquement la poignée de la porte pour sortir du véhicule et se prépara à essuyer sa colère. Contre toute attente, il fonça droit vers la portière côté conducteur, l'ouvrit d'un geste brusque et extirpa violemment Lisandro de l'habitacle. Il le colla contre la voiture en l'agrippant par le col. Martin n'était pas du genre violent mais, cette fois, il ne réussit pas à réfréner ses pulsions. Son poing prit de l'élan et Jessica cria en se précipitant vers eux. Le temps qu'elle fasse le tour du véhicule, Martin avait déjà écrasé son poing sur la mâchoire de Lisandro qui accusait le coup. Tout s'était passé trop vite. Ce dernier n'avait pas eu le temps de réagir et il était un peu sonné à présent.

— T'es dingue ?! s'écria Jessica, ahurie

Martin riva ses yeux sombres sur elle.

— Vous étiez où ? Et qu'est-ce que vous faisiez ensemble alors que tu es censée travailler avec moi ?

— Calme-toi, on a juste fait un tour dans sa chocolaterie…

Martin plissa les yeux, sans réussir à se calmer. Toutefois, il relâcha lentement Lisandro qui affichait désormais un visage fermé et qui tentait de cacher sa douleur. Il avait préféré ne pas riposter par égard pour Jessica, mais cet enfoiré ne l'avait pas loupé.

— C'est quoi ces conneries ?! s'emporta encore Martin.

Il croisa les bras sur sa poitrine en fixant Jessica.

— Eh bien… au départ, on devait juste faire un tour avec sa nouvelle voiture et puis, une chose en entraînant une autre, on a été dans sa boutique et j'ai rencontré son chocolatier. Ensuite, il m'a présenté son atelier et j'ai complètement oublié l'heure…

Martin jeta un œil mauvais vers Lisandro.

— Depuis quand cet abruti possède une chocolaterie ?! Et pourquoi tu ne m'as pas prévenu ? Tu n'as même pas pris ton téléphone…, continua-t-il, dépité.

— Je sais, je suis désolée… Mais tu n'étais pas obligé de frapper Lisandro. Je ne comprends pas pourquoi tu continues à douter de ma fidélité, lâcha Jessica, attristée.

Martin accusa le coup. Il était toujours énervé, mais il s'en voulait aussi d'avoir réagi si vivement, lui qui détestait la violence et encore plus les "combats de coqs". Avec prudence, il s'approcha de Jessica, mais elle l'ignora. Elle ne comprenait pas comment la situation avait pu dégénérer à ce point.

— Tu vas bien ? demanda-t-elle à Lisandro.

Ce dernier toisa Martin quelques secondes avant de reporter son attention sur son amie.

— J'ai connu mieux… Tu vas devoir te faire pardonner, Miss cinglée…

Puis il remonta dans sa voiture et démarra. Il fit un léger signe à Jessica pour la saluer avant de prendre la fuite. Il était vraiment sur les nerfs. En même temps, n'importe qui serait énervé de se faire frapper sans raison.

— Te faire pardonner ?! répéta Martin avec une colère mêlée de dégoût. Et de quelle façon exactement ?

Jessica soupira, malgré l'angoisse qui lui vrillait les entrailles. Puis elle prit conscience que tous les employés qui étaient au coin fumeurs les espionnaient. Certains, qui ne fumaient pas, étaient même sortis exprès pour mieux voir ce qu'il se passait. Ils avaient tout vu et probablement tout entendu. Elle sentit la honte la submerger et attrapa la main de Martin pour l'entraîner avec elle dans leur bureau.

— Qu'est-ce que tu fais ? gronda-t-il en tentant de se dégager, mais elle tint bon.

— Tout le monde nous regarde et cette conversation est privée. Alors, s'il te plaît, suis-moi jusqu'à mon bureau.

Martin se retint de la reprendre sur le fait que c'était leur bureau à tous les deux et non le sien, puis obtempéra malgré sa colère toujours présente. Il ne dit rien, gardant tout de même ses doigts entrelacés à ceux de Jessica. Pourtant, ce contact lui faisait presque mal. Il avait tellement peur qu'elle le trompe avec Lisandro, ou n'importe quel autre abruti dans son genre… Pendant deux heures interminables, ils les avaient imaginés passer à l'acte. C'était pour ça qu'il l'avait frappé, il n'avait pas pu s'en empêcher. Il avait carrément pété les plombs !

D'un pas raide, ils dépassèrent les commères qui faisaient mine de ne pas les voir. Ils traversèrent le grand couloir principal, dépassèrent la salle de pause sans s'adresser un mot, et entrèrent enfin dans leur bureau.

Une fois la porte fermée, Jessica lança les hostilités.

— Est-ce que tu peux m'expliquer, maintenant ? Pourquoi tu l'as frappé ? En six mois, est-ce que je t'ai déjà fait douter de ma relation amicale avec Lisandro ou de ma fidélité ?

— Il te drague depuis le premier jour ! s'emporta Martin. Comment tu réagirais si Stessie était ma meilleure amie et que je disparaissais deux heures avec elle alors que je suis censé travailler avec toi ?

Jessica marqua un temps d'arrêt avant de riposter.

— Ça n'a rien à voir ! Stessie est ton ex et je ne suis jamais sortie avec Lisandro !

Soudain, la porte du bureau s'ouvrit à la volée, ce qui les fit sursauter tous les deux. C'était Christian qui ne semblait pas de meilleure humeur qu'eux.

— Mais enfin, que se passe-t-il ? Tout le monde ne parle que de votre altercation sur le parking !

— Pas maintenant, Christian ! le rabroua Jessica.

Christian se retint de la sermonner sur le ton qu'elle employait avec lui, car il savait que ça ne servait à rien. À la place, il se tourna vers Martin avec qui il avait bien plus de chances d'obtenir une réponse.

— Mais encore ? insista-t-il en fixant Martin avec humeur.

Ce dernier serra les dents, jeta un œil vers Jessica, qui le suppliait du regard, puis revint à Christian.

— Jessica a disparu pendant deux heures avec Lisandro alors que j'avais besoin d'elle sur un projet.

— Traître ! hurla-t-elle, dépitée.

Christian reporta son attention sur elle.

— Et pour quelle raison ? lui demanda-t-il sèchement.

— Pour essayer la nouvelle voiture de Lisandro et visiter sa chocolaterie…, répondit Martin à sa place sur un ton contrarié.

Christian finit par soupirer d'impuissance. S'il blâmait Jessica pour abandon de poste, elle risquerait de mal le prendre et menacerait de démissionner. Elle était l'un de ses meilleurs éléments et elle le savait. Par conséquent, il ne pouvait rien faire contre elle, ou si peu…

— Que ça ne se reproduise plus ! trancha-t-il pour garder la face. Et à l'avenir, évitez les scènes de ménage au bureau !

Puis il repartit en claquant la porte derrière lui.

— Espèce de traître, enchaîna Jessica. Tu m'as balancée sans scrupule ! Je ne t'aurais jamais fait ça…

Martin passa une main sur son visage las, sans ajouter un mot. Il ne savait plus comment réagir et, surtout, il faisait son maximum pour cacher sa peine. Il préféra s'asseoir à son poste et faire mine de travailler.

Jessica éprouvait à peu près la même chose que lui. Sa tristesse était tellement poignante qu'elle hésitait à rentrer chez elle pour se morfondre devant une comédie romantique en s'empiffrant de glace. Pourtant, elle se fit violence pour ravaler sa fierté et faire le premier pas. Elle tenait beaucoup trop à Martin pour risquer de le perdre.

— Écoute, je… je suis désolée, balbutia-t-elle. J'ai été tellement surprise lorsque Lisandro m'a dit que les chocolats qu'il me rapportait étaient créés dans sa boutique par son propre chocolatier, que j'ai tout oublié. J'aurais dû te prévenir avant de partir avec lui mais, au départ, on devait juste faire un tour de quelques minutes avec sa nouvelle voiture…

— Pourquoi tu es si proche de lui ? Je n'ai jamais compris et ça me rend fou. Il t'a toujours draguée ouvertement devant moi, avant même que tu t'intéresses à moi, alors qu'il savait que je t'aimais…

Il y eut quelques secondes de silence.

— Tu m'aimais avant qu'on sorte ensemble ? s'étonna Jessica qui ressentit une agréable chaleur se répandre dans son cœur.

— Bien sûr que oui, confirma Martin. Alors, réponds-moi, pourquoi êtes-vous si proches ?

Jessica haussa les épaules.

— J'en sais rien, parce qu'on se comprend…

Elle reçut justement un SMS de Lisandro au même moment.

— Quand on parle du loup…, dit-elle.

Martin s'approcha pour lire par-dessus son épaule et elle le laissa faire, ce qui le rassura un peu.

Lisandro : Alors, Miss Cinglée, il t'a quittée ?

— Pourquoi il te pose cette question ? s'inquiéta Martin en la dévisageant. Je suis sûr qu'il n'attend que ça pour te sauter dessus.

— N'importe quoi ! J'avais peur que tu me quittes…, dit-elle d'une petite voix.

Un autre texto arriva.

Lisandro : Sinon, pour te faire pardonner, tu pourrais m'organiser un rancard avec ta cousine. C'était le deal si tu sortais avec Martin grâce à moi.

— Grâce à lui ? s'étouffa Martin. Il plaisante, ce connard !

— Pas tout à fait…

Martin dévisagea Jessica en attendant la suite. Elle soupira de fatalité, car elle n'avait jamais pensé lui révéler ce détail un jour…

— Tu te rappelles lorsqu'on est partis à la Qlimax ? Quand tu as frappé Lisandro en croyant me défendre ?

Martin hocha la tête d'un air sombre.

— Eh bien, en fait, il faisait exprès de m'embêter, parce qu'il savait que tu allais intervenir. Et je lui ai promis de lui arranger le coup avec ma cousine si ça marchait…

Martin en resta sans voix. Il se rappela la peur qu'il avait ressentie en entendant Jessica crier après Lisandro dans la chambre d'à côté. À ce moment-là, il croyait vraiment que cet enfoiré l'importunait.

— Je crois qu'au début, il me draguait vraiment, ajouta Jessica. Mais ensuite, c'était surtout pour te faire réagir.

— Je n'y crois pas… Lisandro n'est pas du genre à aider les autres, c'est un connard qui n'hésite pas à profiter de la situation ! Je suis sûr que si tu avais accepté ses avances, vous seriez ensemble à l'heure qu'il est.

Jessica leva les yeux au ciel.

— On n'en saura jamais rien, parce qu'il ne me plaît pas du tout… On est juste amis, accepte-le et sois moins sur la défensive avec lui.

— Ça a l'air tellement simple pour toi, grinça Martin.

Jessica s'approcha de lui et glissa ses bras autour de sa taille, sans le quitter des yeux. Le regard noisette de Martin s'adoucit et elle sut qu'il accepterait sa prochaine demande.

— On pourrait manger au Bureau avec Charline et Lisandro, ce soir. En plus, il y a une piste de danse, je suis sûre que ça leur plairait.

— C'est là-bas que j'ai rencontré Lisandro, bougonna Martin en se rappelant toutes ses soirées avec lui.

— Alors, tu es d'accord ? se réjouit Jessica. Il faut que j'appelle ma cousine. J'espère qu'elle sera disponible.

Devant l'enthousiasme de Jessica, Martin se tut, car il ne voulait ni jouer les rabat-joie ni faire de la peine à sa petite amie. Après tout, elle avait dit que Lisandro ne lui plaisait pas du tout et, pour l'instant, ça lui suffisait.

Chapitre 4

Charline était en train de finaliser le costume d'humanoïde qu'elle avait passé des jours à réaliser avec l'aide de son équipe, lorsqu'elle reçut un SMS de sa cousine.

Jessica : Coucou, t'es dispo ce soir pour un petit restau avec nous ? Il y aura Lisandro et je lui ai promis de t'inviter ^^

Charline essaya de cacher sa joie à ses collègues, et particulièrement à Chloé qu'elle ne voulait pas blesser, puis répondit discrètement à sa cousine.

Charline : Pourquoi pas. Envoie-moi l'heure et l'adresse, je viendrai. ;)

Avec un sourire aux lèvres, Charline rangea son portable dans la poche de son jean.

— Une bonne nouvelle ? lui demanda François, qui remarquait toujours le moindre de ses changements d'humeur.

Charline releva la tête vers lui, en faisant disparaître son sourire, tandis que Maria et Chloé attendaient la suite.

— Oui, une bonne nouvelle qui concerne ma vie privée, répliqua Charline avec un air satisfait.

François savait que sa patronne ne parlait jamais de sa vie privée. D'ailleurs, il n'était pas certain qu'elle en ait une… Donc, il n'insista pas, même s'il voyait bien que ses deux autres collègues semblaient aussi curieuses que lui.

— Vous avez bien bossé aujourd'hui. Le costume est magnifique ! J'ai tellement hâte de le présenter à la prod, s'enthousiasma Charline après quelques minutes de silence. Vous pouvez partir plus tôt, on se retrouve demain pour la présentation.

Tout le monde acquiesça avec fierté et bonne humeur.

Ce n'était pas la première fois que Charline libérait son équipe plus tôt. Elle avait pris l'habitude de récompenser leur assiduité et leur productivité dès qu'elle le pouvait. Et partir avant l'heure lorsqu'un projet était fini en faisait partie.

Une fois François et Maria partis, Chloé s'approcha timidement d'elle. Depuis ses avances lors de cette soirée entre collègues, l'ambiance était bizarre entre elles, même si Charline faisait son possible pour la traiter exactement de la même façon qu'avant.

— Merci pour cette superbe expérience, Charline, murmura Chloé avec un mélange de chaleur et de timidité.

Charline lui adressa un sourire ravi.

— De rien, j'espère qu'il y en aura d'autres, répliqua-t-elle sur un ton désinvolte et joyeux avec un petit clin d'œil.

Ce ne fut qu'au moment où elle croisa le regard de son employée que Charline prit conscience du double sens de ses paroles. Chloé semblait figée, surprise par sa proposition insolite. Ou peut-être même flattée, qui sait ?

— Heu… ce n'est pas ce que je voulais dire…, balbutia Charline. Enfin, si, mais je parlais juste du boulot…

Chloé s'anima de nouveau et afficha un sourire triste.

— Oui, bien sûr. Je me doutais que tu parlais uniquement du boulot…

Puis elle partit, un peu déçue. Charline s'en voulut aussitôt d'avoir évoqué un tel sous-entendu. À l'avenir, elle se promit de faire plus attention.

Après un dernier coup d'œil au costume d'humanoïde qu'elle était tellement fière d'avoir terminé (il était vraiment beau en plus), elle quitta son entreprise. Celle-ci étant située à Paris, Charline prit sa voiture pour retourner chez elle. Malgré la circulation dense, elle avait toujours préféré être indépendante et éviter les endroits bondés de monde comme les transports en commun.

Au bout d'une bonne heure, elle s'arrêta devant le portail de sa belle maison d'architecte, qu'elle avait acquise récemment, et actionna l'ouverture automatique. Étiolles était une ville de la banlieue sud parisienne qu'elle adorait.

Elle se gara sur la grande allée de graviers blancs et coupa le moteur. Ce fut seulement à cet instant qu'elle commença à réfléchir à sa soirée à venir et plus particulièrement à Lisandro.

Elle posa ses affaires dans son entrée puis se servit un bon chocolat chaud, avant de s'installer quelques minutes sur son canapé. Là, elle prit son portable pour regarder ses textos. Sa cousine lui avait répondu dans l'après-midi et Charline avait été tellement absorbée par son travail, qu'elle n'avait pas eu le temps de vérifier ses messages. Elle regarda sa montre. Il lui restait à peine une heure pour se préparer et rejoindre le petit pub sympa que Jessica affectionnait tant.

Charline but son chocolat chaud presque d'une traite avant de se préparer pour la soirée. Elle avait opté pour une belle robe bleu nuit à petites fleurs discrètes et un maquillage appuyé qui mettait en valeur ses yeux bleus et ses lèvres. Elle était sublime. Sa petite taille et ses formes généreuses n'avaient rien à envier à la silhouette fine et longiligne de sa cousine. Elles avaient toutes les deux un charme fou !

En parlant de Jessica, elle l'appela justement à ce moment-là.

— Oui ? répondit Charline en décrochant.

— On passe te prendre ? Ce sera plus facile pour se garer si on n'a qu'une seule voiture.

— D'accord, si tu veux. Mais on ne rentre pas trop tard. Demain, j'ai une présentation avec un réal.

— Ça marche. On arrive dans cinq minutes ! s'enthousiasma Jessica.

Charline avait comme un mauvais pressentiment et elle espérait vraiment que sa cousine ne l'avait pas vendue à Lisandro comme du tout cuit. Parce que ça ne passerait pas. Ça enlèverait toute la magie d'un premier rencard.

Elle reçut un SMS exactement cinq minutes après l'appel de Jessica pour lui dire qu'ils venaient d'arriver devant chez elle. Charline prit son sac à main, verrouilla sa maison puis les rejoignit d'un pas bruyant, la faute à ses talons hauts.

Lorsqu'elle avisa l'Audi TT couleur moutarde sur le trottoir, elle fronça les sourcils. Quand Lisandro en sortit avec un grand sourire, son mauvais pressentiment s'intensifia. Charline remarqua immédiatement l'hématome sur sa pommette, ce qui l'inquiéta un peu. Il s'approcha d'elle d'une démarche assurée. Il était plutôt pas mal avec son jean blanc et sa chemise bordeaux retroussée sur ses avant-bras. Lisandro était espagnol et ses cheveux noirs qu'il avait coiffés en arrière avaient légèrement poussés et commençaient à onduler.

— Salut, dit-il d'une voix charmeuse, sans se départir de son sourire.

Il posa une main sur la taille de Charline et la fit glisser jusqu'au bas de son dos pour se rapprocher encore d'elle et lui faire une bise appuyée. Il sentait tellement bon que Charline en ferma les yeux une seconde.

— Salut…, balbutia-t-elle, troublée.

— Tu es magnifique, ajouta-t-il en se reculant pour l'observer.

Comme Charline ne répondait rien, Lisandro dévoila le bouquet de roses rouges qu'il avait caché derrière son dos.

— Elles sont magnifiques, chuchota Charline, stupéfaite et émerveillée à la fois.

Pour toute réponse, Lisandro lui sourit de plus belle. Puis il la guida jusqu'à la portière côté passager, qu'il ouvrit avec galanterie. Encore une fois, elle fut un peu surprise par son geste, mais elle monta dans la voiture sans lui faire de remarque. Pendant que Lisandro faisait le tour pour prendre place derrière le volant, Charline attrapa son téléphone pour envoyer un message à sa cousine.

— Salut ! cria cette dernière de la banquette arrière, ce qui fit sursauter Charline.

Martin lui adressa un petit signe de la main.

— Salut, grinça Charline. Tu m'as fait peur !

Sa cousine ricana tandis que Lisandro démarrait. Charline adressa un regard suspicieux en direction de Jessica qui affichait maintenant un sourire malicieux.

— Je ne coucherai pas avec lui ! articula silencieusement Charline.

Jessica lui fit un clin d'œil, avant de demander :

— Au fait, tu aimes la nouvelle voiture de Lisandro ?

Charline fronça les sourcils, sans comprendre cette soudaine question, mais répondit quand même.

— La couleur n'est pas terrible…

— Ah ! Tu vois, je te l'avais dit ! s'exclama Jessica en s'adressant à Lisandro.

— Moi, je l'aime bien cette couleur, alors arrête avec ça, Miss cinglée.

Charline entendit Martin rire discrètement derrière elle et ne put s'empêcher de faire de même.

Le reste du trajet se passa dans le silence. Toutefois, Lisandro ne cessait de jeter quelques coups d'œil vers Charline. Il ne pouvait s'empêcher de la regarder. Elle était vraiment magnifique. Ses yeux avaient quelque chose de profond et d'hypnotique. Dommage qu'il doive regarder la route…

Lorsqu'ils arrivèrent sur le parking du Bureau de Sainte-Geneviève-des-Bois, Lisandro déposa tout le monde devant l'entrée pour aller se garer. Les places étant étroites, c'était plus pratique ainsi. Surtout que son Audi TT était un coupé trois portes.

Charline profita de ces quelques minutes sans Lisandro pour s'entretenir avec Jessica.

— Qu'est-ce que tu lui as dit exactement ? Pourquoi, il se la joue prince charmant tout d'un coup ?

— Arrête de paniquer, Charline. Je ne lui ai rien dit de particulier. Lisandro a toujours été excessivement galant… Je trouve ça un peu vieux jeu d'ailleurs.

— C'est vrai, ajouta Martin. C'est dans son tempérament. Comme le fait qu'il soit un peu connard sur les bords.

— Martin ! s'écria Jessica. Arrête un peu avec ça…

— Je dis juste la vérité…

Jessica lui fit les gros yeux et Charline en profita pour le questionner.

— C'est-à-dire ?

— Il n'hésite pas à draguer tout ce qui bouge. Et ça ne l'arrête pas si quelqu'un lui dit qu'il a un faible pour une fille. Au contraire…

— Martin ! répéta Jessica qui essayait de lui mettre la main sur la bouche pour qu'il se taise.

Mais ce dernier se dégagea d'un geste fluide et emprisonna Jessica dans ses bras. Comme Lisandro revenait, Jessica embrassa Martin pour qu'il n'en rajoute pas. Mais elle n'avait pas prévu que Charline lui enverrait une réplique cinglante.

— Donc, tu te la joues prince charmant, mais en fait tu veux juste coucher avec moi ? le taquina Charline pour voir sa réaction.

— Ne fais pas comme si tu n'étais pas au courant, répliqua-t-il avec une petite moue adorable.

— C'est vrai, sourit Charline. J'ai bien compris que tu étais la version masculine de Jessica. Il suffit que tu ne tombes pas amoureux de moi.

Elle lâcha un petit rire moqueur tandis qu'ils entraient dans le pub. Ils s'installèrent à une table proche de la piste de danse et commandèrent leurs plats. Bien sûr, Jessica avait fait en sorte de se placer à côté de Martin et de laisser la banquette à Charline et Lisandro. Chose qui aurait pu les rapprocher rapidement, mais Charline n'avait pas envie de se précipiter. Elle voulait d'abord connaître les véritables intentions de Lisandro, car il était tout de même un ami proche de sa cousine et elle ne voulait pas qu'il y ait un froid entre elles si ça tournait mal. Bien qu'elle se doute qu'il n'était question que d'attirance physique, on n'était jamais trop prudent. De plus, Charline avait essuyé plusieurs ruptures chaotiques avec des partenaires qui n'avaient jamais compris le concept de sex friends.

— Alors, Lisandro, à combien de conquêtes es-tu ? demanda Charline en le regardant d'un air malicieux.

Lisandro cilla et la main qui tenait sa fourchette s'arrêta en pleine course. La bouche entrouverte, il la dévisagea.

— Oui, dis-nous combien de pauvres femmes as-tu rendues malheureuses ? ajouta Martin qui était également curieux de connaître la réponse.

— Martin ! le rabroua Jessica pour la énième fois de la soirée.

Lisandro reposa sa fourchette sur son assiette et regarda calmement Charline, presque trop sérieusement. Elle en eut quelques frissons.

— Une trentaine…

Martin faillit s'étouffer avec sa gorgée de Leffe Rubie.

— C'est sûr que ça doit te faire un choc avec tes deux nanas au compteur, ajouta Lisandro à l'attention de Martin.

Jessica lui fit les gros yeux.

— Arrêtez tous les deux ! s'agaça-t-elle. Si vous continuez, on ne sortira plus tous les quatre.

Lisandro s'excusa immédiatement, car il voulait revoir Charline quoi qu'il arrive. Et ce n'était pas cet imbécile de Martin qui allait foutre ses plans en l'air.

— Une trentaine…, répéta Charline avec un petit sourire taquin. J'suis pas très loin…

— Toi aussi, Charline ? s'étonna Jessica.

— Oh, ça va… et toi alors ?

— J'en sais rien… J'ai jamais compté ! s'emporta-t-elle.

— Tu peux déjà compter tous les employés du boulot, grinça Martin.

— N'importe quoi ! se défendit Jessica. Je n'ai jamais couché avec tous les employés du boulot !

— Non, c'est vrai, seulement les trentenaires athlétiques… Mais ça fait toujours trop ! continua Martin avec amertume.

Ce soir, il ne se sentait pas à sa place et il n'arrivait pas à s'empêcher d'être désagréable. Et le fait de manger en face de Lisandro n'arrangeait rien…

Il y eut un petit silence gênant pendant quelques minutes. Jessica avait bien vu que Martin n'était pas de bonne humeur et elle se doutait que c'était à cause de Lisandro.

— Au fait, qu'est-ce qui est arrivé à ton visage ? reprit Charline au bout d'un moment.

Elle remarqua que l'ambiance devint encore plus tendue. Puis Martin se leva brusquement.

— Je vais chercher un autre verre au bar, bougonna-t-il en prenant la fuite.

— C'est Martin, avoua Lisandro en haussant les épaules.

Charline écarquilla les yeux tandis que Jessica se levait à son tour.

— Je vais prendre un autre verre moi aussi, marmonna cette dernière en s'éloignant pour rejoindre Martin.

— Que s'est-il passé ? s'enquit Charline qui n'en croyait pas ses yeux.

Lisandro soupira et haussa négligemment les épaules.

— Il a cru qu'on s'était enfuis du bureau pour baiser…

Charline fut surprise par cette révélation et n'osa pas demander confirmation, car elle connaissait sa cousine et elle savait qu'elle en était capable. D'ailleurs, ça l'embêtait un peu. Jessica n'avait jamais eu les mêmes goûts qu'elle en matière d'homme et elle ne voulait pas se froisser avec sa cousine pour un mec.

— Si c'est vrai, on ne pourra pas se revoir… Je ne sors pas avec les restes de ma cousine, lâcha Charline, l'air de rien.

Lisandro faillit s'étouffer en entendant ça. Il toussa quelques secondes tandis que Charline l'observait.

— Ça va ?

— Je ne suis pas un reste de ta cousine, répliqua-t-il, choqué. Elle n'a jamais voulu de moi…De plus, j'ai eu le coup de foudre pour toi dès qu'on s'est vus.

Une fois sa quinte de toux passée, il sourit d'un air charmeur.

— Tant mieux… Et arrête ton baratin, ça ne prend pas avec moi.

— Vous n'êtes pas cousines pour rien, ronchonna Lisandro.

Charline se pencha vers l'oreille de Lisandro pour murmurer :

— On n'a pas les mêmes goûts en matière d'homme…

Lisandro sentit une bouffée de chaleur l'envahir. Il fit de son mieux pour paraître impassible quand il se tourna vers elle. Charline était assez proche pour qu'il sente son parfum. Une odeur délicate et florale qui lui fit tourner la tête.

— Es-tu en train de me faire une proposition ? demanda-t-il en affichant de nouveau son sourire charmeur.

Charline lui adressa un clin d'œil coquin.

— Qui sait ? répliqua-t-elle avec malice.

Elle posa ensuite sa main sur la cuisse de Lisandro en se penchant pour attraper du pain. Pendant ce laps de temps, le cœur de Lisandro s'accéléra subitement et une vague de chaleur l'envahit de nouveau. Il sentit son érection pousser contre son jean alors qu'il avait une vue imprenable sur le décolleté de Charline. Et pour la première fois de sa vie, il n'en profita pas, il ne fit rien du tout. Il attendit juste qu'elle reprenne sa place.

Charline sauça son assiette puis mordit dans son morceau de pain tout en fixant Lisandro. Mais, il ne réagit toujours pas. On aurait dit qu'il était tétanisé.

— Quelque chose ne va pas ? J'ai de la salade entre les dents ? demanda Charline en sortant un petit miroir de son sac.

— Pas du tout, tu es très belle et j'aime beaucoup tes yeux bleus, répondit-il de son ton séducteur.

Charline explosa de rire tout en rangeant son miroir.

— Tu es bien sérieux tout à coup.

— C'est sûrement parce que tu es la cousine de Jessica… ça me met un peu mal à l'aise. D'habitude, je suis sûr de ne jamais revoir les filles que je drague, lâcha Lisandro avec un sourire provocateur en cherchant Jessica et Martin du regard.

Pourtant, il était quand même intimidé par Charline. Elle avait l'air si sûre d'elle par rapport aux autres filles avec qui il était sorti. Bien sûr, elles étaient belles et elles le savaient, mais il y avait quelque chose de différent chez Charline. Une sorte de charisme hypnotisant. Comme si elle était capable de captiver tous les regards en étant simplement là. Elle n'avait pas besoin de parler, son sourire en disait déjà beaucoup. Et peut-être que contrairement aux autres filles qu'il avait connues, elle ne savait pas qu'elle était aussi belle. Et ça la rendait encore plus belle, justement.

Chapitre 5

— Tu veux que je te ramène quelque chose ? Je vais au bar voir si je retrouve Jessica, demanda gentiment Lisandro.

Charline se leva en premier.

— Je viens avec toi. Ensuite, on pourrait peut-être aller danser ? suggéra-t-elle.

— Si tu veux, accepta Lisandro en lui adressant un sourire radieux qu'il ne put réprimer.

Lorsqu'ils traversèrent la salle en se faufilant à travers les tables, la plupart des clients le regardèrent bizarrement. Sans doute à cause de son hématome sur la joue, mais il n'y prêta pas attention et se focalisa sur Jessica qui discutait avec Martin au bar. Heureusement, il avait l'air plus calme que tout à l'heure.

— Deux sex on the beach, s'il vous plaît, commanda Charline dès qu'elle arriva à proximité du Barman.

Pendant un instant, Lisandro se demanda pour qui était le deuxième cocktail. Il comprit vite qu'il était pour lui et il observa Charline en faisant son possible pour ne rien montrer de son excitation. Parce que oui, elle l'attirait vraiment beaucoup. Son instinct lui disait de ne pas précipiter les choses, mais son cerveau lui commandait d'agir comme d'habitude. C'est-à-dire de sauter sur les bonnes occasions. Alors, il prit son verre et en but une gorgée.

— Délicieux, dit-il avec un clin d'œil équivoque.

— Comme vous avez l'air de bien vous entendre, on va rentrer, enchaîna Jessica.

— Et, vous allez rentrer comment ? demanda Charline.

— On va prendre un taxi, intervint Martin, qui recommençait à être tendu depuis que Lisandro les avait rejoints.

La musique et le brouhaha les obligeaient à parler fort, ce qui n'était pas très confortable pour avoir une conversation. Du coup, Charline acquiesça en enroulant son bras autour de celui de Lisandro.

— OK, rentrez bien alors, sourit-elle. Allez, viens, on va danser, beau gosse.

Ravi, Lisandro acquiesça.

— À plus, Miss cinglée, dit-il ensuite à l'attention de Jessica.

Cette dernière lui fit un petit signe de la main en suivant Martin qui s'enfuyait d'un pas rapide vers la sortie.

— Amusez-vous bien ! cria-t-elle quand même.

Puis, Charline entraîna Lisandro avec elle jusqu'au fond de la salle où il y avait leur table. Elle était proche de la piste de danse, d'ailleurs. Charline posa son cocktail, prit celui des mains de Lisandro pour en faire de même et l'entraîna sur la piste au milieu d'une vingtaine de danseurs. Elle était déchaînée et se trémoussait dans tous les sens en inventant des chorégraphies farfelues qui faisaient rire Lisandro. Il essayait de la suivre dans ses délires, sans se rendre compte qu'il appréciait un peu trop sa compagnie.

Lisandro ne s'était jamais amusé comme ça avec une fille. Enfin, si, une seule, il y avait des années. À l'époque où il se comportait encore comme un gentleman. Dix ans plus tôt, il ressemblait plus à Martin qu'à cette espèce de coureur de jupons qu'il était devenu. Mais la disparition de son ancienne compagne, Laura, l'avait anéanti et, depuis, il avait tout fait pour éviter de s'engager avec une femme. Il évitait même de leur parler en dehors du sexe. Charline avait vu juste quand elle avait dit qu'il était la version masculine de Jessica.

Pourtant, physiquement, elle ne ressemblait pas du tout à Laura, mais elle avait quelques traits de caractère similaires et cela le perturbait un peu. Ce côté complètement loufoque, c'est ce qu'il lui manquait le plus. Lisandro ressentit tout à coup un petit pincement au cœur et fit son possible pour masquer sa tristesse.

Heureusement, la musique entraînante lui changea vite les idées et il continua à danser avec entrain aux côtés de Charline. Tout le monde les regardait faire leur show, ce qui était assez embarrassant d'une certaine manière. Et lorsqu'il reconnut la fille qu'il avait virée de son lit quelques jours plus tôt tenter de lui parler, il fit mine de ne pas la voir et prit Charline dans ses bras. Cette dernière attrapa la nuque de Lisandro et le regarda avec joie et bonne humeur. Ils étaient tous les deux en sueur.

Son ex lui jeta un regard noir, mais lâcha l'affaire, ce qui le soulagea. C'est vrai que cet endroit était son QG pour les rendez-vous d'un soir. Il aurait dû y penser avant d'y amener Charline.

— Quelque chose ne va pas ? demanda Charline tout près de son oreille.

— J'avais besoin d'une petite pause, répliqua Lisandro en libérant Charline de son étreinte, car sa proximité le mettait dans tous ses états.

Si avec les autres filles, il y avait toujours une certaine alchimie, avec Charline c'était beaucoup plus puissant et ça lui faisait un peu peur. Surtout parce que c'était la cousine de Jessica. Machinalement, il attrapa sa main et l'entraîna vers leur table. Il ne faisait jamais ça d'habitude. Du moins, il ne l'avait jamais fait depuis Laura. C'était un geste plutôt anodin, mais pour lui ça voulait dire beaucoup. Toutefois, il n'y prêta pas vraiment attention et se laissa porter par la soirée. Après tout, il avait toujours eu un feeling extraordinaire avec Charline, et ce dès les premières minutes de leur rencontre, à la Qlimax.

Au début, il pensait avoir des sentiments pour Jessica. Parce qu'elle aussi avait un côté farfelu qui lui avait vaguement rappelé Laura, mais il s'était vite rendu compte que son attirance pour elle n'était pas réciproque. Et à force de passer du temps avec elle, il l'avait considérée petit à petit comme une amie. Sa meilleure amie, même. Mais lorsqu'il avait rencontré Charline et qu'ils avaient tout de suite chahuté, quelque chose au fond de lui l'avait frappé, même s'il faisait son possible pour l'ignorer. Lisandro avait bien trop souffert de la perte de sa première copine et il ne voulait plus jamais ressentir ça. C'était trop dur.

— Je te pensais plus endurant, le taquina Charline en aspirant une gorgée de son cocktail avec une paille.

Lisandro sentit une nouvelle bouffée de chaleur l'envahir et faillit s'étouffer. En temps normal, il n'était pas si sensible à ce genre d'allusion. Il y répondait même avec répartie.

— Décidément, tu m'as l'air bien prude pour quelqu'un qui s'est fait autant de nanas, le charia Charline. Jessica m'a pourtant dit que tu étais un dragueur invétéré et que rien ne te décourageait.

Lisandro reprit doucement son souffle.

— Elle a dit ça ? s'étonna-t-il.

— Est-ce que c'est faux ?

— Non.

Il but le reste de son cocktail d'une traite, car il ne savait pas comment expliquer son comportement. Il ne voulait pas parler de Laura et encore moins montrer à Charline qu'elle avait quelque chose de différent.

— Alors qu'est-ce qui se passe ? On dirait que tu n'es pas à l'aise avec moi.

Lisandro pinça les lèvres, sans trop savoir comment se sortir de cette situation. Il détestait les filles qui posaient toujours des tonnes de questions en exigeant une réponse. La plupart du temps, il ne savait pas quoi répondre.

— Je te l'ai dit, le fait que tu sois la cousine de Jessica me met un peu mal à l'aise, lâcha-t-il enfin.

— Tu sais, si je ne te plais pas, tu peux me le dire, je n'en ferai pas tout un drame, rigola Charline, comme si cela lui était égal.

À vrai dire, c'était un peu le cas. Charline était attirée par Lisandro, mais si elle ne concrétisait pas, ce ne serait pas un drame.

— C'est tout le contraire, répliqua Lisandro en la fixant intensément.

Les yeux d'un bleu magnétique de Charline l'hypnotisaient à un point dangereux.

— Alors, allons chez moi ! se réjouit-elle.

Le cœur de Lisandro manqua un battement quand elle se leva et lui attrapa la main pour l'entraîner avec elle vers la sortie. Il la suivit machinalement. Devant le pub, Charline attrapa son bras et se colla à lui pour traverser le parking. Lisandro ressentait toujours ce mauvais pressentiment qui ne le quittait pas. Heureusement, il n'avait bu qu'un verre et il était encore en état de conduire. Devant sa voiture couleur moutarde que personne ne semblait aimer, il ouvrit la portière côté passager à Charline qui se faisait langoureuse contre lui. Elle enroula ses bras autour du cou de Lisandro et tenta de l'embrasser, mais il la repoussa doucement.

— Si on s'embrasse ici, je ne vais pas pouvoir m'arrêter…

Ça lui faisait presque mal de la repousser, mais il avait peur de ressentir quelque chose de trop puissant s'il la laissait faire.

— Vraiment ? répliqua Charline d'un air coquin.

Elle s'assit néanmoins, en prenant soin de ne pas écraser son bouquet qu'elle avait laissé sur son siège, et il referma sa portière. Ensuite, il fit le tour de sa voiture pour prendre place derrière le volant.

— Attache-toi, lui enjoignit-il en démarrant.

Charline était un peu contrariée d'avoir été repoussée et elle garda le silence pendant tout le trajet jusqu'à chez elle, ce qui inquiéta un peu Lisandro.

Il se gara finalement devant chez elle.

— Merci pour la soirée, Charline.

— Est-ce que tu es en train de me dire au revoir ? s'offusqua-t-elle.

Lisandro lui sourit.

— Non, je te laissais une dernière chance de décliner ton invitation, au cas où…

Elle ouvrit la portière pour s'extirper de la voiture, sans oublier son magnifique bouquet de roses rouges, puis se pencha en avant pour le regarder.

— T'as intérêt à sortir ton petit cul d'ici !

Il lâcha un rire sonore en coupant le moteur, puis la rejoignit devant son portail. Elle le déverrouilla et lui saisit la main pour l'entraîner avec elle sur la petite allée de graviers blancs, qui semblaient plutôt gris sous la lueur de la nuit.

— D'habitude, je ne laisse personne entrer chez moi, mais puisque tu es un ami proche de Jessica, tu peux dormir ici, si tu veux, dit-elle en lui adressant son habituel petit clin d'œil coquin.

— D'accord, merci, répliqua Lisandro un peu tendu.

Au moment où ils franchirent la porte d'entrée, Lisandro sentit un mélange d'excitation et d'appréhension le gagner. En temps normal, il ne ressentait pas ce genre de choses, il avait juste envie de sexe et il agissait comme un robot mais, là, c'était différent.

— Tu peux déposer ton manteau sur le canapé, dit Charline en y jetant le sien avant de chercher un vase pour mettre les fleurs dans l'eau.

Lisandro s'exécuta, le souffle un peu court et les jambes flageolantes. Il n'avait jamais été aussi nerveux lors d'un premier rendez-vous. Lui qui se moquait de Martin à chaque fois qu'il l'entendait parler de Jessica, il regrettait un peu maintenant. Même avec Laura, il n'avait pas été si peu sûr de lui.

— Tu veux boire un dernier verre avant qu'on passe aux choses sérieuses ? proposa Charline avec malice.

Elle ne faisait que de le déshabiller du regard et son impatience de lui ôter ses vêtements était très explicite.

— Un verre d'eau, ce serait bien.

— Un verre d'eau ? se moqua Charline.

Lisandro croisa les bras sur sa poitrine, sans cesser de la fixer.

— Pour éviter la déshydratation, répliqua-t-il d'un ton grave qui sous-entendait clairement qu'il parlait de l'effort à venir.

— C'est vrai, la déshydratation, marmonna-t-elle en le reluquant encore tout en remplissant son verre. D'habitude, on me demande plutôt du whisky.

— Je croyais qu'aucun homme ne venait ici, releva Lisandro. Ou peut-être que tu dis ça à tous les hommes…

— Oups, rigola Charline en lui apportant son verre.

— Je fais ça aussi quand je ramène une fille chez moi, sourit Lisandro.

— Bon, eh bien, trinquons à l'eau pour nos mensonges répétés !

Elle se servit rapidement et ils entrechoquèrent leurs verres avant de boire leurs contenus d'une traite. Ils les reposèrent ensuite sur le bar, puis Charline attrapa de nouveau la main de Lisandro pour l'entraîner dans un petit couloir.

— Une fois que tu seras dans ma chambre, tu ne pourras plus faire machine arrière, plaisanta Charline en prenant un ton d'avertissement.

— Combien de types ont fait machine arrière ? rigola Lisandro, malgré l'anxiété et l'excitation qui le gagnaient.

Les petits doigts frais de Charline avaient quelque chose de réconfortant dans sa grande main chaude.

— Aucun, pouffa-t-elle finalement.

Ils arrivèrent enfin dans la chambre et Charline ne perdit pas une seconde. Elle se tourna vers Lisandro et posa ses mains contre son ventre pour tâter ses muscles à travers sa chemise. Il lui sourit et glissa une main derrière sa nuque. Elle était beaucoup plus petite que lui. Malgré son attirance manifeste, quelque chose retenait Lisandro de l'embrasser. Leurs regards se croisèrent et le bleu des yeux de Charline envoûta Lisandro.

— Si tu m'embrasses, tu ne pourras plus t'arrêter ? Vraiment ? murmura Charline, comme pour le défier alors qu'elle avait très envie qu'il le fasse.

Passant outre son instinct, Lisandro se pencha et posa ses lèvres chaudes sur celles de Charline. Il l'embrassa d'abord doucement, faisant monter la pression en lui caressant la nuque et en promenant son autre paume sous son haut, sur sa peau nue. Quand il effleura la dentelle de son soutien-gorge, Charline lâcha un faible gémissement qui envoya une décharge électrique dans le bas ventre de Lisandro.

Elle se mit à approfondir leur baiser, cherchant sa langue avec frénésie et poussant un autre cri plaintif lorsqu'elle la trouva. Elles se frôlèrent, se caressèrent langoureusement et cela les excita tous les deux. Charline attrapa la chemise de Lisandro pour la sortir brusquement de son jean, s'acharna sur le bouton de son col pour la lui faire passer au-dessus de la tête le plus vite possible. Il l'aida et se retrouva vite torse nu, exhibant sa musculature fine et bien proportionnée.

Charline, qui adorait les hommes musclés, ne put s'empêcher de dessiner les contours de ses abdominaux en les observant avec admiration. Malgré son excitation évidente, Lisandro recula d'un pas pour se mettre hors de portée. Et lorsque Charline lui adressa un regard voilé, suivi d'un petit froncement de sourcil perdu, Lisandro revint vers elle pour lui ôter son haut. Il détailla son énorme poitrine qui avait pourtant l'air de tenir parfaitement sans soutien-gorge, puisque celui-ci était en fine dentelle et n'offrait visiblement pas un bon maintien. Pour en avoir le cœur net, il dégrafa l'attache et libéra ses seins qui restèrent à leur place.

Lisandro prit une grande inspiration en se retenant de plonger la tête dedans. Il devait être un peu plus respectueux qu'avec les autres filles avec qui il couchait d'habitude, car il avait devant lui la cousine de Jessica quand même. Pourtant, cette dernière ne semblait pas du même avis que lui, parce qu'elle se mit à genoux devant lui et déboutonna sa braguette pour libérer son érection.

Elle le prit entre ses lèvres avec une lenteur extrême et Lisandro faillit perdre le contrôle. La chaleur humide de sa bouche le rendait dingue. Son corps se mit à trembler et il attrapa vivement Charline pour la relever. Il la souleva pour la faire tomber sur le lit. Sa poitrine rebondit plusieurs fois et l'hypnotisa une seconde, mais il reprit ses esprits, termina d'enlever son pantalon et son boxer, puis finit de déshabiller Charline qui se laissait faire en l'observant avec malice.

Ensuite, il grimpa sur le lit, juste au-dessus de Charline. Encore une fois, leurs regards se croisèrent, comme s'ils voulaient se dire des choses plus profondes, plus intimes. Lisandro passa tendrement sa main dans les cheveux châtain clair de Charline, puis se pencha pour atteindre son cou et commença à l'embrasser, traçant une ligne humide jusqu'à sa poitrine, qu'il rêvait de toucher. Lorsqu'il prit son téton dans sa bouche, elle se cambra en gémissant et Lisandro sentit son pouls battre dans son sexe gonflé et douloureux. Il posa une main sur sa taille, puis la descendit plus bas pour la toucher et s'assurer qu'elle était prête. Il glissa sans difficulté un doigt en elle et remonta jusqu'à son clitoris en de lents va-et-vient. Le corps de Charline trembla tandis que ses mains étaient agrippées dans les cheveux de Lisandro.

— Une capote, haleta-t-il en soufflant sur son téton gonflé.

— Dans le tiroir…, gémit Charline en tâtonnant maladroitement vers sa table de nuit.

Lisandro l'atteignit avant elle et enfila le préservatif rapidement. D'habitude, il faisait un peu plus de préliminaires, mais il sentait qu'il n'allait pas tenir longtemps s'il en faisait plus. Charline était toujours tremblante sous lui et comme elle était beaucoup plus petite que lui, il la tira brusquement vers le bas. Enfin son membre palpitant glissa contre le sexe humide de Charline. Encore une fois, elle se cambra en gémissant puis enroula ses jambes autour de sa taille.

Pour la faire patienter, il l'embrassa fougueusement et s'enfonça doucement en elle, car il savait que s'il était trop brutal, il ne tiendrait pas longtemps. Charline essaya d'accélérer la cadence, mais il maintint ses hanches au matelas et continua sur le même rythme, faisant lentement monter la pression.

— Laisse-moi faire, gronda-t-il alors que le corps de Charline se tendait de plus en plus.

Ses ongles s'étaient plantés dans le dos de Lisandro alors qu'il la maintenait pour l'empêcher de bouger.

— Bordel, Lisandro…, gémit-elle.

Comme il sentait qu'elle était proche de l'orgasme, il accéléra la cadence et se mit à lui donner de profonds coups de reins qui la firent trembler encore plus. Et soudain, elle gémit à lui en exploser les tympans, son corps convulsa et elle l'emporta avec elle dans son plaisir. Un orgasme puissant qui le fit trembler violemment et le vida de toute son énergie.

Pendant quelques secondes, ils restèrent dans la même position, à savourer les derniers vestiges de leur plaisir. Ils étaient en sueur et essoufflés. Enfin, Lisandro se coucha sur le côté et retira son préservatif qu'il noua et emballa dans un mouchoir. Charline était encore toute groggy et avait du mal à reprendre ses esprits.

Comme elle avait proposé à Lisandro de dormir chez elle, il se leva, tira la couette et prit Charline dans ses bras pour la déposer sur le drap.

— T'es mignon, marmonna-t-elle, ce qui fit sourire Lisandro.

Il s'installa de l'autre côté du lit pour la prendre dans ses bras. Il avait toujours aimé dormir avec une femme dans les bras et il adorait le gabarit de Charline. Cette dernière se lova contre lui, comme si c'était une évidence.

— Bonne nuit, murmura-t-il contre ses cheveux.

— Bonne nuit, répondit-elle dans un souffle.

Charline se sentait étrangement bien, mais elle n'avait pas envie de réfléchir, elle était juste épuisée. Lisandro aussi évitait de penser à ce qu'il ressentait. Pour l'instant, il rêvait juste de fermer les yeux.

Chapitre 6

Le lendemain matin, quand Charline se réveilla, elle sentit un poids peser sur son ventre ainsi qu'un corps chaud collé contre le sien. Durant un instant, elle se demanda qui c'était, car elle ne dormait jamais avec ses partenaires. Puis, la mémoire lui revint et elle se remémora sa soirée avec Lisandro.

Charline s'extirpa du bras de ce dernier pour attraper son portable posé sur la table de nuit. Elle vérifia l'heure. Il était 7h25, soit cinq minutes avant qu'il sonne. Pour ne pas réveiller Lisandro, elle se leva sans bruit et l'observa quelques instants. Il était mignon quand il dormait et particulièrement beau aussi. Ses cheveux noirs légèrement ondulés retombaient sur une partie de son visage et ça lui donnait un charme fou.

Avec précaution, elle attrapa quelques affaires et partit prendre une douche. Elle ne savait pas très bien ce qu'elle ressentait, mais elle avait envie de sourire. Sous le jet d'eau brûlante, elle atteignit la détente absolue. Elle n'était même pas stressée pour sa présentation de tout à l'heure, elle était juste bien, heureuse. Et c'était étrange pour elle.

Lorsqu'elle ressortit de la salle de bain, parfumée, maquillée et habillée d'un jean noir avec un joli pull blanc tout doux, Lisandro dormait toujours. Elle s'approcha du lit pour le secouer doucement.

— Eh, beau gosse, je dois y aller.

Il grogna un peu puis ouvrit les yeux.

— Il est quelle heure ? demanda-t-il d'une voix endormie.

— 7h45 et j'ai une réunion dans une heure.

— OK…

Il se leva lentement pour s'asseoir sur le lit et Charline eut tout le loisir d'observer son corps nu.

— Rhabille-toi ou je vais être en retard, lui ordonna-t-elle en lui balançant ses fringues à la figure.

— Hey ! s'écria Lisandro en les attrapant.

— Allez, dépêche-toi ! Et si tu veux un café, il faudra aller en acheter un. Je prends toujours le mien au boulot.

Lisandro s'exécuta avant de la dévisager.

— Comment ça se passe, maintenant ? On ne se revoit plus jamais ou…

Charline, qui n'avait pas encore pensé à la suite, fit une moue dubitative.

— On avisera, répliqua-t-elle en le poussant presque jusqu'à la porte d'entrée pour le mettre dehors.

— Hey, doucement… C'est bon, je vais partir.

Elle attrapa son sac, ses clés et son manteau, puis referma la porte derrière eux. Elle raccompagna ensuite Lisandro au portillon pour le déverrouiller et lui permettre de repartir.

— T'es pas hyper sympa au réveil, nota ce dernier en arrivant sur le trottoir.

— Oui, il paraît. Allez, à plus !

Puis, elle tourna les talons et se précipita vers sa voiture de l'autre côté de la maison. Elle démarra le moteur et appuya sur le bouton d'ouverture automatique du portail.

Une fois sur la route, elle réalisa qu'elle n'avait vraiment pas été sympa avec Lisandro. Elle devrait peut-être se faire pardonner plus tard. Mais pour l'heure, elle devait se concentrer sur sa présentation à venir et se répéter mentalement ce qu'elle devrait dire au réalisateur qu'elle allait recevoir.

En arrivant à son entreprise, Charline fut un peu angoissée de voir tous ses employés aussi stressés. Ils couraient dans tous les sens, mettant au point les derniers éléments avant la présentation. La majorité de ses équipes étaient sollicitées pour ce gros projet qui alliait animatronics et effets spéciaux par ordinateur. Les employés qui arrivaient souvent en retard posaient toujours le plus de problèmes. En temps normal, Charline anticipait et les faisait passer tout à la fin de la présentation. C'était surtout l'équipe de Jimmy le maillon faible. Heureusement, elle travaillait sur un autre projet, ce qui retira un peu de poids sur les épaules de Charline. Malgré cela, quelques minutes avant son autre présentation, le réalisateur pour lequel travaillait Jimmy l'appela en visio pour contrôler l'avancée du projet.

Cela mit Charline dans un état d'anxiété cuisant et elle faillit perdre pied.

Il n'aurait pas pu choisir un autre moment ?

Heureusement, lorsqu'elle entra dans l'espace de travail de Jimmy, il se trouvait déjà à son poste. Elle ne savait pas par quel miracle c'était arrivé, mais il était bel et bien là et elle lui sauta au cou, laissant la caméra de son téléphone dévier, sous les protestations du réalisateur, Mr Saltrie. Mais

Charline était tellement soulagée qu'elle n'y prêta pas tout de suite attention.

Jimmy était grand, assez maigre et il sentait la cigarette et le café. Charline se détacha de lui en réalisant son geste. D'habitude, ils ne se touchaient jamais de la sorte.

— Heu… désolée…, bafouilla-t-elle, au bord de la crise de nerfs. Tu peux expliquer à Mr Saltrie comment tu avances sur le projet ?

Elle remit précipitamment son téléphone dans le bon sens pour permettre à Mr Saltrie de suivre les explications de Jimmy.

— Bien sûr, opina Jimmy avec un sourire enjoué.

Il s'exécuta et fit tout un exposé à Mr Saltrie sur les matériaux utilisés et les circuits électroniques disposés dans son énorme tête de dinosaure.

— Ça m'a l'air parfait ! approuva Mr Saltrie.

Charline esquissa un sourire de fierté. C'était elle qui avait recruté ses salariés et elle les avait sélectionnés avec soin, s'assurant qu'ils étaient compétents, passionnés et talentueux. Elle inspira une profonde bouffée d'air libératrice.

— Et pour le budget ? ajouta Mr Saltrie.

— On est un peu juste, je pense qu'il va falloir un petit complément, même si on fait au mieux pour respecter le budget initial.

Mr Saltrie pinça les lèvres puis acquiesça.

— Très bien, envoyez-moi une estimation par mail.

Jimmy accepta puis Charline salua son client et raccrocha. Il ne lui restait plus que deux minutes avant le début de sa réunion, ce qui la stressa encore plus.

Elle rejoignit la salle de projection au pas de course pour ne pas louper l'arrivée du réalisateur. Comme la plupart du temps, ses clients se trouvaient loin de son entreprise, les réunions se faisaient souvent en visio. D'ailleurs, la salle disposait d'un équipement complet avec une caméra et un vidéo projecteur pour que l'échange se fasse dans les meilleures conditions.

Les chefs de projets des différentes équipes d'effets spéciaux 3D étaient déjà tous là. Un des employés avait même revêtu le costume d'humanoïde que les ingénieurs 3D modifieraient subtilement pour montrer le rendu final. Ils avaient choisi quelqu'un qui avait à peu près les mêmes mensurations que l'acteur qui le porterait. Enfin, le réalisateur se connecta à la réunion et tout le monde se figea pour répondre aux moindres besoins du client.

Indépendamment des questions sur le budget qu'il fallait souvent revoir à la hausse dans ce genre de projet, Mr Nableur fut content du travail de Charline et de ses équipes. Du coup, ils se mirent tous d'accord sur une date de tournage.

Une fois qu'il eut raccroché, Charline félicita tous ses salariés et leur proposa d'aller boire un verre pour les récompenser. Elle leur avait même offert une journée de congé pour qu'ils puissent se reposer un peu avant le rush du tournage. Oui, Charline était le genre de chef que tout le monde rêvait d'avoir.

À la fin de sa journée, elle était épuisée. Elle n'avait pas pensé à Lisandro une seule fois tant elle avait été occupée.

Lisandro, qui avait encore du mal à croire qu'il s'était fait jeter de chez Charline comme un malpropre, ne savait pas très bien comment le prendre. Il n'aurait jamais cru que les nanas qu'il virait de chez lui pouvaient se sentir si humiliées. Et en colère… Charline méritait qu'il ne lui adresse plus la parole. Mais, peut-être qu'elle ne voudrait plus le revoir après leur soirée torride, justement…

En pensant à cette éventualité, il ressentit une grande tristesse, car il avait rarement éprouvé une alchimie aussi forte avec quelqu'un. En temps normal, il avait pour règle de ne jamais coucher plusieurs fois avec la même personne. Bien sûr, il avait déjà essayé quand ça se passait bien, mais la fille finissait toujours par se comporter comme sa petite amie et ça ne lui plaisait pas du tout. À chaque fois, cela lui rappelait sa relation avec Laura. Il les comparait toutes à elle, mais il finissait par se rendre compte qu'elles étaient beaucoup moins bien que son ancien amour. Néanmoins, une partie de lui savait qu'il s'accrochait sûrement à des souvenirs idéalisés.

Mais avec Charline, c'était plus fort que lui. Il avait vraiment envie de la revoir. Peut-être pas pour se mettre en couple, car il n'était pas prêt pour ça, mais au moins en tant qu'ami, avec avantage en nature si possible. Oui, ça, c'était le plan parfait ! Mais d'abord, elle devrait se faire pardonner…

Comme à chaque fois qu'il déprimait, il se pointa chez Jessica. Il gara sa voiture devant son petit jardin et marcha jusqu'à la porte d'entrée. Il sonna, puis toqua mollement en attendant qu'elle lui ouvre. Malheureusement pour lui, ce fut Martin qui répondit. Lisandro se redressa aussitôt en cachant son mal-être.

— Qu'est-ce que tu veux ? le rembarra Martin sur un ton contrarié.

— Jessica est là ? demanda-t-il en crispant la mâchoire, car il savait que Martin lui barrerait le passage coûte que coûte.

D'ailleurs, il faisait de son mieux pour limiter l'ouverture de la porte.

— Non !

Lisandro étant persuadé que Martin mentait, il appela Jessica d'une voix forte, ce qui fit grogner Martin. Ce dernier voulut lui claquer la porte au nez, mais Jessica arriva juste avant qu'il ne puisse rembarrer son ennemi juré.

— C'est qui ? demanda-t-elle distraitement en frictionnant ses cheveux avec une serviette de bain.

Elle était en tenue décontractée après sa douche. Martin ne prit même pas la peine de lui répondre, il soupira et s'enfuit à l'étage, laissant la porte s'ouvrir juste assez pour révéler Lisandro.

— C'est moi, répondit ce dernier en entrant et en refermant derrière lui.

— Comment va ton nez ? le questionna-t-elle.

— Ça va, mais j'ai toujours l'air défiguré, dit-il en désignant son visage qui arborait toujours un hématome violacé.

Jessica grimaça.

— Oui, je vois ça… Installe-toi dans le salon, j'arrive.

Lisandro s'exécuta et Jessica repartit à l'étage rejoindre Martin. Elle le trouva dans la chambre en train de ruminer et de faire les cent pas.

— Arrête de te mettre dans cet état dès qu'il s'agit de Lisandro, s'il te plaît… Il est sûrement venu me raconter sa nuit avec Charline, en plus.

Martin se radoucit en la dévisageant, malgré cette jalousie maladive qui l'habitait. Il n'avait jamais été jaloux avant…

— Tu crois ? souffla-t-il plein d'espoir.

— Mais, oui. Allez, détends-toi.

Jessica enlaça Martin pour le réconforter et il se laissa aller contre elle, l'entourant de ses bras musclés et de sa chaleur. Elle sentait toujours aussi bon et le parfum de son shampoing l'avait toujours rendu dingue. Il adorait l'étreindre de cette façon, cela lui donnait l'impression qu'elle était une femme fragile qu'il voulait protéger à tout prix. Chose qu'il ne lui avouerait jamais, sous peine de se faire tailler en pièces. Car Jessica était tellement indépendante et féministe qu'il n'avait pas intérêt à lui sortir ce genre de conneries.

— OK, soupira-t-il enfin. Mais je ne peux pas rester ici. Je vais rentrer, rejoins-moi quand il sera parti…

Jessica fit la moue en se dégageant de son étreinte.

— S'il te plaît… Je ne veux pas abandonner Spéculos une fois de plus.

Martin ferma les yeux une seconde avant de capituler.

— Tu pourras emmener ton lapin, mais interdiction de le libérer dans mon appart !

Elle lui sauta au cou.

— Merci ! T'es un amour, lâcha-t-elle en l'embrassant sauvagement.

Martin répondit à son baiser avec fougue, puis se détacha doucement.

— Ne compte pas sur moi pour faire des cochonneries alors que Lisandro est en bas.

Elle leva les yeux au ciel.

— Comme si j'étais ce genre de fille…, rigola-t-elle. Et pour Spéculos, tu finiras par céder et accepter de le lâcher dans ton appartement.

Elle lui fit une moue malicieuse, puis se détourna pour sortir de la chambre et rejoindre son invité.

— Compte là-dessus ! bougonna Martin.

Jessica prit la brosse qui se trouvait dans la salle de bain et redescendit les escaliers en souriant. Malgré sa contrariété face à la réaction de Martin, elle était tout de même contente d'emmener son lapin avec elle.

En s'installant sur le canapé à côté de Lisandro, elle brossa ses longs cheveux blonds encore humides.

— Alors, qu'est-ce qui t'amène, dis-moi tout !

Lisandro ne savait pas vraiment par où commencer. Quelque part, il avait envie d'avouer à Jessica ce qui s'était passé avec Laura pour qu'elle comprenne l'étendue de son malaise, mais il n'en eut pas le courage. À la place, il lui raconta la façon dont Charline l'avait viré de chez elle au petit matin. Et Jessica explosa de rire.

— Et alors ? Ce n'est pas ce que tu espérais ?

Lisandro haussa les épaules.

— Elle aurait pu être plus sympa… En fait, le truc c'est que je ne sais pas si je devrais la rappeler ou si on est censés s'éviter maintenant…

Jessica arrêta de se coiffer pour dévisager Lisandro qui avait un comportement inhabituel.

— Et, qu'est-ce que tu aimerais ?

— C'est ta cousine… Je me doutais qu'en couchant avec elle, je serais amené à la revoir, alors… Pour moi c'était plutôt logique…

— OK ! s'exclama Jessica en posant sa brosse sur le canapé et en attrapant son portable.

— Qu'est-ce que tu fais ?! s'écria Lisandro, paniqué.

Martin passa à l'instant où Lisandro attrapait le poignet de Jessica pour lui arracher son téléphone des mains.

— J'y vais, grinça-t-il en regardant Jessica. Amusez-vous bien…

— À tout à l'heure mon amour, répondit Jessica en lui adressant un regard énamouré. Il ne veut pas que j'envoie un message à Charline pour savoir si elle veut le revoir.

Lisandro se renfrogna et s'enfonça dans le dossier du canapé, tandis que Martin affichait une moue contrariée. Il avait toujours son éternelle mâchoire crispée en présence de Lisandro et cela attrista un peu Jessica. Il n'ajouta pas un mot et claqua la porte d'entrée derrière lui.

Jessica soupira en pinçant les lèvres.

— J'espère qu'un jour vous pourrez vous trouver dans la même pièce sans risquer de vous taper dessus...

— C'est lui qui est toujours sur la défensive ! se défendit Lisandro.

— Je sais... Mais tu n'es pas vraiment innocent. C'est à cause de ton comportement qu'il est comme ça. Il s'est senti trahi par un ami.

— C'était pour son bien...

Tout en parlant, Jessica avait réussi à récupérer son téléphone et envoyait discrètement un message à Charline.

— Et donc, ta nuit avec Charline, c'était bien ? voulut-elle savoir.

— Torride ! Franchement, Jess, ta cousine est tellement... J'sais pas comment l'expliquer, mais il y a une vraie alchimie entre nous. J'aimerais qu'on se voie de temps en temps, tu comprends...

Jessica opina tout en tapant sur son clavier.

Jessica : Salut Chacha, dis-moi, est-ce que tu comptes revoir Lisandro ? Il se languit de votre nuit torride et il veut quelque chose de régulier d'après ses propos. Bon, il fait un peu la gueule, vu la façon dont tu l'as foutu dehors, parait-il MDRRR J'suis sûre que tu es la première nana à avoir fait ça hahaha

— Qu'est-ce que tu fais ? demanda enfin Lisandro en voyant Jessica rire toute seule.

Elle appuya vite sur "envoyer" et relava la tête vers son ami.

— J'envoyais un message à Charline.
— Putain, Jesss ! À quoi tu pensais, bordel !
— Elle m'a répondu ! s'écria Jessica en brandissant son portable devant elle.
— Qu'est-ce qu'elle dit ? s'impatienta Lisandro en se ruant sur le téléphone alors que Jessica cliquait sur le message.

Charline : Ahahah, tu crois ? Une nuit torride, c'est un peu fort… disons que c'était sympa ! Correcte, quoi… Dis-lui que j'étais un peu stressée ce matin et que j'ai eu une dure journée. J'ai prévu d'aller à la foire du Trône demain, j'avais pensé l'inviter ^^ Smac !

— Correcte…, marmonna Lisandro, dépité. Et puis, pourquoi elle rigole ? Qu'est-ce que tu lui as dit ?
— Rien. Bon, t'es rassuré ? Vous allez vous revoir demain. Allez, rentre chez toi, maintenant. Je dois retrouver Martin et ramener mon lapin et toutes ses affaires. Ma voiture va encore être pleine de foin…
— Si tu veux, je peux dormir ici et m'occuper de lui.

Jessica ne put s'empêcher de sautiller sur place avec enthousiasme.
— Oh, mais oui ! C'est une super idée ! Et si jamais tu sors, interdiction de baiser dans ma maison !
— T'inquiète pas pour ça, rigola-t-il.

Jessica lui adressa une moue espiègle, car elle ne lui faisait qu'à moitié confiance pour respecter cette part du marché. Toutefois, elle ne se fit pas prier pour laisser Spéculos à

Lisandro, car elle savait qu'il l'aimait bien et qu'il s'occuperait bien de lui.

Avec empressement, elle rassembla quelques affaires, les fourra dans un sac et prit la poudre d'escampette.

Lorsqu'elle fut partie, Lisandro se sentit un peu seul mais, heureusement, il était avec Spéculos. Doucement, il sortit le gros lapin roux de sa cage et s'installa sur le canapé pour le poser sur ses genoux et le caresser tel un gros chat. L'animal, extrêmement doux, adorait les câlins et claquait des dents à intervalles réguliers, les yeux fermés de contentement. Il lui tenait chaud et lui apportait un certain réconfort. Lisandro avait toujours adoré les animaux, car c'était bien les seuls êtres sur terre à aimer de façon inconditionnelle.

Il alluma la télé et resta un moment à câliner Spéculos. Puis il finit par s'endormir, sans s'en rendre compte.

Chapitre 7

Lorsqu'il rouvrit les yeux, il vit une poignée de petites crottes rondes et sèches à quelques centimètres de son visage.

— Saloperie ! râla-t-il en se redressant sur le canapé.

Il remarqua que des petites crottes étaient aussi dispersées dans tout le salon, mais il n'y avait aucune trace de Spéculos. Lisandro siffla, appela plusieurs fois le gros lapin roux en faisant le tour du salon, mais rien. Il arpenta toutes les pièces de la maison, sans réussir à le retrouver. Pourtant, le nombre de petites crottes semées tel le petit poucet, attestait de son passage…

Lorsqu'il reçut un SMS de Jessica, il s'aperçut qu'il avait passé toute la nuit sur le canapé et qu'il allait bientôt devoir partir au boulot.

Jessica : Salut, tout s'est bien passé ? J'ai oublié mon magnifique rouge à lèvres rubis :'(J'arrive dans 5min. À tout'

— Bon sang ! grogna Lisandro en paniquant un peu.

Indépendamment des excréments éparpillés un peu partout qu'il devait nettoyer, il fallait absolument qu'il remette la main sur cette boule de poils !

Comme il n'était pas encore tout à fait réveillé, il se fit violence pour redoubler d'efforts et inspecta les moindres recoins de la maison. Enfin, il trouva cette saloperie de lapin, confortablement allongé sous le lit de Jessica…

Il mit encore plusieurs minutes à le sortir de là. Ensuite, il se dépêcha de le remettre dans sa cage et courut comme un dératé pour nettoyer toutes les crottes, preuve de sa culpabilité.

Lorsque la porte s'ouvrit sur Jessica, il était encore légèrement essoufflé.

— Salut ! dit Jessica d'un ton enjoué. Alors ça a été ? Tu n'as pas répondu à mon texto.

Elle passa devant Lisandro pour courir jusqu'en haut des escaliers, où se trouvait sa salle de bain, et récupérer son rouge à lèvres. Lorsqu'elle redescendit, Lisandro était toujours au même endroit avec la même expression, comme si le temps s'était arrêté le temps qu'elle s'éclipse à l'étage.

— Alors ? répéta-t-elle en s'impatientant.

— Comme sur des roulettes, répondit enfin Lisandro, malgré son expression bizarre.

Elle fronça les sourcils, avant de se diriger vers la cage de Spéculos pour voir s'il allait bien. Lorsqu'elle le vit en train de manger du foin, elle fut rassurée.

— OK, super ! Bon, j'y vais. Tu es prêt ?

Lisandro acquiesça et ils sortirent tous les deux en même temps.

— Au fait, tu ne veux pas que je te maquille un peu pour cacher cet énorme hématome ? Je t'assure que personne ne s'en rendra compte…, proposa-t-elle en verrouillant sa porte d'entrée.

— C'est hors de question ! Je préfère avoir l'air défiguré plutôt que de mettre du maquillage… C'est un truc de gonzesse !

— Comme tu voudras…, répliqua Jessica en haussant les épaules.

Puis, ils rejoignirent chacun leur voiture pour se rendre à leurs travails respectifs et affronter cette nouvelle journée.

Bien que Lisandro n'ait aucun impératif dans sa boutique de chocolats, à part le lundi matin, il s'y rendait chaque jour pour s'assurer que tout se passait bien. Mais avant cela, il fit un détour par chez lui, se doucha et se changea pour être présentable.

Sans se douter de la surprise qui l'attendait, Lisandro entra dans sa chocolaterie avec entrain.

— Salut, beau gosse ! s'exclama une voix qu'il connaissait bien, ce qui le fit bugger quelques secondes.

— Charline ? s'étonna-t-il en la découvrant adossée au comptoir, en pleine conversation avec Max, son employé qui avait des allures de bikers.

— Jessica m'a tout dit pour ta chocolaterie. Tu es prêt pour la foire ? J'ai donné un jour de congés à mes salariés, alors je suis libre comme l'air, s'enthousiasma-t-elle en souriant.

— Heu… Maintenant ? Je pensais qu'on se retrouverait ce soir…

Lisandro était un peu embarrassé et il faillit lui parler de ce qu'elle avait dit à Jessica à propos de leur nuit correcte. Ce simple mot le rongeait de l'intérieur. Il n'avait pas l'impression d'être nul ou juste correct avec les nanas qu'il ramenait chez lui. Le pire, c'est qu'avec Charline il avait vraiment ressenti une connexion à part… Mais avoir cette conversation devant Max était hors de question.

— Laisse-moi régler quelques trucs avec Jimmy et j'arrive, ajouta-t-il, comme Charline s'impatientait.

— Jimmy ? s'étonna-t-elle. Tu travailles avec un Jimmy ?

— Heu… Oui, pourquoi ?

— Présente-le-moi ! s'exclama-t-elle, les yeux brillants de malice et de curiosité.

Elle était redevenue complètement survoltée. Lisandro se rappela le moment où il avait présenté Jimmy à Jessica et il n'avait pas envie que cela recommence. Il ne voulait pas que son chocolatier monopolise l'attention de Charline au point qu'elle l'oublie alors qu'il se trouverait juste à côté d'elle.

— Toi aussi tu es une mordue des chocolatiers ?

— Quoi ? Mais non… Je bosse aussi avec un Jimmy, je veux juste savoir à quoi il ressemble, s'esclaffa Charline.

— Ah bon ? souffla Lisandro, soulagé. D'accord, suis-moi.

Même si Lisandro était un peu plus détendu, il ne savait pas trop comment se comporter avec Charline. Pourtant, de son côté, elle avait l'air tout à fait normale. Comme s'il ne s'était rien passé entre eux…

Il la trouvait vraiment canon avec sa jupe en cuir noire, ses bottes assorties et son chemisier rouge sous un perfecto. D'ailleurs, il aimait sa petite taille et sa poitrine volumineuse autant que ses fesses bien rebondies.

Ils franchirent tous les deux la porte du labo où s'affairait Jimmy. Une délicieuse odeur de chocolat imprégnait l'air. Jimmy était concentré et travaillait le chocolat sur du marbre. Le tout avec une petite musique de fond électro.

— Salut, Jim, l'interpela Lisandro.

— Salut, Patron, répondit Jimmy sans quitter des yeux sa préparation.

Charline s'approcha du plan de travail pour regarder ses gestes de plus près.

— Mmm, ça a l'air bon. Je peux goûter ? demanda-t-elle en s'apprêtant à toucher la pâte liquide qui s'épaississait à force d'être travaillée.

Jimmy sursauta et repoussa vivement le bras de Charline.

— Interdiction de toucher !

Puis, se tournant vers Lisandro.

— Je ne savais pas qu'on avait une intruse. Tu sais que je n'aime pas qu'on vienne me déranger quand je travaille. Pour Jessica, je comprends, mais ne ramène pas toutes tes nanas ici, s'il te plaît.

Lisandro rit jaune pour cacher sa gêne tandis que Charline posait ses mains sur ses hanches d'un air contrarié.

Quand il avait ramené Jessica, il n'y avait eu aucun problème et c'était probablement parce que c'était une bombe, mais quand il s'agissait de Charline, Jimmy était exécrable ! D'un côté, Lisandro fut soulagé que son chocolatier ne drague pas la fille qui lui plaisait, mais de l'autre, il se sentait mal pour elle et ça le faisait un peu passer pour un con…

— Je suis la cousine de Jessica, s'insurgea Charline.

— Allez, laisse-le travailler maintenant que tu as vu à quoi il ressemble. Je t'offre une boîte de nounours en guimauve si tu veux. Une spécialité de Jimmy.

— Pourquoi pas…, accepta Charline en rejoignant Lisandro.

Ils retournèrent dans la boutique où Max s'occupait d'une cliente. Lisandro prit une boîte de chocolats avant de lui faire un signe pour lui dire au revoir. Il la donna à Charline et ils rejoignirent son Audi TT jaune moutarde.

— Merci pour les nounours, dit Charline en en enfournant un dans sa bouche.

Lisandro s'arrêta devant sa voiture pour l'observer mâcher et prendre plaisir à savourer toutes ces saveurs. Comme Jessica, Charline ferma les yeux de bonheur, ce qui lui arracha un sourire.

Ce jour-là, il faisait humide et les nuages gris menaçaient de faire tomber la pluie.

— Au fait, on prend ma voiture, ajouta Charline en regardant avec condescendance celle de Lisandro. Je ne veux pas m'afficher dans une voiture de cette couleur. Viens !

— Moi, je l'adore cette couleur…, bougonna Lisandro.

— Je t'assure que tu vas adorer ma voiture. C'est un SUV de chez BM gris métallisé.

— Et c'est toi qui vas conduire, donc ? râla encore Lisandro en suivant malgré tout Charline sur le trottoir mouillé.

— Effectivement. Si tu as un problème avec ça, je crois qu'on ne va pas bien s'entendre… En plus, tout est automatique, c'est le confort absolu !
— Ma voiture aussi est toutes options…
— Mais elle n'a pas de boîte automatique.
— Encore heureux, rigola Lisandro. Tu n'y connais rien.
Charline ne riposta pas, préférant engloutir deux autres oursons. Elle s'arrêta enfin devant une BMW X4 hyper classe.
— Après toi, dit-elle en lui indiquant la place côté passager, tandis qu'elle faisait le tour pour monter derrière le volant.
Lisandro s'exécuta en notant que Charline avait raison. Sa voiture était chic et spacieuse. Lorsqu'elle démarra, il sentit tout de suite qu'elle en avait sous le capot et cela lui fit autant peur que plaisir. Car il n'avait aucune confiance en Charline pour conduire. En aucune femme, à vrai dire… Il se cramponnait à la poignée de façon ridicule.
— Détends-toi, rigola Charline en slalomant entre les voitures et les rues bondées.
— C'est facile à dire pour toi… Si je ne meurs pas dans un accident, on aura de la chance !
Charline lui adressa un regard noir.
— Tu veux que je te dépose sur le bas-côté ?
Lisandro se redressa et prit sur lui pour se calmer.
— Non, ça ira, souffla-t-il, car il savait qu'elle en était capable.
— Bon, passe-moi un ourson. J'ai besoin de forces pour affronter toute cette circulation, plaisanta-t-elle.

Lisandro serra les dents, mais fixa son attention sur la boîte de chocolats posée sur ses genoux. Il était sensible au mal des transports et il ressentit vite une petite nausée lorsque Charline freina brusquement et tourna d'un coup sec.

— Putain, Charline ! Vas-y mollo…

— Ça va, détends-toi, répéta-t-elle. Un abruti m'a fait une queue de poisson, j'ai géré comme un chef ! Bon, il vient ce nounours ?

— Ouais… une seconde.

Enfin, Lisandro lui tendit un ourson et elle l'enfourna dans sa bouche. Ils arrivèrent une heure plus tard. Une fois que Charline fut garée, Lisandro se dépêcha de sortir de la voiture pour prendre un peu l'air et faire passer sa nausée.

— Prêt à affronter les manèges à sensations fortes ? s'enthousiasma-t-elle en le rejoignant sur le trottoir.

Elle trépignait comme une pile électrique.

— Heu… ouais, marmonna-t-il.

Néanmoins, il sentait que la journée n'allait pas être de tout repos.

— Mais d'abord, un bon café ! continua Charline.

Ils marchèrent dans les allées bondées jusqu'à trouver un stand qui vendait du café. Une fois leur gobelet brûlant en mains, ils se rendirent aux montagnes russes. C'était l'un des plus impressionnants manèges de la foire. Ils regardèrent les trains défiler sur les rails à une vitesse fulgurante.

— On va commencer par celui-là, dit Charline en soufflant sur son café bouillant.

Lisandro se sentit mal, mais il avait trop de fierté pour refuser.

— T'es sûre ? questionna-t-il tout de même. On pourrait commencer par la grande roue…

— Arrête ! Celui-là c'est le plus soft ! On va y aller crescendo, ne t'inquiète pas.

— OK, répondit Lisandro en se sentant de plus en plus mal.

Que pouvait-il y avoir de pire que les montagnes russes ? Connaissant Charline, il risquait de passer une sale journée…

Ils firent la queue un long moment, ce qui leur permit de finir leur café et de discuter tranquillement. Enfin, ils montèrent dans un wagon. L'impatience de Charline était toujours à son maximum et elle ne semblait pas voir la réticence de Lisandro.

— Prêt pour le grand saut ? demanda-t-elle le visage rayonnant et le sourire jusqu'aux oreilles.

Lisandro essaya de répondre, mais le manège s'ébranlait déjà, lui bloquant les mots dans la gorge. Le wagon commença son ascension impressionnante jusqu'au sommet de la première descente et il commençait déjà à se sentir mal. Les sensations fortes, ce n'était vraiment pas son truc.

— Youhouuuu ! cria Charline alors que le train entamait sa descente.

Durant l'accélération, Lisandro crut que son cœur allait lâcher. Ce fut de pire en pire à mesure qu'ils passaient les loopings et autres acrobaties du manège. Lorsque la torture prit fin, il en fut soulagé, mais sa nausée était revenue. Il espérait qu'il tiendrait le coup jusqu'à ce qu'il rentre chez lui.

— C'était génial, non ? s'extasia Charline en descendant du train.

— Ouais… pas mal, mentit-il en sortant du manège.

Charline prit Lisandro par la main et l'entraîna avec elle dans les allées bondées. Ce simple contact lui décrocha un sourire qu'il n'arriva pas complètement à dissimuler. Malgré tout, il refusait d'avoir l'air d'un imbécile béat devant Charline.

— Maintenant, place à mon préféré !

Ils arrivèrent devant une espèce d'hélice qui comportait des sièges sur chaque pale qui semblaient tourner sur elle-même. Un type criait qu'il voulait descendre, ce qui ne rassura pas Lisandro.

— Oh, mais quelle chochotte celui-là ! rigola Charline.

— Tu crois ? questionna tout de même Lisandro en observant l'hélice tourner.

Rien que ce spectacle accentuait son mal de cœur.

— Mais oui, il est génial ce manège ! On se croirait dans une centrifugeuse, ajouta-t-elle.

Au milieu de toutes les personnes qui faisaient la queue, il n'osait pas trop parler, mais il se lança quand même.

— Je ne le sens pas, Charline. J'ai pas l'impression que le type plaisante…

— Oh, allez, minauda-t-elle en se collant contre lui.

Lisandro prit une profonde inspiration, s'imprégnant du parfum envoutant de Charline et savoura sa proximité. Il ne pouvait pas lui résister.

— D'accord, dit-il en soupirant.

Il passa un bras autour d'elle et ils restèrent quelques minutes dans cette position, comme si c'était quelque chose de naturel.

Puis la foule avança et ils se détachèrent l'un de l'autre. Lorsqu'ils montèrent dans les sièges, Charline fut encore une fois tout excitée et trépigna d'impatience tandis que Lisandro commençait à flipper. Dès que l'hélice se mit en route, il se sentit un peu plus mal. Le temps paraissait durer des heures et il eut toutes les peines du monde à garder les yeux ouverts. Il prit son mal en patience, devenant de plus en plus livide à mesure que la nausée augmentait. Le manège les secouait dans tous les sens. C'était tout simplement horrible ! Une vraie torture ! Il se demanda comment Charline pouvait aimer ce genre de trucs…

Au bout d'une éternité, l'engin de malheur ralentit. Lisandro avait posé sa tête sur un des montants du siège, les paupières toujours closes. Il était vraiment mal.

— Ça va ? s'inquiéta Charline en remarquant son état.

— Non…

Elle descendit de son siège et se plaça face à lui.

— Viens…, dit-elle alors qu'il croisait son regard.

Lisandro descendit à son tour, fit quelques pas pour quitter le manège, sans vraiment faire attention à Charline, et vomit toutes ses tripes dans un coin.

— Merde, ça va ? répéta Charline, sans oser s'approcher. Tu veux quelque chose ?

— Laisse-moi… deux minutes…, haleta-t-il en essayant de reprendre contenance.

Il se redressa enfin, toujours pâle comme un linge, et se tourna vers Charline. Ses yeux lançaient presque des éclairs, car il s'en voulait de s'être montré si vulnérable.

— Tu vois, ce type ne faisait pas semblant…, lâcha-t-il finalement.

— Comment j'aurais pu savoir que ça te mettrait dans cet état ?

— J'ai essayé de te le dire, pourtant…

Charline plissa les yeux. Les mecs et la communication, ça faisait deux. Toujours en train de dire les choses à demi-mot, de sorte qu'on ne comprenait jamais ce qu'ils voulaient dire en réalité.

Elle s'approcha de lui.

— Tu veux qu'on rentre ? proposa-t-elle avec compassion.

Lisandro prit une profonde inspiration pour faire passer la nausée incessante qui le consumait, mais il vomit une deuxième fois. Juste avant, il fit signe à Charline de reculer. Lorsqu'il se redressa, il n'allait pas tellement mieux.

— Je ne sais pas si je vais supporter la voiture… Ce truc m'a retourné les boyaux…

— Je vois ça… Je suis désolée…

Il ferma encore les yeux et respira un peu d'air frais.

— Est-ce que tu veux qu'on marche un peu ? Tu veux manger quelque chose ? Peut-être une glace à la menthe, je sais pas…

— D'accord, accepta-t-il en se rapprochant d'elle. J'suis pas très présentable…

— C'est pas grave, sourit-elle.

Après ça, Lisandro vomit environ toutes les vingt minutes, ce qui gâcha un peu leur rendez-vous.

Charline le raccompagna tant bien que mal chez lui en s'excusant encore dix mille fois. Et il passa le reste de la journée à se reposer et à essayer de faire passer sa nausée.

Chapitre 8

Vers 18h, Charline, qui était confortablement installée dans son canapé et regardait distraitement un film d'action, tout en pensant à sa journée avec Lisandro, reçut un texto de Chloé. Comme c'était son assistante personnelle, cela arrivait souvent mais, aujourd'hui, alors que tous ses projets étaient bouclés, ce n'était pas normal.

Elle cliqua sur le message avec curiosité.

Chloé : Salut Charline, il y a une urgence au bureau. Il faudrait que tu viennes immédiatement.

Chloé ne s'affolait que très rarement et Charline eut soudain peur qu'une catastrophe insurmontable soit arrivée. Elle répondit succinctement qu'elle arrivait et se précipita dans sa voiture pour rejoindre son bureau. Elle aurait peut-être dû demander plus d'explications à Chloé, mais elle était du genre impulsif et l'angoisse lui rongeait tellement les entrailles qu'elle n'avait pas voulu perdre de temps. Il fallait qu'elle arrive le plus vite possible.

À cette heure-ci, la circulation était tellement dense que son trajet dura deux fois plus longtemps que d'habitude. Lorsqu'elle arriva enfin, il était presque 20h. Elle se gara avec une boule monumentale au ventre. À première vue, rien n'avait brûlé, ce qui lui procura un certain soulagement.

Elle entra d'un pas tremblant dans son entrepôt et elle s'arrêta net en découvrant ses salariés au complet dans la salle principale.

— SURPRIIIIISE !!! crièrent-ils en chœur.

Charline en resta comme deux ronds de flan.

— Je vais tuer Chloé ! Où est-elle ? s'écria-t-elle ensuite avec contrariété.

Elle entendit quelques chuchotements en passant près du buffet.

— J'étais sûre qu'elle allait être en colère, on aurait dû lui dire la vérité.

— Mais ça n'aurait pas été une surprise sinon…

Après quelques pas furieux jusqu'à une grande table transformée en bar, elle trouva son assistante personnelle. Cette dernière lui adressa un grand sourire en lui tendant un verre de ponch.

— Tu en as mis du temps, l'accueillit-elle avec joie.

Elle devait déjà être un peu pompette.

— Chloé ! s'exclama Charline, hors d'elle. J'ai bien cru que j'allais faire une crise de nerfs ! Ne me refais plus jamais une telle frayeur !

— C'est vrai ? répliqua son assistante en perdant son air joyeux. Je pensais que ça te ferait plaisir, après tout le mal que tu t'es donné…

Charline pinça les lèvres.

— Oui, la fête me fait plaisir, merci de l'avoir organisée. Mais pour le texto, j'ai bien envie de te tordre le cou ! La prochaine fois, trouve autre chose, d'accord ?

Chloé baissa les yeux et se sentit mal face aux réprimandes de sa patronne.

— Désolée…

Charline soupira en se rendant compte qu'elle y allait un peu fort. Le silence dans la pièce lui indiqua que tout le monde avait entendu ses paroles.

— Merci pour cette fête, dit-elle enfin à l'attention de ses salariés. Allez, dispersez-vous, maintenant ! Allez vous goinfrer de petits fours et de sangria !

Une fois que les rires et le brouhaha emplirent de nouveau la pièce, elle reporta son attention sur Chloé qui faisait un gros effort pour ne pas partir en pleurant. Charline mit un doigt sous son menton pour qu'elle relève les yeux vers elle.

— Merci d'avoir organisé tout ça. Ça me touche beaucoup. J'ai juste eu tellement peur qu'il arrive une catastrophe… Après ces dix dernières années à bosser comme une malade, si l'entrepôt avait brûlé ou je ne sais quoi d'autre, je crois que ça m'aurait anéantie.

Chloé hocha la tête en esquissant un faible sourire.

— Merci pour le verre, reprit Charline en attrapant celui que Chloé lui avait tendu un peu plus tôt. Allez, viens. On va manger quelques petits fours pour ne pas être complètement bourrées !

Chloé laissa échapper un petit rire.

— J'en suis à mon deuxième verre, je crois que c'est un peu trop tard pour moi, pouffa-t-elle.

Charline lui rendit son sourire et l'entraîna avec elle jusqu'au buffet, son bras enroulé autour de celui de son assistante. Elles mangèrent et burent en discutant dans une alchimie parfaite. La musique était agréable et entraînante, et Charline eut soudain envie de danser. Elle attrapa Chloé par la main et l'emmena avec elle, au milieu des autres salariés qui se trémoussaient. Certains étaient venus avec leur femme, d'autres avec un frère ou un ami, mais Chloé semblait être seule, ce qui donna envie à Charline de rester avec elle. Même lorsque quelqu'un venait lui parler, elle le congédiait gentiment après quelques minutes de conversation, pour se concentrer sur Chloé.

Elle était mignonne avec ses longs cheveux bruns, ses yeux pétillants et son sourire joyeux. Charline se laissa envahir par la musique, dansant au rythme des basses, sans quitter Chloé du regard. Cette dernière se prit au jeu, se calant sur ses pas. À cet instant, elles semblaient en symbiose. Tout le monde autour d'eux avait remarqué leur comportement différent de d'habitude.

Lorsque vint l'inévitable slow, elles s'enlacèrent. Charline était un peu plus petite que Chloé et leur morphologie était totalement différente. L'une était petite et bien en chair, l'autre grande et mince. Pourtant, elles s'accordaient parfaitement. Et comme à chaque fois que Charline avait bu, elle agit sans réfléchir aux conséquences, profitant simplement du moment. Elle attrapa doucement le visage de Chloé et se mit sur la pointe des pieds pour l'embrasser. C'était un baiser doux et enivrant. Ça avait toujours été plus doux avec les femmes et elle aimait cela. Leurs langues se caressèrent avec sensualité et Chloé répondit à son baiser en tremblant légèrement. Elle ne s'était pas attendue à ce revirement de situation en organisant une fête à Charline.

Lorsque leurs bouches se séparèrent, Chloé sourit. On pouvait lire de la joie dans ses beaux yeux sombres.

— Aux amoureuses ! cria l'ensemble du personnel en levant leur verre.

Ce qui fit un peu regretter son geste à Charline. Elle ne voulait pas faire de mal à Chloé, même si, en cet instant, elle avait juste envie de se vider la tête. Néanmoins, elle sourit faiblement en voyant l'enthousiasme général.

— Je sais qu'ils exagèrent, répliqua Chloé. Et je sais comment tu es, ne t'en fais pas pour moi. Merci pour le baiser…

Chloé avait l'air embarrassée, et un peu triste tout à coup, et cela déplut à Charline. Elle la serra contre elle encore une fois et sentit son parfum enivrant.

— Tu mérites mieux que moi, Chloé. T'es une gentille fille et je ne suis pas quelqu'un de fiable.

— Je sais, mais merci quand même.

— J'espère que ça n'affectera pas notre relation au travail. Tu m'es indispensable, personne ne pourrait te remplacer.

Chloé sourit faiblement.

— Merci. Et non, ça ne changera rien, la rassura-t-elle en dissimulant son malaise.

Bien sûr que Chloé serait triste de ne pas pouvoir sortir avec Charline. Mais un baiser, c'était tout de même mieux que rien après ces trois dernières années à fantasmer sur sa patronne et à l'aimer passionnément. Elle avait de la chance que Charline soit bisexuelle, sinon elle n'aurait jamais eu droit à ce baiser.

— Parfait ! Alors, disons que, ce soir, tout est permis et que, demain matin, tout redeviendra comme avant ! s'exclama Charline.

— D'accord…, murmura Chloé avec un mélange de joie et de tristesse.

Elle aurait voulu dire à sa patronne qu'elle ne voulait pas s'afficher devant tous ses collègues, mais cette soirée était une opportunité qui ne se représenterait probablement pas pour se rapprocher de Charline, alors, elle fit comme si ça lui convenait et profita du moment. Et elles passèrent le reste de la soirée à discuter, à rigoler et à s'embrasser langoureusement.

Le lendemain matin, lorsque Charline se réveilla, elle avait un mal de crâne carabiné. Elle ouvrit difficilement les yeux en sentant une présence dans son dos. La main qui pesait sur son ventre était manucurée de vernis bleu électrique.

Pitié, faites que ce ne soit pas Chloé…

Elle avala sa salive avec difficulté en se tournant pour découvrir avec qui elle avait passé la nuit. Et accessoirement fait des folies…

Eh merde !

C'était bien son assistante qui se trouvait profondément endormie à côté d'elle. Le pire c'est que Charline n'avait aucun souvenir de ce qui s'était passé après la soirée. Elle avait un peu trop abusé de la sangria et des autres alcools.

Il lui fallut une bonne dizaine de minutes pour se rappeler qu'elle n'avait pas couché avec son assistante. En effet, Chloé avait tellement bu qu'elle avait appelé tout son répertoire pour présenter Charline, en tant que sa nouvelle petite amie, à tous ceux qui décrochaient. Charline n'avait pas réussi à la calmer et avait dû parler à des tonnes de personnes pendant qu'elle conduisait jusque chez elle. Elle n'avait pas eu le cœur à la laisser seule cette nuit. Qui savait ce qu'elle aurait pu faire d'autre comme bêtise…

Le mélange d'alcool avait provoqué chez Chloé une inhibition totale. Et, même si Charline avait fait tout son possible pour ignorer les sentiments de Chloé, elle savait maintenant ce que son assistante ressentait pour elle. Cela la stressa un peu, car Chloé avait toujours été un élément indispensable à sa réussite.

— Salut, commença Chloé d'un ton ensommeillé en ouvrant enfin les paupières. T'as bien dormi ?

Elle semblait un peu soucieuse, ce qui inquiéta encore plus Charline.

— Oui, et toi ? répliqua-t-elle laconique, ne sachant comment lui annoncer ses déboires de la veille.

Chloé sourit et s'étira langoureusement.

— Merci pour cette nuit, c'était un beau cadeau d'anniversaire, même si je suis dégoutée de n'en avoir aucun souvenirs…

Charline se redressa, un peu surprise.

— C'est ton anniversaire ?

— Oui. D'ailleurs, j'organise une soirée ce soir et j'aimerais que tu viennes.

Charline pinça les lèvres devant la vulnérabilité de son assistante. Surtout lorsqu'elle repensa à toutes les personnes qui l'avaient félicitée d'avoir enfin rencontré quelqu'un et à qui elle avait parlé en personne.

— D'accord. Mais avant de me remercier, il faut que tu saches que tu as fait un peu n'importe quoi hier soir, grimaça Charline en la fixant avec une moue contrite. Et, je suis désolée de te l'annoncer, mais on n'a rien fait à part dormir.

Sur le moment, Chloé sembla déçue, puis elle se redressa à son tour pour faire face à Charline.

— Qu'est-ce que j'ai fait ? demanda-t-elle avec anxiété.

— Eh bien… tu as contacté tout ton répertoire en me présentant comme ta nouvelle petite amie et tu m'as pratiquement forcé à tous leur parler, avoua Charline d'un air embêté.

Chloé ouvrit la bouche de stupeur en ressentant une horrible boule au ventre.

— Oh, mon Dieu ! hurla-t-elle, choquée.

— Écoute, je sais que tu as des sentiments pour moi et que ça ne doit pas être facile tous les jours, mais j'espère que ce qui s'est passé n'affectera pas notre relation au travail. C'est de ma faute, je n'aurais pas dû t'embrasser… Je ne sais pas ce qui m'a pris…

Chloé ne pouvait pas lutter contre ses sentiments, mais elle ferait son possible pour reprendre sa place une fois le week-end terminé.

— Qu'est-ce que je vais faire ? se lamenta-t-elle en se tordant les doigts d'angoisse. Tu n'accepteras jamais de jouer le jeu, pas vrai ?

Ses yeux suppliants eurent raison de Charline.

— Je peux bien faire ça pour toi, après tout. Ils m'ont déjà pratiquement tous félicitée, s'esclaffa Charline qui ne put s'empêcher de rire devant l'absurdité de la situation.

Chloé bougonna, ne sachant pas si elle devait en rire ou en pleurer.

— Bon, est-ce que tu as faim ? enchaîna Charline. Tu veux que j'aille chercher des croissants ? Un café ? Du jus d'oranges pressées ?

— Pourquoi pas… Merci, Charline, murmura-t-elle ensuite, avant de sourire faiblement.

— C'est ton anniversaire, après tout !

Charline se leva énergiquement et sauta dans ses vêtements.

— J'en ai pour quinze minutes, ne bouge pas.

Puis, elle se précipita vers la sortie, attrapant son sac et ses clés au passage. Pendant ce laps de temps, Chloé en profita pour prendre une douche. Elle était encore nue et mouillée lorsque Charline revint et toqua à porte de la salle de bain.

— Tu es là ?

— Oui, je… je voulais prendre une douche. Désolée…

— Tu as bien fait. J'ai cru que tu t'étais enfuie, plaisanta Charline. Le petit déjeuner est servi, je t'attends dans la cuisine.

— Merci…

Chloé était toujours très intimidée face à sa patronne, encore plus depuis ce qu'elle avait fait la veille, sous les effets de l'alcool. Elle s'habilla rapidement et la rejoignit dans la pièce principale. Une cuisine américaine avec un petit bar qui délimitait la partie salon.

— Alors, qu'est-ce que je te sers ? demanda Charline en montrant tout ce qu'elle avait disposé.

Des viennoiseries posées dans un plat, une carafe de jus d'oranges fraichement pressées et du café encore chaud dans la cafetière.

— Wa… merci Charline, mais c'est beaucoup trop…

— T'en fais pas, prends ce que tu veux, se réjouit-elle en croquant dans son pain au chocolat.

Chloé s'approcha plus près et se servit un verre de jus de fruits qu'elle sirota avant de prendre un café et un croissant.

— Tu ne te rappelles vraiment rien de notre fin de soirée ? demanda Charline de but en blanc.

Chloé faillit s'étouffer et mit quelques secondes à reprendre son souffle pour répondre.

— Je… Non…, bredouilla-t-elle, toujours aussi timidement.

Charline soupira et posa un coude sur son bar.

— En fait, je vais être franche. C'était hilarant, et j'espère que ça te reviendra pour qu'on puisse en rire toutes les deux, un peu plus tard.

Chloé avala difficilement sa salive.

— À ce point ? questionna-t-elle, mal à l'aise.

— En fait, le plus drôle, c'était la réaction de tes amis quand tu les tirais du lit. Ils étaient souvent énervés, puis ils se calmaient immédiatement quand tu leur racontais qu'on était ensemble. Ensuite, tu me les passais et je t'avoue que je ne savais pas trop quoi leur dire, pouffa Charline tandis que Chloé pâlissait au fur et à mesure de sa tirade.

— Oh, mon Dieu…, bafouilla-t-elle en baissant les yeux.

— Ce n'était pas si terrible, c'était drôle et mignon, en fait.

— Ça me rend dingue de ne pas me souvenir, râla Chloé avec anxiété. Je ne boirai plus, c'est terminé !

Pendant quelques minutes, elles mangèrent en silence, sans savoir quoi dire de plus. Puis Chloé se décida à reprendre la parole.

— Je vais rentrer pour préparer ma fête. Tu n'as qu'à me rejoindre là-bas vers 19h…

Charline sentit la déception dans la voix de son assistante.

— D'accord. Si tu as besoin de quelque chose, n'hésite pas, proposa tout de même Charline.

— Oui, merci…

— Eh, Chloé, ne t'inquiète pas pour tes amis, ils étaient vraiment cool avec toi. Et t'en fais pas pour moi, non plus. On va bien s'amuser, ce soir, je te le garantis !

Mais son assistante se dépêcha de rassembler ses affaires, ce qui angoissa un peu Charline. Comment pourraient-elles retrouver leurs rôles et leur complicité au travail si, dès maintenant, Chloé se sentait mal à l'aise avec elle ?

Lorsqu'elle fut partie, Charline s'adossa à son bar en terminant son pain au chocolat, perdue dans ses réflexions. Durant toute la journée, elle se repassa la soirée puis la matinée en boucle, sans réussir à trouver la solution qui leur permettrait de retrouver leur relation d'avant, sans gêne. En fin d'après-midi, elle reçut un message de son assistante.

Chloé : Salut… C'est toujours OK pour ce soir ?

Charline ne sut pas si son assistante était juste embarrassée ou si elle préférait annuler son invitation mais, dans le doute, elle confirma sa présence et lui demanda son adresse, ce que Chloé s'empressa de lui donner.

Il lui restait à peine une heure pour se préparer. Elle prit une douche, avant d'inspecter son armoire à la recherche d'une tenue adéquate. En réalité, elle ne savait pas ce qui serait le plus approprié pour l'anniversaire de son assistante, mais si Chloé avait choisi un thème en particulier, elle l'en aurait sans doute informée.

Elle choisit donc une superbe robe fourreau noire, pailletée de strass argentés, qui dénudait une de ses épaules avec un décolleté en diagonale. Au lieu de mettre des talons aiguilles, elle opta pour ses doc martins qui lui arrivaient à mi-mollet, le tout agrémenté d'un perfecto en cuir. Un look rock-chic qu'elle adorait.

Ensuite, elle retourna dans la salle de bain pour se maquiller les yeux, style smoky eyes avec une touche d'argenté pour rappeler les strass de sa robe. Un peu de gloss transparent et le tour était joué. Elle mit la touche finale en s'aspergeant de parfum. Voilà, elle était prête et pile à l'heure pour une fois.

Charline s'attendait à une petite fête sans prétention, mais le nombre de voitures garées n'importe comment dans la rue lui indiqua qu'elle s'était peut-être trompée. Elle mit un bon quart d'heure à trouver une place. Et encore, elle dut marcher dix minutes pour rejoindre l'adresse indiquée par Chloé.

Une fois devant la porte, elle sonna et toqua plusieurs fois sans succès. En même temps, la musique était tellement forte que personne ne devait entendre lorsque quelqu'un se manifestait. Avec son assurance légendaire, Charline tourna la poignée et entra. À l'intérieur, il y avait déjà une bonne vingtaine de personnes dans le salon et peut-être plus dans le jardin ou à l'étage, ce qui la surprit un peu.

La plupart des garçons qu'elle croisait la dévoraient des yeux et elle fit son possible pour les ignorer. Non pas qu'ils étaient moches, mais elle ne voulait pas se donner en spectacle alors qu'elle avait promis à Chloé de jouer le rôle de sa petite amie durant tout le week-end. Elle atteignit enfin la cuisine où elle découvrit son assistante en train de servir quelques verres. Elle portait une très belle robe blanche, aussi classe que sophistiquée, et était en compagnie de deux superbes filles.

Chapitre 9

— Salut ! s'exclama Charline, en avançant jusqu'à tapoter l'épaule de Chloé.

Il était difficile de se faire entendre par-dessus la musique. Chloé sursauta et se tourna vivement. Lorsqu'elle croisa le regard de Charline, sa mâchoire se décrocha. Elle resta muette quelques secondes avant que les deux magnifiques brunes à ses côtés ne prennent les devants et la saluent en lui faisant une bise.

— Salut, tu dois être Charline, vu la façon dont Chloé te reluque, commença la première.

Ses yeux d'un vert sombre semblaient chaleureux et son sourire accentua cette impression.

— C'est bien moi, acquiesça Charline par-dessus le bruit de la musique en esquissant un sourire plein d'assurance.

— Ravie de te rencontrer en personne, ajouta-t-elle avec un clin d'œil espiègle.

Pour toute réponse, Charline lui sourit et Chloé eut du mal à cacher son embarras.

— Laissons-les, ajouta la seconde fille en attrapant le bras de la première.

Elles quittèrent la cuisine tandis que Chloé ne bougeait toujours pas.

— Ça va ? demanda Charline en rigolant.

— Heu… oui, balbutia son assistante en baissant les yeux vers son verre.

Quand Charline remarqua le malaise qu'il y avait entre elles, elle s'inquiéta au plus haut point.

— Est-ce que tu aurais préféré que je ne vienne pas ? Je n'aurais pas dû te mettre mal à l'aise ce matin. Désolée...

— Non, c'est juste que tu es... super belle... Et, pour ce matin, ce n'est pas de ta faute. Je suis consciente que ça devait être drôle, mais je me sens tellement humiliée d'avoir perdu les pédales que je ne sais plus où me mettre... En plus, devant toi... Je suis désolée de t'avoir mise dans cette situation.

Charline la prit dans ses bras pour la réconforter.

— T'en fais pas, je suis sûre que dans une semaine, tout le monde aura oublié, la rassura-t-elle.

Chloé passa timidement les mains autour de sa supérieure, sans réussir à croire qu'elle avait accepté de lui sauver la mise en se faisant passer pour sa petite amie. D'ailleurs, le parfum de Charline sentait tellement bon qu'il lui fit tourner la tête sous le flot d'émotions qui l'envahissait, malgré elle.

— Salut sœurette ! s'exclama une voix masculine dans son dos, ce qui la ramena à la réalité.

Chloé se détacha doucement de Charline pour aller à la rencontre de son frère qui déposait son pack de bières sur l'îlot central. Et lorsque Charline se retourna pour le saluer, elle se figea de surprise.

— Lisandro... ? balbutia-t-elle en croisant son regard.

Au même moment, Chloé l'attrapait par le bras pour entrelacer leurs doigts.

— Je te présente ma petite amie ! s'écria-t-elle joyeusement.

Charline était trop stupéfaite pour réagir.

Devant ce spectacle inattendu, le visage de Lisandro se décomposa et sa poitrine se comprima tellement qu'il suffoqua. Il avait besoin de prendre l'air. À cet instant, il aurait voulu affronter Charline et lui demander des explications, mais la dernière chose qu'il voulait était de faire souffrir sa sœur qui n'avait jamais vraiment trouvé de partenaire. Pour une fois que ça lui arrivait, il fallait que ça tombe sur Charline !

Le matin-même, lorsqu'il avait reçu le texto de sa sœur lui annonçant qu'elle avait trouvé une petite copine du nom de Charline, lui reprochant au passage de ne pas décrocher à 3h du matin, il n'aurait jamais imaginé que c'était *sa* Charline. Et, maintenant qu'elle était en face de lui, il avait du mal à y croire… Ce n'était pas possible !

— Bordel…, jura-t-il. Je vais… prendre une bière…

Il en déballa une maladroitement du carton et s'enfuit pour ne pas montrer ses émotions. Chloé qui ne comprenait pas très bien ce qu'il se passait se tourna alors vers sa supérieure.

— Vous vous connaissez ? demanda-t-elle sans comprendre.

— Oui.

Chloé fixa Charline en attendant la suite, mais comme rien ne venait, elle reprit la parole.

— Pourquoi est-ce qu'il a l'air si… blessé ?

— Crois-moi, tu ne veux pas le savoir, répliqua Charline embarrassée.

Son assistante croisa les bras sur sa poitrine, la colère la gagnant peu à peu.

— Si, je veux savoir. Quand il s'agit de Lisandro, je veux tout savoir. Il couche avec toutes les nanas qu'il rencontre.

— Pas toutes, riposta Charline. Ma cousine n'a jamais voulu de lui.

Elle esquissa un sourire espiègle en espérant que la diversion marcherait.

— Et toi ?

Charline avala difficilement sa salive, mais elle savait que si elle mentait, Chloé apprendrait la vérité tôt ou tard.

— La semaine dernière…

— C'est pas vrai…, s'effondra Chloé en s'accrochant au plan de travail pour se retenir de tomber. Pourquoi… ?

Charline haussa les épaules.

— Parce qu'il me plaisait. C'est le meilleur ami de ma cousine et il a insisté pour avoir un rendez-vous avec moi. C'était une sorte de deal entre nous. Mais il n'y a rien de plus.

Elle omit volontairement de parler de leur première rencontre à la Qlimax.

— C'était avec toi la foire du Trône ?

— Oui…

— Purée Charline, Lisandro n'aurait jamais fait ça avec quelqu'un d'autre. Il l'a fait parce que c'était toi…

— N'importe quoi ! répondit Charline avant de rigoler.

— Si, je t'assure que c'est vrai. Il a été malade à en crever toute la soirée et une partie de la nuit. Il est hyper sensible au mal des transports.

— N'importe quoi…, répéta Charline d'une voix hésitante, cette fois.

— Pourquoi il a fallu qu'on craque sur la même nana…, se lamenta Chloé en resserrant ses doigts sur le plan de travail.

Charline ne savait plus quoi faire et, surtout, elle pensait vraiment que son assistante dramatisait.

— Écoute, ça ne change pas grand-chose. Je tiens à respecter ma promesse pour ce soir.

Chloé secoua la tête, les larmes aux yeux, tandis que Charline tentait de la consoler en lui frottant doucement le dos.

— Je ne peux pas lui faire ça…

— Si, tu peux. Je t'ai fait une promesse et je compte bien la tenir, répéta-t-elle. J'espère juste que ça ne créera pas de malaise entre nous, parce qu'on forme une super équipe toutes les deux, au boulot. Et ne t'inquiète pas pour Lisandro, je suis sûre qu'il savait à quoi s'attendre en couchant avec moi. Ma cousine, l'avait briefé. Et puis, je n'ai pas dit qu'on ne se reverrait plus après ce soir…

Chloé essaya de se calmer en essuyant ses joues humides avec ses mains.

— Mon maquillage va être foutu avant le début des festivités…, se lamenta-t-elle d'une voix enrouée par le chagrin.

— Emmène-moi jusqu'à ta salle de bain et on va arranger ça, d'accord ?

Chloé hocha la tête et entraîna discrètement sa patronne à l'étage où la musique était étouffée et où il était beaucoup plus agréable de discuter.

— Je peux te poser une question ? demanda Chloé lorsqu'elles entrèrent dans la petite salle d'eau.

Charline acquiesça tout en la regardant démaquiller les traces noires qui avaient coulé de ses yeux.

— Tu préfères les hommes ou les femmes ?

Charline pinça les lèvres devant cette éternelle question à laquelle elle n'avait aucune réponse.

— J'en sais rien… ça dépend. Ça n'a rien à voir avec leur genre, c'est une multitude de critères qui font qu'une personne m'attire. Comme son caractère, sa beauté, son charisme… enfin c'est un ensemble quoi…

— D'accord, je reformule dans ce cas. Entre Lisandro et moi, tu préfères qui ?

Charline ouvrit la bouche puis la referma. Elle n'en savait rien. De plus, cette question ne lui avait jamais traversé l'esprit. Mais quelque chose lui disait que sa réponse déterminerait sûrement sa future relation avec Chloé et elle ne voulait pas perdre son excellente assistante personnelle.

— Je n'en sais rien, Chloé…, mais si je devais choisir entre vous deux, je te choisirais toi parce qu'on forme une super équipe et que tu m'es indispensable, comme je te l'ai déjà dit.

Son assistante se renfrogna en se remaquillant devant le miroir.

— Et si je n'étais pas ton assistante, si on ne travaillait pas ensemble ?

Charline resta quelques instants à la dévisager en essayant de rassembler ses pensées. Néanmoins, elle ne mentait jamais et assumait toujours ses propos.

— Chloé…, murmura-t-elle. Même si je te trouve superbe, tu es trop timide et réservée pour moi. J'ai besoin de quelqu'un d'un peu fou et je ne veux pas te donner de faux espoirs. D'ailleurs, je crois que je ne suis encore jamais tombée amoureuse, c'est pour ça que j'enchaîne des histoires sans lendemain, comme ton… frère.

Chloé accusa le coup, même si elle s'en doutait. Peut-être qu'elle avait besoin de l'entendre pour passer à autre chose. Elle prit une profonde inspiration.

— Tu n'es pas obligée de faire semblant d'être ma petite amie, finalement. Je comprends, tu voulais être gentille avec moi, mais j'aurais préféré que ce soit quelque chose de réel. Pas un faux semblant pour faire plaisir à mes proches… Je leur dirai la vérité, que tu as voulu me sauver la mise parce que j'avais pété les plombs à cause de l'alcool. Ce sera un excellent prétexte pour ne pas boire ce soir, d'ailleurs.

Charline continua d'observer son assistante avec une pointe d'angoisse.

— Est-ce qu'on pourra continuer à faire équipe au boulot ? J'adore tellement notre relation, Chloé…

— Oui, bien sûr. Il me faudra peut-être un peu de temps pour tourner la page et arrêter de te regarder avec des yeux de merlan frit, plaisanta-t-elle avec ironie. Mais je serai aussi professionnelle qu'avant.

Professionnelle…

Ce mot ne plaisait pas du tout à Charline, mais elle comprit ce que voulait dire son assistante, même si elle n'avait jamais vécu de rupture de sa vie. Elle savait néanmoins que cela rendait les gens tristes. Alors, elle hocha simplement la tête.

— J'ai terminé, on peut y retourner, ajouta Chloé en reposant son crayon noir.

Charline acquiesça et la suivit jusqu'au rez-de-chaussée. Une fois en bas, Chloé prévint Charline qu'elle devait finir de préparer quelques boissons dans la cuisine. Et, même si Charline ne savait pas si c'était un prétexte pour s'éloigner d'elle ou non, elle en profita pour faire le tour des invités, qui étaient beaucoup plus nombreux.

Elle fit le tour de la maison en cherchant Lisandro. Elle le trouva dans le jardin, entouré de plusieurs personnes, toutes une bière à la main. Une nana était collée à lui et embrassait langoureusement son cou. Il avait l'air énervé, jusqu'à ce qu'il aperçoive Charline. À partir de ce moment-là, il enlaça la brune qui s'accrochait à lui telle une sangsue et lui donna toute son attention.

Charline s'approcha d'une démarche assurée, malgré l'agacement qu'elle ressentait en voyant ce spectacle, et les salua pour attirer leur attention. Le blond juste à côté d'elle la détailla de la tête aux pieds d'un regard appréciateur. Il était à la limite de siffler d'admiration.

— Tu pourrais aller me chercher une bière, beau gosse ?

— Pas de problème, je reviens tout de suite.

Et il fila dans la maison pour accéder à sa requête, ce qui énerva encore plus Lisandro.

— Je croyais que c'était mon surnom, l'interpela-t-il d'une voix tendue par la colère, sans tenir compte de la traînée dans ses bras.

Il se sentait triste et humilié, alors qu'il savait qu'ils ne s'étaient rien promis et qu'il en attendait peut-être trop de Charline.

— J'appelle tous les beaux mecs comme ça, répliqua Charline d'un air contrit. Désolée… Je ne savais pas que ça te poserait un problème.

Bien sûr, elle mentait, mais le voir batifoler avec une autre fille, lui faisait dire n'importe quoi.

Lisandro serra les dents, relâcha la fille et s'avança d'un pas vers Charline, parce qu'il ne pouvait pas s'en empêcher. Il mourait d'envie de lui poser tout un tas de questions, mais il se retenait devant les amies de sa sœur, car il ne voulait pas l'humilier à cause de ses propres sentiments.

— Et voilà, gente dame ! s'exclama le blond en souriant et en lui tendant une bière bien fraiche.

Charline la prit en le remerciant.

— Je vous emprunte Lisandro, je crois qu'il a des choses à me dire, dit-elle en prenant ce dernier par le bras. Conduis-moi dans un endroit tranquille.

— Dans ma chambre, par exemple ? répliqua-t-il avec ironie.

— D'accord, acquiesça Charline sans relever son ton méprisant.

— Mais… et moi, alors ? protesta la brune qui semblait désemparée.

— J'en n'ai pas pour longtemps, attends-moi ici, répliqua Lisandro en lui adressant un clin d'œil pour donner le change face à Charline.

D'ailleurs, il aurait pu l'envoyer bouler et lui dire que c'était hors de question, qu'il ne pourrait pas faire ça à sa sœur, mais il avait trop de questions à lui poser pour louper cette opportunité. De plus, la musique était tellement forte qu'il était difficile de bien s'entendre et il avait besoin d'intimité aussi.

Alors, pour la deuxième fois de la soirée, Charline gravit les escaliers et suivit Lisandro jusque dans sa chambre.

— Ta chambre est un bureau ? s'exclama-t-elle surprise.

— Mon père l'a reconvertie en bureau, oui.

— Dommage, j'aurais aimé voir tous tes posters d'adolescent. Je suis sûre que ton mur était recouvert d'actrices porno, pouffa Charline.

Néanmoins, le regard sombre de Lisandro la refroidit un peu.

— Je peux savoir à quoi tu joues ? enchaîna-t-il, les bras croisés sur sa poitrine.

C'est là que Charline remarqua sa silhouette mise en valeur par un jean noir, une chemise bordeaux et de jolies chaussures vernies. Même sa coiffure était soignée. Et… il sentait divinement bon, le même parfum envoûtant que lors de leur soirée ensemble.

— Qu'est-ce que tu veux dire ? On ne sort pas ensemble…, bredouilla Charline, car elle pensait vraiment que c'était clair pour lui.

— Je sais. Je voulais dire : à quoi tu joues avec ma sœur ? Depuis quand est-ce que vous sortez ensemble ? Et depuis quand es-tu devenue… lesbienne ?

— Ah… ça…

— Je croyais que je te plaisais… enfin, on a couché ensemble… et… il me semble que tu as eu un orgasme… Je ne comprends pas, bafouilla-t-il complètement désemparé.

— Lisandro, je suis bisexuelle. Ça veut dire que j'aime autant les femmes que les hommes. Donc, oui, tu me plais et, oui, j'ai bien eu un orgasme quand on a couché ensemble.

Son visage se décrispa un peu et il décroisa les bras, les laissant pendre contre ses flans, semblant toujours un peu perdu.

— Est-ce que tu as trompé ma sœur avec moi ? Enfin… est-ce que vous avez aussi couché ensemble ?

— Eh bien, non je n'ai pas trompé ta sœur…, éluda-t-elle, en priant pour qu'il n'insiste pas.

— Et pour ma deuxième question, est-ce que vous avez couché ensemble ?

Charline grimaça, mais ne put s'empêcher de dire la vérité.

— On a juste dormi ensemble… Elle m'a organisé une super fête au travail et on a pas mal picolé. Elle n'a aucun souvenir de cette soirée, mais elle a appelé beaucoup de monde en me présentant comme sa nouvelle petite amie, c'était drôle, rigola Charline. J'ai préféré la ramener chez moi et elle a beaucoup insisté pour que je couche avec elle, mais je n'ai pas cédé. C'est mon assistante et je ne voulais pas qu'il y ait un malaise entre nous, lundi. Même si c'est quand même le cas, on dirait…

— Putain…, jura Lisandro en passant une main lasse sur son visage. Tu es sa patronne…

— Oui, c'est exact, confirma Charline.

Il y eut une minute de silence avant qu'il ne reprenne la parole, tandis que Charline continuait de l'observer en attendant sa réaction. Elle sentait qu'il ne le prenait pas particulièrement bien.

— Ne lui fais pas de mal…, lâcha-t-il enfin, avant de se détourner pour partir.

Dans un réflexe, Charline lui attrapa le bras pour l'arrêter.

— Attends ! Je suis désolée si je t'ai fait de la peine. Ce n'était pas mon intention.

— OK…, répondit Lisandro, laconique, en se libérant d'un geste brusque de la prise de Charline.

Et il s'enfuit encore une fois, la laissant seule au milieu de son ancienne chambre.

En voyant la réaction de Lisandro, Charline éprouva un sentiment étrange, ainsi qu'une culpabilité mordante. Elle n'avait jamais ressenti ce genre de chose. De plus, elle avait l'impression que leur relation s'était détériorée et ça lui faisait tout drôle. Peut-être était-ce dû au fait que Lisandro était le meilleur ami de sa cousine ? Ou peut-être était-ce autre chose… ? Quoi qu'il en soit, elle n'avait jamais éprouvé un sentiment qui la rendait si nostalgique vis-à-vis d'un homme. Ou d'une femme, d'ailleurs…

Chapitre 10

Lisandro n'avait pas fermé l'œil de la nuit. Bien sûr, il avait fait la fête, mais il avait aussi observé Charline toute la soirée. La voir si proche de sa sœur ne lui avait pas plu du tout. Il ne cessait de se repasser la scène dans sa tête et il n'arrivait pas à comprendre. Pourquoi fallait-il que Charline soit la patronne de Chloé ? Celle dont elle n'arrêtait pas de lui parler depuis des mois. Il vérifia l'heure sur son téléphone avant de se tourner encore une fois dans son lit. Il était à peine 6h du matin, mais son cerveau tournait à plein régime et il n'arrivait à rien d'autre que penser à Charline. Il revoyait sa tenue ultra sexy qui lui avait donné des papillons dans le ventre dès qu'il l'avait aperçue. Pas que des papillons, d'ailleurs…

— Bordel ! s'exclama-t-il en mettant sa tête sous son oreiller.

Son chat lui sauta sur le dos avant de le tâter de ses petites pattes et de se rouler en boule en ronronnant.

— Ah, Gizmo, espèce de pot de colle…, grogna-t-il.

Pourtant, le bruit apaisant des ronronnements lui fit du bien. Il essaya tant bien que mal de s'endormir, ne serait-ce que pour une heure ou deux mais, lorsqu'il vérifia une nouvelle fois son téléphone, il était 8h passées, alors il décida de se lever. Il fallait qu'il parle à Jessica. Il prit une douche et s'habilla en jogging. Il mettait toujours cette tenue lorsqu'il était déprimé. Puis, il fila chez son amie, en faisant un détour par la boulangerie.

Devant chez Jessica, il sonna en priant pour qu'elle soit déjà debout et, surtout, qu'elle ne soit pas chez Martin. Mais il savait que la plupart du temps, ils dormaient tous les deux chez elle, car il était plus agréable de vivre dans une maison que dans un appartement. De plus, cela évitait à Jessica de trimballer son lapin et toutes ses affaires chez Martin qui habitait au deuxième étage sans ascenseur.

La porte s'ouvrit sur ce dernier qui avait une expression ensommeillée et les cheveux en bataille. Il ne portait qu'un caleçon et lorsqu'il reconnut Lisandro, il lui claqua la porte au nez, sans lui laisser le temps de dire quoi que ce soit.

Il rouvrit la porte, lui arracha son sachet de viennoiseries et la referma aussi sec.

— Enfoiré ! bougonna Lisandro avant d'entrer sans attendre.

Il aperçut Martin dans la cuisine, située au fond du couloir, en face de l'entrée, et se dirigea vers le salon en cherchant Jessica. Il la trouva affalée sur son canapé, habillée d'un peignoir en soie qui laissait entrevoir le décolleté de sa nuisette.

— Salut, Jess…, commença Lisandro en restant sous l'encadrement de la porte.

Jessica sursauta et se tourna vivement vers lui.

— Lisandro ? Mais qu'est-ce que tu fais là ? Tu m'as fait peur…, dit-elle en resserrant les pans de son peignoir. Et c'est quoi ce look horrible ?

Il jeta un œil vers son jogging gris informe.

— Ah, ça… c'est ma tenue de déprime.

Jessica ne put s'empêcher de pouffer en le détaillant de la tête aux pieds. Martin revint à ce moment-là. Il portait un plateau avec deux tasses de café ainsi que les croissants achetés par Lisandro.

— Pourquoi, tu es encore là ? grogna-t-il.

— Je t'ai apporté des croissants, Jess, continua Lisandro sans prêter attention à Martin. Et ton petit ami me les a volés pour te les offrir, on dirait…

— C'est vrai ? se réjouit-elle en se tournant vers le plateau de son conjoint.

Il s'approcha pour la servir, loin d'être joyeux à l'idée d'être dérangé par son ennemi.

— Jess, je ne dirai rien si tu vas au moins t'habiller…, négocia Martin.

— D'accord, dit-elle en se levant et en resserrant son peignoir autour d'elle.

Il lui arrivait à mi-cuisse et elle était bien trop affriolante pour que Martin supporte de la voir discuter avec un autre homme dans cette tenue. Surtout avec Lisandro, cet enfoiré !

— J'en ai pour quelques minutes, s'excusa-t-elle en se dirigeant vers les escaliers.

Martin la suivit à l'étage, tandis que Lisandro se laissait tomber sur le canapé, déprimé. Il attrapa un croissant et une tasse, même s'il savait que c'était celle de Martin. Il s'en fichait et ce rabat-joie ne pourrait rien faire contre ça.

Arrivée dans sa chambre, Jessica se changea rapidement en choisissant un jean basique et un sweat à capuche, alors que Martin rassemblait ses affaires, prêt à s'enfuir.

— Reste, s'il te plaît, lui intima-t-elle en le suppliant presque.

— Écoute, Jess, il vient toujours à l'improviste, n'importe quand. Je n'arrive plus à le supporter. Soit, je m'en vais, soit je lui casse la gueule ! Tu paries combien qu'il a déjà ma tasse de café dans la main ? À croire qu'il veut prendre ma place…

— Chéri… on en a déjà parlé… Il est dingue de Charline, je l'ai vu dès leur rencontre. Il a juste besoin d'un petit coup de pouce et ensuite il repartira. Ne t'en va pas, s'il te plaît. Tu n'as qu'à rester dans la chambre le temps qu'il s'en aille ?

Martin ferma les yeux une seconde avant d'expirer bruyamment.

— Je te donne 1h. En attendant, je vais bouquiner un peu.

— T'es un amour ! se réjouit Jessica en l'embrassant spontanément.

— Mmm, grogna Martin. Et ramène-moi mon café, s'il te plaît.

— Ça maaarche, chantonna-t-elle en se dirigeant vers la porte.

— À croire que tu préfères être en sa compagnie…, râla Martin.

Jessica se figea sur le seuil de la porte et se tourna une dernière fois vers lui.

— Ce n'est pas ça. J'adore jouer les entremetteuses et tu le sais ! répliqua-t-elle en souriant.

Martin ronchonna encore tout en attrapant son livre de chevet.

Jessica rejoignit Lisandro qui avait bu une bonne partie du café de Martin.

— Tu abuses, le réprimanda-t-elle en récupérant sa propre tasse ainsi qu'un croissant pour les apporter à son conjoint avec bonne humeur.

Une fois qu'elle fut redescendue, elle se servit un nouveau café et s'installa enfin aux côtés de son ami.

— Alors, soupira-t-elle, qu'est-ce qui t'amène cette fois ?

— Charline est bisexuelle et elle sort avec ma sœur…

Jessica recracha sa gorgée de liquide brûlant et toussa plusieurs secondes avant de se calmer pour se tourner vers Lisandro avec des yeux exorbités.

— Pardon ? réussit-elle à articuler, tout en essayant de reprendre son souffle.

— Charline sort aussi avec des filles, reformula-t-il.

Jessica papillonna des paupières, comme si elle avait bugué.

— Mais… non… ce n'est pas possible…, bégaya-t-elle, sous le choc.

Lisandro soupira et s'adossa contre le dossier du canapé en inspectant le plafond, l'air un peu perdu.

— J'en déduis que tu n'étais pas au courant…

Jessica se redressa et observa son ami avec suspicion.

— Mais… est-ce que tu les as vues s'embrasser ?

Lisandro reporta son attention sur elle, en fronçant les sourcils.

— Non, pourquoi ?

Sa réponse sembla soulager Jessica, qui lâcha un faible soupir.

— Eh bien, peut-être qu'elle a dit ça pour te faire marcher ? Tu sais comment est Charline…

— J'suis pas sûr. Ma sœur n'est pas du genre à faire des blagues et elle est lesbienne, Jess.

Jessica recracha encore une fois son café brûlant et toussa longuement, tandis que Lisandro levait les yeux aux ciels.

— Tu as un problème avec ça ?

Elle se ressaisit rapidement, mais fit son possible pour cacher son malaise.

— Non… pas du tout ! mentit-elle, car elle avait effectivement d'énormes préjugés sur ce genre de personnes…

Il y eut quelques minutes de silence durant lesquelles, ils continuèrent de petit déjeuner. Puis Jessica reprit la parole.

— Mais je n'ai pas bien compris, en quoi ça te déprime, en fait ? La plupart des mecs que je connais payeraient cher pour avoir deux nanas dans leur lit.

— Jessica ! On parle de ma sœur, bordel !

— Ah oui, c'est vrai. Oups, ajouta-t-elle, contrite. Et comment elle connait ta sœur ? Tu ne m'en as jamais parlé, à moi…

Lisandro esquissa un faible sourire, car la réaction de Jessica ressemblait étrangement à de la jalousie et cela le réjouit qu'elle lui montre un peu d'attachement.

— Je ne lui en ai pas parlé, répondit-il. C'est sa patronne… Elle est assistante de direction.

Jessica cligna plusieurs fois des paupières, interdite.

— Chloé est ta sœur ?! s'exclama-t-elle, choquée.

— Tu la connais aussi ? s'étonna-t-il en se redressant pour la dévisager.

Elle se fit tellement petite qu'il sentit qu'elle lui cachait quelque chose. Il plissa les yeux en attendant la suite.

— Disons que je l'ai rencontrée une fois, répondit-elle, du bout des lèvres. Et Charline me parle souvent d'elle.

Elle n'était pas très fière de se remémorer la farce qu'elle avait faite à Martin quand elle ne pouvait plus le supporter. Bien avant qu'elle ne découvre son attirance incontrôlable pour lui. Mais Lisandro ne cessait de la dévisager en attendant une réponse.

— Tu n'auras qu'à demander à Charline, reprit-elle mal à l'aise.

Il passa maladroitement une main sur sa nuque.

— Bon, peu importe. Qu'est-ce que tu me conseilles pour Charline ? Tu crois vraiment qu'elle aurait pu me faire marcher et me faire croire à une fausse relation avec ma sœur ? demanda-t-il dubitatif.

En même temps, il était tellement désespéré qu'il était prêt à croire n'importe quelles salades.

— Eh bien… oui, sûrement, répliqua Jessica qui ne savait pas trop quoi en penser.

Elle n'avait jamais vu sa cousine sortir avec des femmes et ça la perturbait un peu. Elle ne comprenait pas qu'on puisse être gay.

Au bout d'un moment, elle décida d'en avoir le cœur net.

— Je vais lui envoyer un texto, déclara-t-elle en attrapant son téléphone.

— D'accord, soupira Lisandro avant de s'affaler de nouveau dans le canapé. D'ailleurs, j'aimerais que tu me donnes son numéro. Ce serait plus pratique comme ça… À chaque fois, j'oublie de lui demander.

Elle hocha la tête puis tapa son message.

Jessica : Salut Chacha, Lisandro m'a dit que tu sortais avec sa sœur, est-ce que c'est vrai ? Ça m'a vraiment surprise… enfin, je ne savais pas que tu aimais les filles… Et il aimerait bien que je lui passe ton numéro…

La réponse arrivera presque immédiatement.

Charline : Pourquoi il t'a dit ça ?? Chloé est mon assistante, rien de plus. Et tu peux lui donner mon tél. Dis-lui de m'envoyer un message pour que j'aie le sien stp.

Jessica montra le message à Lisandro qui ressentit un certain soulagement. Puis elle lui transmit les coordonnées de sa cousine. Aussitôt enregistrées dans son téléphone, Lisandro s'empressa d'envoyer un « coucou, c'est moi » à Charline. Comme précédemment, la réponse ne se fit pas attendre.

Charline : Pourquoi tu lui as dit ? Jessica a un problème avec toute la communauté LGBT !!

Lisandro jeta un bref regard vers son amie, qui dévorait son deuxième croissant avec bonne humeur, et reporta son attention sur son portable pour taper quelques mots.

Lisandro : C'est vrai qu'elle a réagi bizarrement…

Vu la situation entre eux, il ne savait pas quoi lui dire d'autre. Puis un autre message arriva et Jessica leva un sourcil dans sa direction.

— Si tu n'as plus besoin de mes services, tu n'as qu'à rentrer. Martin m'a donné un délai d'une heure avant de te mettre à la porte et je crois que c'est bientôt l'heure, grimaça-t-elle.

Lisandro se leva, les yeux rivés sur l'écran de son smartphone.

— D'accord, merci Miss Cinglée. À plus.

Et il se dirigea vers la sortie en lisant le nouveau message de Charline.

Charline : Au fait, tu fais quoi aujourd'hui ? J'aimerais qu'on fasse un truc ensemble. Tu peux venir chez moi genre… maintenant ?

Lisandro : Heu… oui, j'arrive.

Comme un adolescent, il se mit à courir jusqu'à sa voiture, sauta presque derrière le volant et démarra en trombe jusque chez lui pour se changer. Il ne pouvait décemment pas se rendre chez Charline habillé de son jogging de déprime informe. Il opta pour une belle chemise bleu nuit, assortie à un pantalon marron clair et rehaussa son look de son cuir couleur cognac. Il n'oublia pas de coiffer ses cheveux mi-longs en arrière et le tour était joué !

Avant de se rendre chez Charline, il fit un détour chez son fleuriste préféré, lui acheta un gros bouquet de roses rouges, puis se rendit à la bijouterie. Il se tourna vers un Bracelet-jonc Swarovski Infinity. Lisandro n'avait jamais pu s'empêcher de faire des cadeaux aux femmes.

Devant chez Charline, il attrapa ses lunettes de soleil pour se donner un style, avant de sortir de sa belle Audi TT jaune moutarde. Malgré les mauvaises critiques qu'il avait reçues à cause de ce choix, il aimait cette couleur qu'il trouvait classe et atypique.

Le ventre noué, il sonna et attendit qu'elle lui ouvre. Lorsque Charline apparut au bout de l'allée, le cœur de Lisandro s'emballa frénétiquement. Il serra machinalement le bouquet de roses rouges, ainsi que le petit sac rouge de la bijouterie, en espérant se calmer avant qu'elle n'arrive à sa hauteur. En vain… Pourtant, la cousine de Jessica n'était pas particulièrement bien habillée, c'était même le contraire, mais elle dégageait une énergie et un charisme qui le faisaient chavirer. Son jean troué au genou et son sweat trop grand la rendaient tellement mignonne qu'il esquissa un sourire attendri.

— Waouh ! Mais tu t'es mis sur ton trente-et-un, à ce que je vois, beau gosse, l'accueillit-elle en ouvrant le portillon. Et tu m'as apporté des fleurs !

Le sourire de Lisandro se fit plus large et son cœur tambourina un peu plus fort.

— Et tu as remis ce parfum exquis, ajouta-t-elle en fermant les yeux lorsqu'elle inspira profondément.

— Je pensais… que c'était une sorte de rancard… enfin, Jessica m'a dit que tu m'avais sûrement fait marcher avec ma sœur… et… enfin… j'ai préféré croire sa version.

Le visage de Charline se rembrunit.

— Ah oui… Je ne sors pas avec Chloé. Elle m'a demandé de jouer sa petite amie pour son anniversaire et j'ai accepté.

Lisandro fronça les sourcils.

— Je n'y comprends rien, Charline.

Elle secoua vaguement la tête pour signifier que ce n'était pas important avant de répliquer.

— Eh bien, c'était une sorte de cadeau d'anniversaire, rien d'autre… alors relax.

Comme un peu plus tôt, la main de Lisandro se retrouva à masser sa nuque, car il était perdu.

— Je n'y comprends toujours rien…, marmonna-t-il.

Puis, il lui tendit le bouquet qu'elle prit dans ses mains pour le respirer profondément.

— Elles sentent divinement bon, s'extasia-t-elle. Viens, on a encore une dizaine de minutes devant nous. Je vais les mettre dans un vase.

Ils rejoignirent la maison et Charline sortit les roses de leur emballage pour les disposer dans un grand vase en verre transparent.

— Je t'ai aussi apporté ça, ajouta Lisandro en lui tendant le sac en papier sophistiqué.

— C'est… un bijou ? questionna-t-elle avec un sourire.

Il hocha la tête et elle s'empressa de prendre son cadeau pour le déballer. Lorsqu'elle découvrit le magnifique bracelet, elle lâcha une exclamation de joie. Ravi, Lisandro lui attacha autour du poignet et ce simple contact les chamboula tous les deux. Ils se dévisagèrent avec ce même sentiment au creux du ventre. Celui qui nous pousse à agir sous la passion d'une attirance incontrôlable.

Puis un bruit assourdissant vint les interrompre. Une sorte de moteur d'avion qui faisait un boucan d'enfer. Charline se ressaisit immédiatement et attrapa le bras de Lisandro pour l'emmener à l'extérieur. Une fois sur le trottoir, elle se mit à faire de grands gestes avec ses bras en direction d'un hélicoptère qui se rapprochait dangereusement d'eux. Lisandro prit peur et attrapa la main de Charline pour la placer derrière lui et la protéger, mais elle résista.

— Surpriiiise ! cria-t-elle par-dessus le rugissement du moteur. On va faire une balade en hélico !

Lisandro se figea quelques secondes en la dévisageant, incrédule, tandis que l'appareil se posait dans le champ en face de chez elle. Le vent était assez puissant et le décoiffa au passage. Exit ses cheveux lissés en arrière, ils ressemblaient désormais à un tas de boucles informes. Les pales ralentirent et le calme revint peu à peu. Un homme descendit de la cabine pour venir à leur rencontre.

— Salut, Chacha ! s'écria le nouveau venu en faisant un signe de la main.

— Salut Jenny ! Heu, pardon, Brice !

Lisandro fronça les sourcils.

— Quoi ? Tu m'expliques ?

— Je suis sortie avec elle il y a quelques années, répondit Charline.

— Mais… C'est un homme, non ?

— Maintenant, oui, et il s'appelle Brice, alors ne te trompe pas.

Lisandro la fusilla du regard.

— Tu te fous de moi ?! s'insurgea-t-il, mais il dut museler le reste de sa répartie, car le pilote était maintenant à moins de deux mètres d'eux.

Charline le serra dans ses bras comme on le fait avec un vieil ami et il lui rendit son étreinte. Elle dura un peu trop longtemps au goût de Lisandro et il faillit protester, mais il se retint, car la dernière chose dont il avait besoin était de montrer à Charline qu'il tenait un peu trop à elle.

Chapitre 11

Brice s'écarta enfin de Charline pour détailler Lisandro et lui tendit la main pour le saluer. Ce dernier suivit le mouvement.

— Tu as déjà fait de l'hélico ? demanda Brice.

— Jamais. J'espère juste que ça ne fait pas mal au cœur, avoua Lisandro qui avait encore de mauvais souvenirs de sa journée à la foire du Trône.

Brice esquissa un sourire en coin avant de reporter son attention sur Charline.

— Tu ne lui as rien dit, n'est-ce pas ?

— Non, répliqua Charline en rigolant.

Lisandro pensa qu'elle mentait, car elle lui avait effectivement révélé une chose très intime sur Brice, mais il déchanta lorsqu'il entendit la suite.

— Tu as déjà sauté en parachute ?

Le visage de Lisandro se décomposa et il adressa à Charline un regard plein de panique.

— Quoi… ? balbutia-t-il en reculant d'un pas. Charline… ne me dis pas que…

— Siiii, on va sauter ! s'écria-t-elle en sautillant comme la folle dingue qu'elle était.

Lisandro secoua la tête de droite à gauche, sans réussir à articuler le moindre mot.

— Bon, puisque maintenant, c'est clair, je vais pouvoir commencer le briefing.

Brice expliqua alors toutes les consignes de sécurité, la procédure, l'équipement à utiliser et plein d'autres trucs que Lisandro écouta attentivement, tant la panique lui vrillait les entrailles.

Une fois qu'il eut terminé, il les invita à rejoindre l'appareil posé dans le champ, juste en face. Ils traversèrent la rue tandis que Charline attrapait la main de Lisandro en trottinant à ses côtés, tout excitée. Pourtant, lui n'était pas si enthousiaste. La dernière surprise qu'elle lui avait faite l'avait mis dans un sale état et il n'était pas encore prêt à recommencer tout de suite. Néanmoins, le contact de sa peau contre la sienne lui fit un peu oublier son angoisse. C'était comme si cette fille avait un pouvoir magique et réussissait à l'envoûter.

Le pilote leur tendit à chacun une combinaison de parachutiste, des gants et un casque dès qu'ils montèrent dans l'hélico. Il leur expliqua que le casque réduisait le bruit ambiant et que ça leur permettrait de communiquer entre eux, mais qu'il faudrait le retirer avant de sauter pour mettre leur casque de parachutisme. Ils enfilèrent leur équipement par-dessus leurs vêtements.

— Mais… on n'est pas censés sauter seuls, si ?

Charline lui adressa un sourire éblouissant.

— Bien sûr que non, tu vas sauter avec moi, je vais t'accrocher à mon harnais, répondit-elle avec un clin d'œil qui ne rassura en rien Lisandro.

— Tu déconnes…, murmura-t-il.

Si avant de monter dans l'appareil, il crevait déjà de trouille, le fait d'apprendre que ce serait Charline qui tiendrait sa vie entre ses mains le terrorisait encore plus.

Juste avant que Brice ne mette le contact, Charline se posta près de lui en glissant un doigt aguicheur sur son épaule pour attirer son attention, ce qui déplut profondément à Lisandro. Il ne comprenait toujours pas pourquoi Charline lui avait demandé de l'accompagner…

— Alors Brice, qu'est-ce que tu deviens ? commença-t-elle.

Le pilote fronça les sourcils, sans comprendre où elle voulait en venir.

— Comme tu le vois, je vais bien, dit-il en souriant. Ça fait plaisir de te revoir.

— Moi aussi, ça me fait plaisir, minauda-t-elle.

Lisandro ne put s'empêcher d'intervenir, car il ne supportait pas la façon dont Charline se comportait avec Brice.

— Pourquoi Charline vous a appelé Jenny ? se risqua-t-il.

— Bordel, Charline ! s'énerva Brice. Arrête de raconter ça à tout le monde ! Beaucoup de gens ont du mal à accepter ce genre de choses et je n'ai pas envie de tomber sur un autre tordu qui veut me casser la gueule… ça ne regarde que moi.

— C'est vrai, désolée, s'excusa-t-elle contrite. Je me demandais juste si la chirurgie pouvait faire des miracles…

Brice poussa un soupir excédé.

— T'es vraiment une obsédée, ma parole ! Je ne suis pas une bête de foire ! Je n'aurais pas dû accepter de te rendre ce service…, grogna-t-il exaspéré. Bon, rejoignez les sièges maintenant et attachez-vous qu'on puisse décoller.

— Une minute, intervint Lisandro qui n'y comprenait rien. Ne me dis pas que…

— Si, Brice est né en s'appelant Jenny. Il s'est fait opérer il n'y a pas longtemps.

Lisandro observa Brice un moment, sans réussir à assimiler le fait que Brice avait été une femme auparavant. C'était tellement inattendu.

Comme Brice n'ajoutait rien, ils rejoignirent les sièges. Mais avant de mettre leurs casques et que le moteur démarre, Lisandro chuchota quelques mots à Charline.

— Pourquoi tu lui as demandé ce service ?

— Parce que j'avais envie de faire un tour dans les airs…, éluda-t-elle.

— Et, pourquoi avec moi ? demanda-t-il encore, car il ne savait pas du tout ce que Charline attendait de lui.

— Parce que je t'aime bien et je n'avais pas envie qu'on reste en froid suite à la soirée d'hier…

Lisandro la dévisagea. À cet instant, il aurait tout donné pour pouvoir lire dans ses pensées, mais Charline était un électron libre et il était difficile de la cerner. Quand Brice mit enfin le contact et que le bruit assourdissant recommença, ils mirent leurs casques. Néanmoins, Lisandro se doutait qu'ils étaient tous les trois en communication et il ne pourrait rien dire de personnel à Charline pendant qu'ils seraient dans l'hélico.

L'appareil amorça sa montée d'une façon tellement fluide qu'on aurait dit un tapis volant, excepté le bruit des rotors, nettement atténué par le casque. En quelques minutes, ils atteignirent une altitude impressionnante et découvrirent que la ville était implantée au milieu d'une immense forêt, dont les arbres denses s'étalaient jusqu'à l'horizon. La vue était spectaculaire et Lisandro était émerveillé de découvrir un tel paysage. Il ne ressentait aucune nausée, à son grand soulagement. La conduite du pilote était fluide et agréable, ce qui lui permettait de profiter pleinement de ce moment. De temps en temps, Brice leur demandait si tout allait bien avant de continuer à s'élever dans le ciel.

Charline semblait aussi émerveillée que lui et il ne put s'empêcher de l'observer en la trouvant encore plus belle que d'habitude. Il se retint de lui attraper la main et de la serrer entre ses doigts. Il sentait qu'il y avait une sorte de connexion entre eux, mais il n'osa pas écouter son intuition, car il avait trop peur de se faire repousser.

Au bout d'un moment, le pilote leur annonça qu'ils avaient atteint l'altitude adéquate pour sauter et Liandro revint soudain à lui, se rappelant ce qui les attendait. Charline se détacha en premier et lui fit signe de faire de même. Il s'exécuta avec des gestes tremblants, mais il était trop fier pour reculer.

Elle attacha leurs harnais ensemble et il se retrouva accroché dos à elle. Il n'en menait pas large, mais continua de suivre les instructions du pilote et de Charline, jusqu'au moment où ils reposèrent les casques de communication pour enfiler les casques de parachutisme. C'est là qu'il commença vraiment à paniquer. Surtout quand Charline le poussa vers la porte grande ouverte, que le vent les percuta de plein fouet et qu'il vit le sol minuscule sous ses pieds.

— Charline… NOOOOON ! cria-t-il, alors que le pilote donnait le signal et que Charline le poussait brusquement dans le vide.

Ils chutèrent à une vitesse fulgurante. Pendant ce laps de temps, Lisandro ne pouvait s'empêcher de crier tant il était terrifié. Son cœur était sur le point de lâcher, il allait mourir… Mais la vue était extraordinaire et les papillons dans son ventre étaient surprenants et presque agréables. Malgré la terreur, il savourait ce moment, sans pour autant réussir à garder le silence. Il criait tellement fort que Charline rigolait derrière lui. Elle essayait tout de même de le rassurer, en surveillant régulièrement son altimètre pour déclencher le parachute au bon moment.

Contrairement à Lisandro, Charline savourait ce moment de pure extase et de sensations fortes que lui procurait cette chute libre. Elle dura moins d'une minute, mais les sensations donnaient l'impression que le temps passait au ralenti.

À 1500 mètres, elle tira sur la poignée du parachute et il s'ouvrit, ralentissant immédiatement leur descente et le vent qui assourdissait leurs voix. Lisandro se tut enfin, se laissant porter par l'air. En l'espace d'une seconde, son calvaire s'était transformé en paisible balade où il pouvait observer le paysage magnifique qui se dévoilait sous ses pieds.

— Ça va mieux, beau gosse ? demanda Charline en riant toujours.

— Tu m'as poussé…, bougonna-t-il, en admirant tout de même la vue.

— Tu n'aurais jamais sauté, sinon. Avoue que ça aurait été dommage et je suis sûre que tu as adoré ça !

Lisandro garda le silence pendant quelques secondes.

— Tu me devras une faveur lorsqu'on se posera, ronchonna-t-il.

— On verra. Ce sera peut-être moi qui te demanderai une faveur, dit-elle sur un ton malicieux.

Cinq minutes plus tard, ils atterrissaient dans le champ où Brice les attendait. Lisandro ressentait une telle euphorie qu'il voulut immédiatement recommencer. Chose qu'il n'aurait jamais cru possible.

Une fois la voile repliée et rangée, ils reprirent l'hélico pour retourner chez Charline. Lorsqu'ils remirent leurs casques de communication, Lisandro était dans un état un peu cotonneux, comme si l'adrénaline du saut était retombée pour le plonger dans une profonde détente. Il regardait la vue avec béatitude, sans penser à autre chose qu'aux sensations extraordinaires qu'il avait éprouvées.

— On est arrivés, beau gosse, lui dit Charline dans le casque alors qu'elle s'apprêtait à le retirer.

Lisandro l'imita et se leva, un peu confus. Puis ils retirèrent l'équipement qu'ils avaient sur eux avant de descendre. Brice les salua chaleureusement avant de remettre le contact. Lorsque les pales redémarrèrent, le vent leur fouetta le visage et ils se dépêchèrent de traverser la rue avant que l'hélico ne reparte. Une fois devant le portillon, ils regardèrent Brice manœuvrer pour s'en aller et lui firent de grands signes de la main. Quand le bruit se fut éloigné et qu'ils purent de nouveau parler, Lisandro prit la parole en observant de nouveau Charline.

— C'était… génial ! Merci…

Elle lui adressa un grand sourire.

— Je savais que ça te plairait ! s'exclama-t-elle joyeusement en s'accrochant à son bras tandis qu'ils rejoignaient le portillon.

Il préféra garder le silence et profiter du moment, malgré son instinct qui lui intimait de faire quelque chose.

— Tu veux entrer ? Boire un verre d'eau ? minauda-t-elle, comme si c'était devenu leur code secret.

Lisandro sentit son visage s'échauffer et même s'il aurait voulu savoir où tout ça allait les mener, il ne se sentait pas la force de résister à Charline.

— Si tu veux, lui répondit-il avec un demi-sourire.

Comme auparavant, Charline entrelaça ses doigts aux siens, tout en l'entrainant dans l'allée de graviers qui menait jusqu'à l'entrée de sa maison. Lisandro sentait son cœur battre la chamade et les papillons dans son ventre se firent plus nombreux à mesure qu'il se rapprochait de chez elle. Ça n'avait rien avoir avec ce qu'il venait de vivre, mais c'était tout aussi excitant et les sensations étaient presque aussi bonnes.

— Est-ce que tu veux prendre une douche ? proposa-t-elle lorsqu'ils pénétrèrent dans le salon.

Lisandro acquiesça, de plus en plus impatient de toucher Charline et de l'embrasser. Et son cœur battait de plus en plus vite aussi… Charline lui sourit en s'approchant de lui pour lui retirer sa veste.

— Ne sois pas timide, beau gosse. Allez, viens.

Elle l'entraîna avec elle dans sa suite parentale, le tenant toujours par la main, jusqu'à ce qu'ils entrent dans la salle de bain. Lisandro avala difficilement sa salive lorsqu'elle commença à déboutonner sa chemise et qu'elle passa ses paumes fraiches sur ses pectoraux. Il en ferma les yeux, tandis que son cœur ne cessait de marteler sa poitrine. La proximité de Charline le rendait fou et son entrejambes se manifesta soudain, augmentant la pression dans son boxer.

La bouche de Charline vint remplacer ses mains et lui arracha un frisson d'excitation.

— Mmm, comment tu fais pour sentir aussi bon…, murmura-t-elle en déposant des baisers langoureux sur sa peau.

Il glissa ses doigts dans les cheveux couleur miel de Charline. Ils étaient doux et soyeux. Puis il attrapa sa nuque pour lui relever la tête. Leurs yeux se croisèrent une seconde. Bleu ardent contre brun profond. Le même désir les animait. N'y tenant plus, Lisandro fondit sur la bouche de Charline avec urgence. Quand il trouva sa langue, il grogna en même temps qu'elle gémit, tant ils avaient envie l'un de l'autre.

Charline n'arrivait plus à se décrocher de lui et tirait sur les pans de sa chemise pour le mettre torse nu. L'alchimie qu'il y avait entre eux était inaliénable. C'était comme si l'adrénaline du saut en parachute l'avait décuplée.

Lisandro retira sa chemise sans quitter la bouche de Charline, la dévorant sans retenue, tandis que cette dernière s'attaquait à son pantalon. En quelques secondes, il se retrouva en sous-vêtements. Avec empressement, il passa le sweat de Charline par-dessus sa tête et lui enleva son jean troué en un tournemain. Ils étaient haletants tous les deux, le souffle court, presque nus. Mais ce n'était pas suffisant. Leurs sous-vêtements disparurent la seconde suivante.

Comme Lisandro sentait qu'ils n'arriveraient pas jusqu'à la douche, tant ils étaient soudés l'un à l'autre, il attrapa Charline par la taille pour la hisser sur le lavabo. Ses jambes se refermèrent autour des hanches de Lisandro qu'elle rapprocha d'elle d'un mouvement brusque. Leurs sexes entrèrent en contact, arrachant un nouveau gémissement à Charline qui continuait d'embrasser Lisandro à pleine bouche. Ses baisers étaient telle une drogue dont elle n'arrivait pas à décrocher.

Quand Lisandro sentit la moiteur de son intimité, il lâcha un râle qui fit vibrer le corps de Charline. Elle rompit leur baiser avec difficulté et posa une main contre ses pectoraux. Lisandro la dévisagea, ne sachant pas pourquoi elle l'arrêtait maintenant, mais la tension dans son bas ventre et l'impatience qui lui vrillait les entrailles lui faisait perdre la tête.

— Je… prends la pilule, balbutia-t-elle, le souffle court.

Lisandro ne comprit pas tout de suite.

— On n'est pas obligés d'utiliser un préservatif…, ajouta Charline, d'une voix mal assurée. Ils sont trop loin…

Le reste de sa phrase mourut dans un gémissement quand Lisandro appuya juste assez pour s'enfoncer d'un centimètre. Les ongles de Charline se plantèrent dans ses épaules et elle haleta en tremblant. Lisandro reprit possession de sa bouche, sans lui répondre. Il en était tout simplement incapable. Le feu qui courait dans ses veines était d'une intensité fulgurante. Il se retira, glissa sur le sexe de Charline pour apprécier sa moiteur avant de replonger de quelques centimètres. Charline se cambrait, les yeux fermés, savourant cette torture exquise. Pourtant, elle voulait qu'il aille plus loin et l'incitait en appuyant ses talons contre les fesses de Lisandro. Mais ce dernier lui tenait fermement la taille pour l'empêcher de prendre le contrôle car, s'il la laissait faire, il ne tiendrait pas longtemps.

— Lisandro…, supplia-t-elle en se tortillant d'impatience.

— Laisse-moi faire…, murmura-t-il en s'enfonçant profondément en elle, cette fois.

Elle gémit encore, au bord de l'explosion. Quand il se retira lentement, en maintenant un contrôle bien trop frustrant pour Charline, des spasmes incontrôlables la secouèrent. Pourtant, elle s'abandonna complètement, le laissant mener la danse et acceptant qu'il la maintienne au bord de l'orgasme. C'était tellement bon…

Enfin, ses mouvements se firent plus rapides et plus brusques, la faisant trembler à chaque nouveau coup de reins, l'amenant directement dans une explosion de sensations inoubliables. Elle s'accrocha à lui pendant ce court moment où le temps s'arrêtait. L'intensité de la vague d'extase qui la secoua lui arracha un cri qui lui déchira la voix. Lisandro continua ses va-et-vient en elle, lâcha un râle animal, se tendit contre elle pendant plusieurs secondes, puis ralentit pour la serrer dans ses bras.

Ils restèrent un moment à savourer cette étreinte, sans dire un mot. Seul le bruit de leurs respirations haletantes brisait le silence. Charline n'avait pas envie de quitter les bras réconfortants et musclés de Lisandro. Lui non plus ne pouvait pas la quitter. Il voulait la garder contre lui, se perdre dans son parfum floral et la protéger. Maintenant qu'il ressentait quelque chose pour Charline, il lui serait difficile de séparer ses sentiments de leurs rapports intimes. Il n'était pas encore prêt à souffrir de nouveau à cause d'une femme. Mais il ne pouvait pas non plus résister à celle-ci.

Malgré tout, il se détacha lentement de leur étreinte. Il la dévisagea, sans trop savoir quoi lui dire. Parce que s'il laissait échapper un seul des mots qu'il avait en tête, ce serait fichu.

— Merci…, murmura-t-il à la place.

— Merci à toi, répliqua Charline avec un petit sourire. On va prendre une douche, maintenant ?

Elle sauta au sol pour se remettre debout.

— J'ai promis à ma sœur de passer la voir, lui annonça-t-il en évitant son regard. On fête son anniversaire en famille, ce midi.

Il ramassa ses affaires à la va-vite.

— Je pourrais peut-être venir…, proposa Charline qui sentait un malaise s'installer entre eux.

— Non. Ce n'est pas une bonne idée.

En voyant sa mine déconfite, il en vint à se demander pourquoi elle semblait si vexée par son refus, mais il n'insista pas.

— D'accord…

Lisandro s'habilla rapidement avant de reporter son attention sur Charline qui ne l'avait pas quitté des yeux. Elle avait les sourcils froncés, comme si elle ne comprenait pas son attitude.

— Quelque chose ne va pas ? demanda-t-elle, suspicieuse, toujours dans le plus simple appareil.

— Tout va bien. C'était génial, dit-il en lui décochant un sourire lumineux, heureux, qu'elle lui rendit.

— Tant mieux. Je vais prendre une douche, tu connais la sortie. Je t'appelle bientôt, continua-t-elle en s'approchant de lui pour déposer un doux baiser sur ses lèvres.

Il en ferma les yeux et s'obligea à garder le contrôle, car si ça n'avait tenu qu'à lui, il lui aurait de nouveau sauté dessus dans la douche.

— À plus tard, la salua-t-il en partant.

Ce moment qu'ils venaient de passer les hanta le reste de la journée. Ils se manquèrent mutuellement, mais ni l'un ni l'autre ne put se résoudre à faire le premier pas.

Chapitre 12

Le lendemain matin, comme chaque lundi, Charline se rendit à son entrepôt. Après ce qui s'était passé avec Chloé depuis la soirée de l'entreprise, puis à son anniversaire, elle redoutait un peu sa réaction lorsqu'elle la verrait. Et puis, elle avait de nouveau couché avec Lisandro, ce qui accentuait sa culpabilité. Le magnifique bracelet de chez Swarowsky qu'il lui avait offert ne cessait de le lui rappeler, d'ailleurs.

Pour la première fois depuis qu'elle avait embauché Chloé, Charline ressentit une boule à l'estomac à l'idée de la revoir. Et ce n'était pas bon signe… Elle se dirigea dans son bureau pour se ressaisir avant de faire le tour de ses salariés pour leur dire bonjour.

Comme toujours, François, le geek plutôt cool de son équipe avec une allure de gros nounours, entra sans frapper pour lui apporter un mug de café.

— Merci. Chloé est arrivée ? demanda-t-elle, anxieuse, avant de boire une gorgée du liquide brûlant.

François lui adressa un regard suspicieux.

— J'en déduis que ce n'était qu'une passade. J'espère pour toi qu'elle le savait, parce que tout le monde l'apprécie ici et on n'aimerait pas qu'elle parte à cause de ce qui s'est passé entre vous…

— François…, soupira Charline. C'est la dernière chose que je souhaite, moi aussi, alors inutile de me faire une leçon de morale ! Je suis ta patronne, je te rappelle.

— Mouais…, répliqua son salarié en levant les yeux au ciel avant de retourner à son poste.

Charline soupira encore une fois et s'appuya contre son bureau. Elle s'imaginait déjà le pire…

Le bruit caractéristique de l'arrivée d'un texto attira son attention. C'était Chloé qui lui signalait qu'elle arriverait en retard, car sa voiture était en panne et qu'elle cherchait une solution pour venir. Comme son assistante n'avait presque pas manqué un seul jour de travail depuis son arrivée, et qu'elle n'arrivait jamais en retard, elle se demanda si ce n'était pas une excuse pour l'éviter. Elle savait que Chloé avait apprécié leur week-end et qu'aujourd'hui serait un dur retour à la réalité pour elle. Mais Charline essaya de relativiser pour ne pas s'affoler tout de suite.

Malgré son angoisse, elle finit son café en survolant les différents contrats qu'elle avait sous les yeux. Pourtant, son esprit était complètement ailleurs. Elle avait vraiment du mal à se concentrer et il en irait de même jusqu'à ce que Chloé arrive, elle en était certaine.

Au bout d'une heure, alors que plusieurs salariés venaient la saluer dans son bureau à tour de rôle, elle se força à en sortir pour faire le tour des équipes. Elle ne voulait pas qu'ils commencent à s'imaginer des choses. Elle fit son possible pour se comporter comme d'habitude et afficha son sourire plein de joie en saluant tout le monde. Bien sûr, certains lui posaient des questions sur Chloé et la questionnaient pour connaître le motif de son absence, ce qui angoissait un peu plus Charline à chaque fois. Mais elle restait vague et professionnelle, répétant ce que Chloé lui avait dit par SMS. Bien qu'elle n'y soit pas obligée et que cela ne les concerne en rien, dans sa société à l'ambiance familiale, il était difficile de garder un secret. Tout le monde était assez proche, finalement.

De toute façon, Charline avait fait en sorte de licencier tous les fouteurs de merde et les incompétents dès que l'occasion s'était présentée. Et, avec l'expérience, elle les repérait tout de suite, ils n'avaient généralement pas besoin de faire leur période d'essai complète pour qu'elle remarque qu'il y avait anguille sous roche.

Lorsque Chloé arriva enfin, Charline avait presque oublié ses angoisses à son égard, mais dès qu'elle la vit, elles refirent immédiatement surface et son corps se crispa.

— Salut…, commença timidement Chloé, attirant tous les regards sur elle.

— Salut, répondit Charline, mal à l'aise en voyant tous ses salariés les dévisager.

— Est-ce qu'on peut discuter dans ton bureau ? chuchota Chloé.

Charline acquiesça et fit signe à son assistante de la suivre. Lorsqu'elles se retrouvèrent toutes les deux dans l'espace exigu, ce fut comme si un malaise grandissant les étreignit.

— J'ai cru que tu n'allais pas venir, commença Charline, un peu triste.

Chloé lui attrapa la main et elle se laissa faire.

— Je sais que ce n'est pas dans mes habitudes, mais j'ai réellement eu une panne de voiture. Je ne t'aurais jamais fait faux bond…

Charline secoua la tête, puis la serra dans ses bras dans un réflexe.

— Je t'aime beaucoup Chloé. Même si ce n'est pas de la même façon que toi, si tu devais partir, ça me briserait le cœur.

— Je sais, répondit son assistante d'une petite voix. Et je sais que c'est délicat de te demander ça, surtout ici, mais j'aimerais juste un dernier baiser…

— D'accord, accepta Charline. Et tu me promets qu'après ça, il n'y aura plus de malaise entre nous ?

— Promis. Je crois que ça m'aiderait à tourner la page, justement…

Charline se redressa juste assez pour atteindre les lèvres rouges de son assistante. Elle l'embrassa longuement pour qu'elle n'oublie jamais ce baiser.

Lisandro qui venait tout juste de déposer sa sœur chercha une place pour se garer puis descendit de sa voiture pour aller saluer Charline. Il ne savait pas où elle se trouvait, mais les salariés de l'entreprise le renseignèrent rapidement. Aussi, quand il arriva à proximité du bureau de Charline et qu'il poussa la porte à peine fermée, il se figea en découvrant Charline et sa sœur en train de se rouler une énorme pelle. En l'espace d'une seconde, son cœur se comprima et son souffle se bloqua dans ses poumons. La douleur qu'il ressentit dans la poitrine lui rappela une vieille blessure qu'il n'était pas prêt à rouvrir.

— Qu'est-ce que…, bafouilla-t-il, sous le choc.

Les deux femmes s'écartèrent d'un bond avant de se tourner vers lui. Chloé était pétrifiée. De plus, sa culpabilité atteignit des sommets en découvrant qui les avait surprises.

— C'est pas ce que tu crois, commença Charline, essoufflée, la bouche barbouillée de rouge à lèvres, en regrettant que Lisandro ait assisté à cette scène.

Ce dernier la fusilla du regard en pensant qu'elle se foutait vraiment de sa gueule. Comment pouvait-elle dire ça alors qu'il avait été aux premières loges de leur baiser ? Mais son cœur lui faisait trop mal pour qu'il s'emporte. Il préféra fuir pour ne pas montrer sa douleur.

— Peu importe, j'en ai assez vu… Appelle-moi quand tu auras terminé, Chloé, dit-il sèchement en tournant les talons pour partir.

— Lisandro, attends ! tenta Charline, mais il marchait tellement vite, qu'elle n'essaya même pas de lui courir après.

Et elle ne voulait surtout pas se donner en spectacle devant ses salariés.

— Je suis désolée, chuchota Chloé en baissant les yeux. Je sais que tu l'apprécies… Et lui aussi. Tu es la première femme qui compte pour lui depuis Laura.

— Tu n'es pas responsable, la rassura Charline. Qu'est-ce qui s'est passé avec Laura ?

Même si elle essayait de donner le change, Charline était beaucoup plus affectée qu'il n'y paraissait par la réaction de Lisandro. Mais elle fit son possible pour n'en rien montrer. À la place, elle nettoya les traces de rouge à lèvres puis se remaquilla. Chloé en fit de même, tout en répondant à sa question.

— Laura est son amour de lycée. Ils sont sortis cinq ans ensemble, il semblait heureux avec elle. En tout cas, il l'aimait comme un fou. Et puis, la dernière année de leur couple, elle a commencé à changer. Ils se disputaient souvent et elle sortait presque tous les soirs avec des amies soi-disant, prétextant des soirées entre filles pour que Lisandro ne vienne pas avec elle. Et un soir, lorsque Lisandro est rentré du boulot, elle s'était volatilisée. Il n'y avait plus aucune de ses affaires dans leur appartement, elle avait juste laissé un mot « Adieu, désolée… » Il a tout fait pour la retrouver, allant chez ses parents, tentant de la contacter sur son portable, mais elle avait changé de numéro et ses parents disaient ne pas en savoir plus. C'est là qu'il est tombé dans une grave dépression. Ensuite, quand il a réussi à remonter la pente, il a commencé à sortir tous les soirs et à ramener une fille différente chaque nuit…

— Quelle salope ! s'exclama Charline avec empathie en imaginant la douleur que Lisandro avait pu ressentir.

— Ouais, une vraie connasse, mais ne l'insulte jamais devant lui, sinon il risque de péter un câble. Malgré cette histoire, c'est comme s'il l'adulait toujours. Moi, je ne l'ai jamais aimée cette garce, je ne la sentais pas.

Charline accusa le coup et s'en voulut encore plus d'être plus ou moins sortie avec Chloé. Bien sûr, c'était pour lui sauver la mise qu'elle avait accepté, mais elle n'aimait pas faire souffrir les autres. Ce n'était pas dans ses habitudes. Et Lisandro paraissait être comme toutes les personnes avec qui elle avait couché : solitaire, sans attache, sans implication émotionnelle. C'était ce qu'elle recherchait avant tout, car elle fonctionnait comme ça elle aussi. Comme elle n'avait plus rien à dire, Chloé adressa à sa patronne une moue compatissante et retourna à son bureau. Il était juste en face de celui de Charline, un simple couloir les séparait.

Lorsque Lisandro rejoignit sa voiture, un mélange de rage et de tristesse le consumait. Jusqu'à ce moment, il n'avait pas vraiment réalisé que Charline puisse être attirée par sa sœur, ni elle par sa patronne, d'ailleurs… Enfin, il la comprenait, car Charline était une femme exceptionnelle. Mais cela ne l'empêchait pas de lui en vouloir à mort ! Il était tellement dégouté ! Il suffoquait dans son habitacle de luxe. Et, malgré le rugissement du moteur qui le mettait en joie en temps normal, rien n'arrivait à le calmer. Il se sentait mal et ne savait pas quoi faire. Jusqu'à ce qu'il soit témoin de ce baiser passionné, il gardait un infime espoir d'intéresser Charline. Pourquoi l'avait-elle invité à boire un verre d'eau, hier, si c'était pour se jeter sur sa sœur le lendemain ?

Il devait aller voir Jessica, tant pis pour ses préjugés. Déterminé, il fonça comme un fou sur la route, slalomant pour doubler chaque voiture qui n'allait pas assez vite à son goût, prenant plusieurs risques inconsidérés, jusqu'à atteindre le parking de l'entreprise où travaillait Jessica. Il était tout juste midi lorsqu'il arriva.

Avec raideur, il sortit de son véhicule et marcha d'un pas rapide vers l'entrée du bâtiment. Il fonça dans le couloir, ignorant chaque personne qu'il croisait et ouvrit la porte du bureau de Jessica à la volée.

— Salut, Jess, il faut que je te parle, enchaîna-t-il sans prêter attention aux autres personnes dans la pièce.

En l'occurrence, il y avait Martin, mais comme ils ne s'adressaient presque jamais la parole, il s'en fichait. Par contre, lorsque Christian lui lança un regard réprobateur, ainsi qu'un haussement de sourcil équivoque, il se rembrunit.

Comme Jessica n'écoutait jamais Christian, elle ne fit pas attention à son regard d'avertissement, regarda sa montre et se leva brusquement en attrapant sa veste et son sac à main. Elle était impatiente de connaître la suite des événements entre Charline et Lisandro.

— C'est l'heure de la pause, Christian. On reprendra tout à l'heure, d'accord ?

Christian plissa les yeux, excédé, mais ne sut pas quoi lui répondre car, quoi qu'il dise, cela ne fonctionnait jamais sur Jessica…

— Mon chéri, ça ne t'embête pas si je vais manger avec Lisandro ?

Martin soupira et secoua la tête, puis Christian jeta presque son tas de documents sur le bureau de Jessica et se tourna vers Martin.

— Bon, allons manger au restaurant. C'est moi qui invite, proposa-t-il par solidarité.

Il se doutait que ce n'était pas facile tous les jours de vivre avec une emmerdeuse telle que Jessica.

— Merci, murmura Martin, reconnaissant.

Jessica s'approcha tout de même de Martin pour lui déposer un baiser sur les lèvres et lui peloter un peu les fesses. Il grogna pour la forme et la laissa partir.

Jessica et Lisandro ressortirent du bâtiment, côte à côte. Lisandro avait les mains dans les poches de sa veste et sa démarche était beaucoup plus calme qu'à l'arrivée, presque fataliste, tandis que Jessica était pleine d'entrain.

— Alors, raconte-moi tout, qu'est-ce qui t'arrive ? T'as une mine déconfite, on dirait qu'on t'a passé sous un rouleau compresseur. Je crois que c'est grâce à ça que personne n'a bronché quand je suis partie avec toi. Mais la tête de Christian…, pouffa-t-elle. J'adore l'emmerder, c'est trop drôle.

— J'ai surpris Charline en train d'embrasser ma sœur à pleine bouche…, lâcha-t-il comme une bombe.

Le rire de Jessica mourut instantanément et elle s'arrêta net pour le dévisager. Heureusement, ils étaient arrivés devant l'Audi TT.

— Tu déconnes… mais…

— Elle ne faisait pas semblant…, ajouta Lisandro, dépité, au bord du gouffre.

Il avait l'impression de revivre cet horrible moment où il avait découvert que Laura l'avait abandonné. Comme un automate, il déverrouilla sa voiture et invita Jessica à prendre place. Ils s'installèrent tous les deux sur les sièges en cuir, mais Lisandro n'arrivait plus à penser correctement.

— Je sais pas quoi faire…, bredouilla-t-il, la gorge serrée.

— Mais…, balbutia Jessica. Elle ne peut pas aimer les filles…

Jessica était restée dans son horreur de découvrir que Charline n'était pas hétéro et ça la scandalisait. Sa cousine ne pouvait pas être différente, ce n'était pas possible.

— En tout cas, elle aime les embrasser, rajouta Lisandro pour en remettre une couche.

— Non, non, non, je refuse…

C'est à cet instant que Lisandro réalisa que Jessica avait réellement un problème avec la communauté LGBT.

— Mais qu'est-ce que ça peut te foutre qu'elle roule des pelles à des nanas, Jess ? C'est pas ton problème en ce moment, c'est le mien, bordel ! Tu n'aurais jamais dû nous présenter…

Les yeux gris de Jessica se tournèrent vers son ami, comme si elle le voyait pour la première fois depuis qu'il lui avait dit pour le baiser.

— J'ai faim…, murmura-t-elle pour toute réponse.

— Putain ! Je rêve…, grogna Lisandro en démarrant. Je viens te voir pour avoir un peu de soutien et tu pètes les plombs pour cette connerie…

Mais elle se mura dans son silence pendant tout le trajet jusqu'au restaurant végan qu'il affectionnait particulièrement.

Une fois arrivé, il se tourna vers Jessica pour voir si son expression avait changé, mais elle semblait toujours hagarde et cela le soula au plus haut point. Il la secoua brusquement, car il se sentait trop mal pour comprendre la réaction de son amie.

— Ressaisis-toi, s'il te plaît. Je vais pas y arriver, sinon…

Bientôt, les larmes qu'il refoulait tant bien que mal mouillèrent ses paupières et il peina à les retenir. Il serra le volant des deux mains avec une force incroyable pour tenter de se maitriser.

— S'il te plaît…, répéta-t-il au supplice.

Il sentit plus qu'il ne vit Jessica tourner la tête vers lui.

— Pourquoi ça t'atteint à ce point ? Vous ne sortez même pas ensemble…, remarqua-t-elle.

Lisandro prit une grande inspiration.

— Parce que la dernière personne que j'ai aimée m'a brisé et je ne veux pas revivre ça, tu comprends ? Je ne sais même pas à qui en parler…

La main de Jessica se posa soudain sur la sienne, crispée sur le volant.

— D'accord, désolée d'avoir réagi comme ça. C'est juste que pour moi, les personnes qui ne sont pas hétéros ne sont pas normales, et savoir que Charline en fait partie, ça me contrarie…

— Jessica…, murmura-t-il, un peu choqué, malgré sa peine. Comment peux-tu penser une chose pareille ? Charline est aussi normale que toi et moi. Et c'est pareil pour ma sœur…

— Mais quand même…

Lisandro la dévisagea encore, incrédule. L'avantage de cette conversation, c'est qu'elle lui fit un peu oublier son chagrin.

— Sérieux, Jess… ne me dis pas que tu fais partie de ces gens qui pensent que c'est une maladie et que ça se soigne ?! râla-t-il.

— Eh bien…

Les mots moururent dans sa gorge sous le regard inquisiteur de Lisandro.

— Je rêve ! grogna-t-il encore. C'est comme si on t'ordonnait de tomber amoureuse d'un mec qui est tout l'opposé de ce qui te fait vibrer habituellement.

— Mais ce serait toujours un homme…, contra-t-elle, butée.

Lisandro serra les dents mais, en l'état actuelle des choses, il n'avait pas la force de débattre sur ce sujet. Il invita donc Jessica à sortir de la voiture et à l'accompagner au restaurant végan. Une fois à leur table, ils gardèrent le silence un moment. Ils commandèrent sans se concerter et attendirent que le serveur leur apporte leurs plats. Lisandro craqua le premier.

— Tu vas faire la gueule encore longtemps ? demanda-t-il, un peu sur les nerfs.

— Je ne fais pas la gueule, répliqua Jessica en avalant une bouchée de son tofu braisé aux asperges.

— Alors qu'est-ce que tu as ? Je suis venu te voir pour que tu me donnes des conseils avec Charline, mais tu restes muette depuis tout à l'heure…

À présent, la peine avait laissé place à l'agacement et à la colère. Et c'était mieux pour lui. Disons, plus facile à gérer.

— Je suis encore sous le choc, d'accord ? Laisse-moi digérer l'information. J'irai lui parler tout à l'heure et je te tiendrai au courant.

— Mmm, grogna-t-il en continuant à manger.

En y réfléchissant, ils ne s'étaient encore jamais disputés et ça les embêtait tous les deux d'en arriver là. Mais la situation était particulière…

Après le repas, Lisandro ramena Jessica à son bureau, la salua brièvement, puis l'abandonna sur le parking pour retourner chez lui. Il ne savait pas quoi faire d'autre de toute façon… Mieux valait qu'il s'isole.

De retour à son appartement, il se posa lourdement sur son canapé, attrapa sa mannette de Xbox et lança son jeu favori : Far Cry 6. Il commença la partie, tandis que son chat sautait à ses côtés et passait sur ses genoux en prenant soin de l'aveugler momentanément avec sa queue en panache. Cela lui fit perdre sa première vie.

— Putain, Gizmo ! T'es vraiment un emmerdeur…

Pour toute réponse, le chat miaula en le regardant avec insistance. Du coup, il le poussa brusquement pour qu'il ne l'empêche pas de jouer et il sauta sur le dossier du canapé pour s'installer derrière sa nuque et s'enrouler autour de ses épaules.

— Saleté de bestiole poilue, grogna encore Lisandro en mettant toute son agressivité dans son jeu.

Il joua de longues heures, ne voyant pas l'après-midi passer, loupant les nombreux appels de sa sœur à l'heure où elle quittait son poste. Il s'était engagé à la ramener, mais il l'avait littéralement oubliée. Absorbé comme il l'était, il ne vit pas non plus la soirée défiler.

Chapitre 13

Jessica était toujours sous le choc lorsqu'elle regagna son bureau. Son expression semblait vide et sa démarche était tellement molle qu'on aurait dit qu'elle était malade.

— Ça va ? s'inquiéta Martin en s'approchant d'elle. Qu'est-ce qui s'est passé ?

Jessica se laissa tomber sur sa chaise, comme une poupée de chiffon.

— Charline a embrassé la sœur de Lisandro…

— Et… c'est tout ? demanda Martin, septique.

Il s'était attendu au pire en voyant sa compagne dans un tel état. Non qu'il croie que Lisandro aurait pu en être responsable, mais on n'était jamais trop prudent.

— Comment ça, c'est tout ?! s'emporta Jessica en retrouvant soudain son énergie. C'est horrible, tu veux dire !

Martin fronça les sourcils en la dévisageant sans comprendre.

— Il va falloir que tu m'expliques, Jess…

— Charline ne peut pas être différente…, se lamenta-t-elle en prenant sa tête dans ses mains, alors que ses coudes étaient appuyés sur son bureau.

Martin l'observa un instant, sans savoir quoi faire, car il ne comprenait absolument rien à la réaction de sa compagne. À vrai dire, il la comprenait rarement depuis qu'ils étaient ensemble et, pourtant, il faisait son maximum pour la contenter et essayer de déchiffrer son comportement parfois incompréhensible, comme maintenant…

— Comment ça, différente ? tenta Martin pour essayer de saisir le trouble de Jessica. Qu'elle aime les hommes ou les femmes, ça ne change pas grand-chose, si ?

Et là, Jessica releva la tête d'un mouvement brusque et le toisa avec colère.

— Tu ne comprends pas ! s'écria-t-elle.

— Il est clair que non, s'impatienta Martin en croisant les bras sur sa poitrine tout en soutenant son regard gris perçant.

— Mais ça change tout si elle sort avec des filles ! Je ne pourrai plus jamais la voir comme avant…, gémit Jessica, à bout de nerfs.

Et Martin secoua la tête, exaspéré, en se retenant de rire.

— Ton raisonnement est complètement débile.

Jessica lui fit les gros yeux, une expression dont elle avait le secret, mais cela n'intimidait plus Martin depuis longtemps.

— Arrête de te faire des nœuds au cerveau, c'est Charline, point. D'ailleurs, avant de savoir qu'elle était attirée par les filles, tu ne la trouvais pas plus bizarre que ça… Enfin… Elle est un peu folle, tout au plus…

Il y eut un silence de quelques secondes, durant lequel Jessica réfléchit, mais elle ne trouva aucun argument à lui opposer.

— C'est vrai, mais…

— Mais c'est dans ta tête, Jess. Alors, arrête avec ces conneries !

Jessica fit la moue et le fusilla du regard.

— J'arrêterai le jour où tu accepteras mon amitié avec Lisandro, répliqua-t-elle pour l'emmerder.

Martin serra les mâchoires et soupira bruyamment.

— Ne joue pas avec moi. Tu sais que ça n'a absolument rien à voir avec tes préjugés sur Charline !

Un autre silence s'éternisa et Martin choisit de sortir prendre l'air pour se calmer. Il retrouva quelques collègues au coin fumeurs, comme à chaque fois que Jessica le poussait à bout. D'ailleurs, ça faisait longtemps que ce n'était pas arrivé. Il discuta un peu avec Nestor, un quadragénaire très drôle avec qui il s'entendait bien. Ce dernier lui proposa une cigarette comme à chaque fois qu'il croisait Martin à cet endroit et celui-ci accepta.

Au bout de vingt minutes, il retourna dans son bureau et s'installa à sa place sans jeter un regard vers son emmerdeuse de petite amie. Il était toujours en rogne et la cigarette qu'il venait de fumer avec rage n'y avait rien changé. Mais il détestait se disputer, alors il attendit juste que l'orage passe.

Jessica laissa passer quelques minutes avant de relever la tête pour l'observer. Son visage affichait une tristesse qui lui provoqua un pincement au cœur, mais il se retint de se lever pour la prendre dans ses bras. Il ne pouvait pas toujours faire le premier pas lorsqu'elle le poussait à bout, comme ça.

— Excuse-moi, lâcha-t-elle dans un souffle. Je n'aurais pas dû dire ça…

— Mmm, grogna Martin, car il avait du mal à avaler la pilule.

Elle pinça les lèvres en continuant de l'étudier, mais comme il ne lui prêta pas plus d'attention, elle choisit elle aussi d'arrondir les angles et de le laisser tranquille. Ainsi, ils passèrent le reste de l'après-midi dans le silence.

Au moment de partir, Jessica attrapa timidement la main de Martin et la serra avec fragilité. Il répondit à son geste, lui donnant une petite pression en retour, et lui adressa un regard chaleureux pour lui signifier qu'il ne lui en voulait pas. Puis ils rentrèrent chez Jessica en retrouvant leur bonne humeur.

Le soir même, Jessica se rendit chez sa cousine, car elle devait connaître la vérité et, surtout, l'entendre de la bouche de Charline. Elle tremblait un peu lorsqu'elle sonna. Son ventre se crispa à force de patienter devant le portillon. Enfin, sa cousine apparut au bout de l'allée de gravillons blancs et marcha jusqu'à elle d'un pas énergique.

— Salut, Jess ! Il n'est pas un peu tard pour que tu me rendes visite ? En pleine semaine en plus, quelque chose ne va pas ?

— En fait… Lisandro m'a dit pour sa sœur…, balbutia-t-elle, mal à l'aise.

Le visage de Charline se décomposa.

— Ah…, lâcha-t-elle en ouvrant le portillon pour permettre à sa cousine d'entrer.

Elles marchèrent en silence jusqu'à la maison. Charline se sentait un peu mal tout à coup, car elle connaissait les préjugés de sa cousine sur la communauté LGBT et son jugement l'angoissait un peu. Elle avala difficilement sa salive en l'invitant à s'asseoir sur le canapé. Bien entendu, elle avait perdu toute sa pêche et oublia de proposer une boisson à Jessica. Chose qu'elle n'oubliait jamais en temps normal, lorsqu'elle recevait quelqu'un chez elle.

— Pourquoi tu ne me l'as jamais dit ?

Charline s'adossa contre le mur, n'osant pas rejoindre sa cousine. Elle se contenta de l'observer, les bras croisés comme pour se protéger.

— Parce que ça n'a pas d'importance…

— Bien sûr que si ! s'emporta Jessica. Je croyais que tu aimais les hommes… Tu avais l'air d'apprécier Lisandro…

Charline soupira, sans trop savoir comment expliquer les choses à sa cousine, car elle savait qu'elle avait un esprit obtus. Comme le silence s'éternisait, Charline émit un nouveau soupir, avant de s'approcher de Jessica pour s'installer à côté d'elle. Pourtant, elle n'osait toujours pas soutenir son regard inquisiteur.

— Je sais que tu n'aimes pas les gens différents, Jess, commença-t-elle. J'ai peur que tu ne m'adresses plus la parole sous prétexte que j'aime autant les femmes que les hommes…

Charline observa ses mains jointes, désemparée tandis que Jessica restait muette de stupéfaction et d'incompréhension. Elle était toujours sous le choc. Pourtant, elle aimait sa cousine plus que tout et elle ne pourrait jamais se résoudre à couper les ponts avec elle.

— Je t'aime, Jess…, murmura Charline au bord des larmes.

Contre toute attente, Jessica posa sa main sur celle de sa cousine et la pressa doucement.

— Moi aussi, Chacha, mais… c'est difficile à encaisser. Je pensais que Lisandro et toi, ça avait été un genre de coup de foudre… Jamais, je ne me serais imaginée que tu préfèrerais sortir avec ton assistante…

Charline prit une profonde inspiration, comme si l'air lui avait manqué quelques secondes en attendant le verdict de Jessica.

— Je ne sors pas avec mon assistante, c'était juste un baiser à une soirée et un autre au bureau… et j'ai fait semblant lors de son anniversaire pour ne pas l'embarrasser, puisqu'elle m'avait présentée comme telle au téléphone, la veille. Et, pour Lisandro… je l'aime bien…

À ces mots, ce fut comme si Jessica venait de reprendre vie. Ses yeux se mirent à briller de malice et son corps se tendit comme un arc.

— Alors tu vas vraiment sortir avec lui ? s'enthousiasma-t-elle en frappant dans ses mains. Comme ça, ça ne changerait rien pour moi ! Enfin, je veux dire… je serais moins perturbée, tu comprends…

Charline la toisa, sans trop savoir comment le prendre. Et, même si elle appréciait Lisandro beaucoup plus qu'elle aimait le faire croire, il était hors de question qu'elle se confie à Jessica.

— Il faudra que tu m'expliques en quoi ça te dérange de savoir que certaines filles m'attirent autant que les hommes.

Jessica avala difficilement sa salive, car cette conversation était difficile pour elle. D'ailleurs, elle ne connaissait pas vraiment la réponse à cette question, mais elle se lança quand même, en espérant trouver les bons mots.

— Eh bien… C'est juste qu'un homme est là pour nous protéger, contrairement à une femme, tu vois… Je veux dire qu'avec un homme, on se sent en sécurité.

À sa grande surprise, Charline explosa de rire.

— Qu'est-ce que j'ai dit de si drôle ? se renfrogna Jessica.

— C'est toi qui me sors des conneries pareilles alors que pendant des années tu disais ne pas avoir besoin d'un homme dans ta vie, madame la féministe ?

Jessica baissa les yeux. Elle savait que sa cousine avait raison, mais depuis qu'elle était petite, elle avait cette image du couple parfait que sa mère lui décrivait presque tous les jours. Et il s'agissait toujours d'un couple hétéro. Cette image était bien trop ancrée en elle. C'était pour cela que ça la perturbait de penser à Charline et Chloé en tant que couple. Pour elle, ce n'était pas naturel. C'était même inenvisageable.

— C'est juste que… c'est difficile à intégrer pour moi, reprit Jessica d'une voix mal assurée. Si tu pouvais juste éviter de me parler de tes relations avec les filles, ça me soulagerait…

Charline la dévisagea sans lui répondre.

— Et en ce qui concerne Lisandro ? enchaîna Jessica.

Sa cousine haussa les épaules.

— Je l'aime bien, je ne vois pas ce que je pourrais te dire d'autre…

Jessica hocha la tête. Puis, voyant que la conversation n'irait pas plus loin, elle se leva.

— Je suis contente qu'on ait pu discuter, je vais y aller, maintenant…, balbutia-t-elle ne sachant pas trop comment se comporter avec Charline.

Cette dernière la suivit du regard.

— C'est ça, rentre bien…, lâcha Charline, un peu agacée.

Jessica marqua un temps d'arrêt avant de dévisager Charline, vexée.

— Je croyais qu'on se disait tout, Chacha… mais, en fait, tu ne m'as jamais rien confié sur toi, contrairement à moi…

Et elle partit en claquant la porte, ce qui surprit Charline. Mais elle préféra la laisser prendre le recul nécessaire avant d'éclaircir ce point avec elle. Jessica n'avait pas tout à fait tort sur le fait que Charline omettait une grande partie de sa vie privée lorsqu'elles discutaient ensemble.

Malgré tout, ça aurait pu être pire. Jessica aurait pu être bien plus virulente au lieu de lui demander de lui cacher ses relations lesbiennes. Si elle l'avait rayée de sa vie, ça l'aurait brisée. En soi, ça ne changeait pas grand-chose pour Charline. Toutefois, elle aurait aimé que sa cousine soit un peu plus ouverte d'esprit. Mais peut-être que cela viendrait avec le temps… Sauf, bien sûr, si elle finissait par se caser avec un homme, ce qui n'était pas non plus dans ses projets. Bien que Lisandro lui plaise beaucoup, elle n'avait aucune envie de s'engager dans une relation sérieuse. Elle aimait sa tranquillité et sa liberté.

Lorsque Lisandro se réveilla sur son canapé, au milieu des paquets de chips et des cannettes de coca, son chat roulé en boule sur son ventre, il eut du mal à retrouver ses esprits. Le manque de sommeil lui avait éteint le cerveau et il ne savait plus quel jour on était. Puis, le bruit caractéristique de quelqu'un qui frappe à la porte le ramena à la réalité.

— Lisandro, ouvre ! Je te laisse dix minutes avant d'appeler les pompiers. Ils vont défoncer ta porte et ça va te couter un bras !

La voix de Chloé était étouffée, mais il la reconnut sans mal. Il repoussa Gizmo, qui lâcha un miaulement de protestation, puis se redressa, toujours un peu sonné. Il marcha d'un pas chancelant jusqu'à la porte d'entrée, qu'il ouvrit doucement.

— C'est pas trop tôt ! s'écria sa sœur en entrant comme une furie.

— Qu'est-ce qu'il y a ? bougonna Lisandro, encore à moitié endormi, en se frottant les yeux.

— Je m'inquiétais ! Depuis hier soir, tu ignores mes appels alors que tu devais me ramener ! Heureusement, c'est Charline qui m'a raccompagnée chez moi…

Chloé referma la porte, car elle ne voulait pas que les voisins l'entendent hurler. Le couloir offrait une caisse de résonnance qui ravissait les commères. Elle inspecta le salon en faisant la grimace.

— Mais… c'est quoi ce bazar ? Et puis, ça sent le renfermé là-dedans, qu'est-ce que t'as foutu ? T'es malade ?

— Nan…, râla Lisandro. Je vais bien, je suis juste un peu déprimé. Rien d'alarmant.

Chloé le dévisagea puis remarqua enfin sa tenue débraillée.

— C'est à cause de Charline ? demanda-t-elle d'une voix plus douce, empreinte de compassion.

Lisandro passa une main dans ses cheveux, mal à l'aise.

— J'ai pas envie d'en parler…

Il se détourna pour retrouver son canapé. Son chat en profita pour lui sauter sur les genoux et il se mit à le caresser distraitement, appréciant son ronronnement apaisant.

— C'était… un baiser d'adieu…, reprit Chloé, anxieuse.

— Ce n'était pas n'importe quel baiser, répliqua Lisandro d'une voix sombre. Si je ne vous avais pas surprises, vous n'auriez pas fait que vous embrasser, Chloé.

Elle garda le silence quelques secondes pour prendre la mesure de ses paroles.

— C'est parce que je l'aime…, murmura-t-elle. Et la seule fois où j'ai voulu coucher avec elle, j'étais tellement bourrée que je ne m'en souviens pas très bien, mais je sais qu'elle m'a repoussée…

Malgré la tristesse évidente de sa sœur, Lisandro avala difficilement sa salive en prenant sur lui pour rester calme.

— Je n'aurais jamais cru qu'un jour je serais en compétition avec toi pour une femme…

Chloé s'approcha de lui, mais s'arrêta avant de lui offrir un câlin. Lisandro n'était pas du genre à aimer les câlins…

— Ce n'est pas le cas… Elle m'aime bien, mais pas comme ça… On ne sortira jamais ensemble. Je suis trop réservée et trop sérieuse pour elle. Elle me l'a dit…

Lisandro but une gorgée de coca éventé en fuyant le regard de sa sœur.

— Moi aussi, elle m'aime bien… Je sais pas comment je dois le prendre…

Il soupira, dépité, le regard vide, et Chloé s'assit à côté de lui. Finalement, elle passa un bras autour de ses épaules pour tenter de le consoler.

— Je pense sincèrement que tu as plus de chances que moi, Lisa.

— Arrête avec ce diminutif, grogna Lisandro. On n'est plus des enfants.

Chloé sourit.

— Je sais… l'habitude…

Ils restèrent quelques secondes à savourer cette étreinte. Malgré tout, Lisandro avait éperdument besoin de réconfort. C'était comme si le fait d'avoir vu Charline embrasser Chloé avait rouvert sa blessure. Celle qui l'avait brisé lorsque Laura l'avait abandonné après 10 ans de relation… Ça faisait à peine cinq ans qu'elle avait disparu et il avait l'impression que c'était hier. En cinq ans, Charline était la seule femme qui lui avait fait ressentir quelque chose et il avait fallu qu'elle le traite comme quelqu'un d'insignifiant…

— Écoute, reprit Chloé. Je crois que Charline t'apprécie plus qu'elle ne veut le faire croire. Tu aurais dû voir sa tête quand tu es parti, hier. Elle a essayé de te rattraper. Par contre, elle n'a eu aucun regard pour moi. Elle m'a juste oubliée dès l'instant où elle t'a reconnu.

Lisandro ne répondit pas, malgré la pointe d'espoir qui naquit au creux de son ventre.

— Du coup, continua Chloé. Je lui ai dit pour Laura…

Lisandro s'écarta brusquement de sa sœur et se leva d'un bond.

— Tu as fait quoi ?! s'énerva-t-il, même s'il avait conscience que sa réaction était un peu excessive.

Il prit sa tête entre ses mains, dépité, en faisant les cent pas.

— Il fallait qu'elle le sache. Pour qu'elle évite de te faire du mal…

— Tu n'avais pas le droit ! Cette histoire ne regarde que moi, et Charline ne devait rien savoir ! Elle va me regarder différemment, maintenant. Elle va croire que je suis une lavette…

— Arrête… Charline n'est pas aussi insensible que tu le penses. Et elle avait l'air vraiment affectée quand je lui en ai parlé.

Chapitre 14

Lisandro était tellement désemparé qu'il ne savait plus quoi faire. Après le choc de voir la femme qu'il appréciait de plus en plus embrasser sa sœur à pleine bouche, il apprenait que Charline était au courant pour son histoire désastreuse avec Laura. C'était beaucoup trop lourd à supporter pour lui. Il se sentait vraiment mal et sa sœur ne le lâcherait plus d'une semelle si elle s'en rendait compte. À l'époque de sa dépression, il avait eu plusieurs fois des idées noires. Heureusement, il n'était jamais passé à l'acte, car sa famille veillait sur lui et sa sœur ou ses parents se relayaient sans cesse pour ne jamais le laisser seul. Ils s'arrangeaient toujours pour lui changer les idées, le faire sortir ou simplement lui donner du réconfort à leur manière. Il avait de la chance d'être si bien entouré.

— Tu veux que je l'appelle ?

La question de sa sœur le sortit de ses pensées et il était tellement à l'ouest qu'il ne comprit pas ce qu'elle voulait dire.

— Est-ce que tu veux que j'appelle Charline ? répéta-t-elle.

— Non, je vais juste… Je vais aller voir Jessica.

— D'accord, si tu veux. Je vais t'accompagner chez elle.

Lisandro soupira.

— Je vais bien, Chloé. Inutile de me materner, d'accord ?

— OK, désolée… Je vais t'aider à ranger, continua-t-elle en attrapant les emballages vides qui trainaient dans le salon.

Lisandro pinça les lèvres, car il n'aimait pas quand sa sœur se comportait de cette façon. Toutefois, il prit sur lui et rangea avec elle. Après tout, il serait bien content de découvrir son appart nickel lorsqu'il rentrerait.

Quand Chloé fut satisfaite, il prit une douche et s'habilla en jogging. Pas celui qui était informe, mais un jogging noir pour éviter que sa sœur ne panique et comprenne qu'il allait encore plus mal qu'elle ne le pensait.

— Satisfaite ? demanda-t-il quand il fut prêt.

— Pas vraiment, mais bon… Je passerai te voir ce soir pour être sûre que tu vas bien.

— Chloé, râla-t-il. Arrête avec ça. Je vais bien.

Sa sœur croisa les bras sur sa poitrine en le toisant avec suspicion.

— Tu es en Jogging, Lisa, et on sait tous les deux ce que ça veut dire.

— Ne m'appelle pas comme ça, grogna-t-il en sentant l'agacement le gagner.

Pour toute réponse, Chloé s'approcha de lui, déposa un baiser sur sa joue et le prit dans ses bras.

— Je t'aime, frangin. Appelle-moi si tu as besoin de quelque chose.

Il lui rendit son étreinte en ressentant une pointe de soulagement.

— D'accord. Merci d'être passée, Chlo.

Avec un sourire bienveillant, elle se détacha de lui, le salua et repartit enfin. Lisandro passa encore un moment à jouer aux jeux vidéo. Il surveillait l'heure de temps en temps, car il devait attendre que Jessica soit rentrée du travail. Il aurait pu se pointer à son bureau, comme il le faisait souvent, mais il n'était pas en état d'affronter Martin ou n'importe qui d'autre, d'ailleurs. Et personne, à part sa sœur et ses parents, ne l'avait vu en jogging, complètement négligé. Il avait un peu honte de sortir comme ça.

Vers 18h, il partit enfin, descendit les deux étages à pied, puis traversa le parking jusqu'à son Audi TT. Il mit le contact, l'esprit vide. Il ne savait pas encore ce qu'il allait raconter à Jessica, mais il avait l'impression qu'elle était la seule à le comprendre. Et surtout, la seule qui connaissait Charline mieux que lui. D'ailleurs, en pensant à cette dernière, des images de leurs ébats dans la salle de bain lui revinrent en mémoire et une douloureuse nostalgie s'empara de lui.

C'était comme si la blessure qui lui comprimait la poitrine nuit et jour s'intensifiait. Il n'avait plus souffert depuis Laura et voilà que ça recommençait. Il avait tellement envie que ça s'arrête, mais il ne savait pas comment faire. Puis, l'image de sa sœur en train d'embrasser Charline à pleine bouche s'imposa à lui et il faillit avoir un accident tant cette scène l'avait ébranlé. Il pila d'un coup, se faisant klaxonner à plusieurs reprises pour sa conduite dangereuse. Enfin, il se gara devant chez Jessica. La mort dans l'âme, il coupa le moteur et marcha d'un pas traînant jusqu'à l'entrée de la maison.

Lorsqu'il toqua, il était tellement désemparé qu'il peinait à retenir ses larmes. À cet instant, il se fichait éperdument de sa tenue. Bien sûr, ce fut Martin qui lui ouvrit. Lorsqu'il détailla son allure négligée, ce dernier leva les yeux au ciel en affichant une moue agacée. Heureusement, Jessica se colla dans son dos presque immédiatement et passa sa tête sous son bras pour regarder qui était là.

— Lisandro ? s'étonna-t-elle. Mais qu'est-ce qui t'arrive ?

Martin soupira et retourna à l'intérieur avec contrariété, laissant Jessica s'occuper de leur indésirable invité.

— Je peux entrer ? demanda Lisandro d'une voix mal assurée.

Il se sentait vraiment mal et il ne savait pas comment expliquer son mal-être à Jessica. Pourtant, il percevait sa sollicitude et sa compassion.

— Bien sûr, viens.

Elle lui attrapa le bras et l'emmena jusqu'au salon où ils s'installèrent tous deux sur le canapé.

— C'est à cause de Charline ? s'inquiéta-t-elle.

Lisandro hocha la tête et ferma les yeux une seconde pour tenter de maîtriser sa peine, tandis que Jessica attendait patiemment.

— Est-ce que tu veux boire quelque chose ? Un chocolat chaud ? Enfin… C'est peut-être un truc de fille, mais je t'assure que ça fait du bien au moral, plaisanta-t-elle.

Lisandro acquiesça, sa gorge étant trop serrée pour qu'il puisse répondre de vive voix. Et devant son attitude raide, elle comprit qu'il était vraiment mal.

— Mon chéri ? appela-t-elle en espérant qu'il ne s'était pas déjà sauvé à l'étage.
— Quoi ? grogna l'intéressé de la cuisine.
— Tu peux nous apporter deux chocolats chauds, s'il te plaît ?
— Et puis quoi encore…, l'entendit-elle bougonner.
— Allez, sois sympa, insista-t-elle.
— Bon, d'accord…, soupira-t-il.
Elle reporta ensuite son attention sur Lisandro.
— Alors, raconte-moi tout, maintenant.
Avec une infinie douceur, elle posa sa main sur l'épaule de Lisandro et il se laissa aller contre le dossier du canapé en fermant les yeux. Puis, il lui raconta toute son histoire avec Laura, qu'il l'aimait comme un fou, qu'elle l'avait abandonné du jour au lendemain au bout de dix ans de relation et qu'il avait fait une grave dépression.
Lorsque Martin arriva discrètement pour poser les chocolats sur la table, Lisandro s'interrompit, mais Martin ne fit rien pour le provoquer. Il avait compris que Lisandro était au plus mal et il éprouvait une certaine culpabilité en entendant ses confidences. Toutefois, il s'éclipsa pour lui laisser l'intimité dont il avait besoin et Jessica lui adressa un regard de remerciement.
— Je suis désolée, Lisandro, murmura-t-elle quand ils furent de nouveau seuls.
Et il se remit à parler.
— Quand j'ai rencontré Charline, j'ai tout de suite vu à quel point elle semblait déjantée et ça m'a rappelé Laura d'une certaine manière. Je les ai beaucoup comparées à vrai

dire… et j'ai commencé à éprouver quelque chose de fort pour ta cousine. Quand on a couché ensemble la première fois, c'était différent d'avec les autres filles que je sautais sans même savoir leur prénom. Avec Charline, c'était comme une drogue. Et quand je l'ai vue avec ma sœur, hier, j'ai eu l'impression qu'on m'abandonnait une deuxième fois…

Sa voix se brisa un peu sur cette dernière phrase et Jessica ne sut pas comment le réconforter.

— Comment ça ? demanda-t-elle tout de même. Elle m'a dit qu'elle ne sortait pas avec Chloé…

Lisandro ferma les yeux pour retenir ses larmes.

— C'était un baiser d'adieu apparemment. Mais ça ressemblait à des préliminaires si tu veux mon avis.

Jessica se boucha aussitôt les oreilles.

— Je ne veux aucun détail ! s'écria-t-elle paniquée.

— C'est vrai. Pardon…

Il but le reste de son chocolat chaud et ne dit plus un mot. Jessica l'observa en réfléchissant à ce qu'elle pourrait lui dire pour le consoler.

— Qu'est-ce que je peux faire ? le questionna-t-elle au bout d'un moment, mais Lisandro se contenta de hausser les épaules en fuyant son regard.

— Est-ce que tu aimerais regarder un film ? Alien ? tenta-t-elle.

C'était le seul film d'action qu'elle avait chez elle, car Charline avait toujours insisté pour qu'elle ait ce chef-d'œuvre dans sa filmothèque.

— Alien ? répéta Lisandro, surpris.

— À moins que tu préfères Love actually ? grimaça-t-elle.

Le visage de Lisandro s'éclaira juste un instant, avant de redevenir triste.

— Alien, c'est très bien.

— Très bon choix, ce sont les films préférés de Charline. Elle m'a tellement bassinée avec cette saga que je les connais par cœur, rigola-t-elle.

Quand elle remarqua l'expression de Lisandro, elle se tut et s'empressa de mettre le film dans le lecteur Blu-Ray. Elle savait que Martin préférait lire plutôt que de regarder un film, surtout en compagnie de son ennemi.

— Tu veux un plaid ? demanda-t-elle ensuite, ne sachant pas s'il apprécierait d'être cocooné comme une fille.

— Non, merci. Et si Martin nous surprend tous les deux sous un plaid, il risque de péter les plombs. Et je n'ai pas envie de me battre avec lui ce soir. Je veux bien Spéculos, par contre.

— Oui, tu as raison, réalisa-t-elle en se levant pour aller chercher son lapin, qu'elle posa sur les genoux de Lisandro.

Ils s'installèrent tous les deux sur le canapé, laissant une distance respectable entre eux. Quand Lisandro sembla absorbé par le film, Jessica attrapa discrètement son portable pour envoyer des textos à Charline.

Jessica : Salut, Chacha, écoute, il faudrait que tu parles avec Lisandro, il ne va pas très bien. Il m'a dit qu'il t'avait surpris avec sa sœur et… enfin, pas besoin d'entrer dans les détails, mais ne joue pas avec lui, s'il te plaît. Il est fragile.

Chacha : Comment ça, fragile ? Est-ce qu'il va bien ?

Jessica releva les yeux vers son ami pour l'observer à la dérobée.

Jessica : Pas vraiment, non… On est en train de regarder Alien. Tu sais que je ne veux pas te mettre la pression, mais qu'est-ce que tu ressens pour lui ? Enfin… est-ce que tu envisages une relation sérieuse avec lui ou pas ? Parce que je crois que si c'est juste pour t'amuser, tu devrais le lui dire et ne plus le voir…

Chacha : On ne s'est rien promis, Jess. Et je n'ai rien prémédité avec sa sœur, c'est arrivé comme ça… Mais, c'est vrai, je l'aime bien. De plus en plus. Par contre, de là à m'engager dans une relation, je n'en sais rien, ce n'est pas dans mon caractère.

Jessica : Rien n'est impossible. Tu devrais quand même essayer. C'est un type bien, tu sais…

— Qu'est-ce que tu fais ? demanda soudain Lisandro.
Jessica cacha immédiatement son téléphone dans sa poche et devint rouge comme une pivoine.
— Heu… je… j'envoyais des sextos à Martin, mentit-elle.
Et Lisandro détourna les yeux pour les reporter sur la télé.
— Ah… Je ne vais pas rester longtemps…
— Oh, non, non, ne t'inquiète pas. Tu peux rester autant de temps que tu veux.

Lisandro déglutit en se sentant de trop. Il n'avait pas pensé qu'il pourrait les déranger. À vrai dire, il n'y pensait jamais, car Jessica faisait toujours en sorte d'être disponible pour lui.

— Merci, Jess, dit-il en se levant lentement. Je vais rentrer. Remercie aussi Martin pour le chocolat.

— Tu es sûr ? Tu veux que je te prête le Blu-Ray ?

Il haussa les épaules, sans conviction, et Jessica s'empressa de ranger le film dans sa boîte pour le donner à son ami.

— Appelle-moi si ça ne va pas, d'accord ? Je me débrouillerai pour Martin, il n'a rien contre toi, tu sais ? Mais il n'aime pas me voir trop proche d'un autre homme et, avec mon passé débridé, je ne peux pas lui en vouloir.

Lisandro acquiesça, toujours un peu hagard.

— Merci, Jess. Merci d'être là pour moi.

Au moment où il atteignait l'entrée, elle le stoppa dans son élan.

— Attends ! s'écria-t-elle avant de courir jusqu'à la cuisine.

Elle revint quelques secondes plus tard, armée d'une tablette de chocolat noir.

— Tiens, pour le moral, il n'y a rien de mieux. Promets-moi de la manger en rentrant chez toi, avec un verre de lait chaud, c'est encore meilleur.

Lisandro lui adressa un faible sourire.

— Tu me prends vraiment pour une nana, hein ?

— C'est-à-dire que… Tu préfères une bouteille de whisky ?

Il rigola.

— Non, le chocolat, c'est très bien. Merci, dit-il en lui pressant affectueusement l'épaule.

— Rentre bien, le salua-t-elle en le regardant rejoindre sa voiture.

Lorsqu'il arriva dans son appartement, Lisandro s'affala sur son canapé puis regarda la tablette de chocolat noir à 85% que Jessica lui avait donnée. Après tout, elle avait peut-être raison… Tandis que son chat lui sautait sur les genoux en reniflant son pantalon, sans doute à cause de l'odeur du lapin qu'il venait de câliner, il ouvrit l'emballage du chocolat pour en croquer un morceau à pleines dents. Il le mâcha à peine une seconde avant de tout recracher dans un mouchoir.

— Putain, c'est dégueulasse ! bougonna-t-il. J'aurais mieux fait de lui demander du Whisky…

Lorsque son portable vibra, il crut que c'était sa sœur ou peut-être même Charline, même s'il n'y croyait pas vraiment, mais c'était Kévin, l'ex de Jessica.

Kevin : Salut Mec, t'es dispo ? Kristen vient de revenir de Londres, on répète dans 1h. J'ai prévu des pizzas.

Il s'apprêtait à refuser quand il se rappela que pour aller de l'avant et ne pas sombrer dans sa tristesse, il devait voir du monde. Alors il accepta.

Lisandro : OK, je serai là.

Il regarda une nouvelle fois la tablette de chocolat puis décida de la mettre à la poubelle. Tant pis… Ensuite, il se changea, car il ne sortait jamais en jogging. Habituellement, il mettait un point d'honneur à être bien habillé.

Il mit un jean bleu délavé, un T-shirt noir moulant sous un pull en mailles fines gris clair, qui arborait deux formes géométriques noires et blanches sur un côté. C'était sobre, mais classe. Il s'apprêtait à prendre sa veste en cuir couleur cognac, mais se ravisa en repensant à Charline. Il opta plutôt pour sa veste en jean moutain ainsi qu'une paire de baskets blanches.

Ensuite, il rejoignit sa voiture pour se rendre chez Kévin. Lorsqu'il arriva devant la porte d'entrée, il entendait déjà le son de la musique. Kévin jouait de la basse et le batteur l'accompagnait en rythme. Se doutant que personne ne l'entendrait sonner, il entra. La porte était pratiquement toujours déverrouillée lorsqu'ils se donnaient rendez-vous pour répéter.

Lisandro parcourut le petit couloir de l'entrée en passant devant la cuisine, puis nota le désordre habituel dans le salon : des vêtements éparpillés un peu partout, de la vaisselle salle sur la table et, juste à côté, plusieurs feuilles volantes. Probablement des partitions ou des tablatures. Il devait également y avoir quelques paroles de chansons. Kévin était un bordélique sans nom, mais il était aussi passionné par la musique et s'absorbait souvent dans son travail en occultant tout le reste.

Plus Lisandro avançait, plus le son de la musique était fort. Il entendait vaguement le bruit de talons derrière lui.

Juste avant qu'il n'ouvre la porte du sous-sol, une furie brune lui sauta au cou et lui embrassa la joue.

— Salut ! s'écria joyeusement Kristen en se détachant de lui.

— Salut, répondit Lisandro, sans grand enthousiasme.

Il n'avait tout simplement pas la tête à ça. Pourtant, Kristen avait toujours été magnifique. Une peau pâle avec quelques taches de rousseur, des yeux d'un bleu très clair qui lui donnait un charme fou et un sourire irrésistible. Elle fronça les sourcils devant son expression peu enjouée.

— Quelque chose ne va pas ? demanda-t-elle, inquiète.

— Si… tout va bien. Quelques soucis familiaux, rien de grave, mentit-il.

Elle pinça les lèvres dans une grimace de compassion, avant de lui attraper la main pour l'entraîner avec elle vers leur studio de répétition. Ils dévalèrent les escaliers jusqu'au sous-sol. Kevin et Watta, le batteur dont il ne connaissait pas le vrai nom, s'interrompirent en les voyant arriver.

— Kristen ! s'écria Kévin en s'avançant vers la chanteuse de leur groupe.

Comme avec Liandro, elle sauta au cou de Kévin et il la souleva joyeusement en lui faisant une bise appuyée. Puis vint le tour de Watta qui la salua plus timidement, car il n'était pas aussi tactile que les deux autres. Mais Kristen s'en moquait, elle lui réserva le même traitement et lui entoura le cou de ses deux bras pour lui embrasser chaleureusement la joue.

— Alors ? Tes défilés se sont bien passés ? demanda Kévin en s'adossant contre le mur et en croisant les bras sur son torse.

— C'était génial ! J'ai porté la robe de mariée !!! s'écria-t-elle tout excitée.

— Génial, répliqua Kévin en se forçant à être enthousiaste.

— Oui, vous n'en avez sûrement rien à faire…, marmonna Kristen en se rapprochant du micro pour le régler à sa hauteur.

Tout le monde aimait Kristen. En plus d'être belle, elle était sympa et ne repoussait pratiquement jamais les avances des hommes. Autant dire qu'elle avait couché avec tous les membres du groupe. Pourtant, contrairement à ce qu'avait craint Kévin, l'ambiance entre eux n'avait pas changé. Sans doute parce qu'aucun d'eux n'était tombé amoureux d'elle. Et c'était tant mieux !

Alors que Watta retournait derrière sa batterie et que Lisandro attrapait sa guitare, Kévin continuait de fixer Kristen sans oser lui poser la question qui lui brûlait les lèvres. Alors elle y répondit, car elle savait parfaitement à quoi il pensait.

— Zoé est rentrée aussi. Elle voulait passer, mais elle était trop fatiguée et elle m'a dit que la baignoire de Christian l'appelait comme le chant des sirènes.

Kévin décroisa les bras et hocha la tête, comme s'il était soulagé de savoir que Zoé était de nouveau en France. Il récupéra sa basse et attendit que tout le monde soit prêt pour commencer la répétition de ses compositions.

Chapitre 15

Depuis que Jessica lui avait dit que Liandro n'allait pas bien, Charline se sentait coupable. Elle éprouvait aussi une sorte de manque cuisant. Elle ne comprenait pas ce qu'il lui arrivait, car ça ne s'était jamais produit auparavant. Pourtant, depuis leurs ébats dans sa salle de bain, elle ne pensait plus qu'à lui.

Le fait qu'il l'ait surprise en train d'embrasser Chloé l'avait contrariée sur le moment mais, maintenant, elle avait l'estomac noué en se rappelant de la scène. Avec nostalgie, elle caressa le bracelet que Lisandro lui avait offert.

Elle devait faire quelque chose. Il fallait qu'elle le voie, ce soir ! Charline venait tout juste de rentrer du boulot et n'avait pas encore enlevé son manteau qu'elle attrapa son téléphone pour appeler Lisandro. Malheureusement, il ne décrocha pas. Comme elle avait peur qu'il ne veuille plus lui parler, elle lui envoya plusieurs textos dans la foulée pour savoir ce qu'il faisait et s'ils pouvaient se voir, mais il ne répondit pas non plus. Alors, en désespoir de cause, elle contacta Chloé. Puisque sa sœur était inquiète pour lui, elle lui donna l'adresse en lui disant qu'elle l'attendrait devant l'entrée de l'immeuble.

Charline ne perdit pas une minute et sauta dans sa voiture pour se rendre chez Lisandro. Une fois garée sur le parking, elle rejoignit Chloé.

— Toujours aucune nouvelle ? s'inquiéta cette dernière.

Elle était tellement angoissée qu'elle avait oublié le malaise qu'il y avait entre elles. Chloé avait beau se conduire de la façon la plus normale possible au boulot, Charline n'était pas dupe.

— Non, toujours rien…, balbutia Charline, de plus en plus inquiète.

En voyant la réaction de Chloé, elle se doutait qu'il y avait quelque chose de plus grave et qu'elle ne lui avait pas tout dit.

— Viens, je lui ai piqué son double des clés ce matin. J'espère qu'il va bien…, continua Chloé en tapant le code de la porte qui s'ouvrit avec un bip long.

Charline la suivit d'un pas chancelant. En fait, tout son corps se mit à trembler et son estomac se comprima d'appréhension.

— Qu'est-ce qu'il y a ? Pourquoi es-tu si stressée ? questionna Charline en montant les volées de marches jusqu'au quatrième étage.

— Il… Je crois qu'il rechute…, murmura Chloé sans oser regarder sa supérieure.

— Comment ça ?

— Je crois que cette histoire entre nous l'a bouleversé et qu'il est de nouveau en dépression…

— À cause… de moi ? demanda Charline, incrédule.

Chloé garda le silence une seconde pour peser ses mots, mais ne se sentit pas capable de dire la vérité à Charline.

— Je n'en sais rien…, bafouilla-t-elle en fuyant le regard de sa supérieure.

Charline n'insista pas, mais avait tout de même une autre question.

— Qu'est-ce qu'il risque de lui arriver ? Pourquoi es-tu si angoissée ?

Chloé avala difficilement sa salive tandis qu'elles arrivèrent devant la porte de Lisandro.

— Il a déjà fait une tentative de suicide quand Laura l'a quitté.

Charline ressentit un frisson d'effroi lui parcourir le corps et, d'un seul coup, elle fut terrorisée à l'idée que Lisandro meure. Elle porta une main à sa bouche alors que sa poitrine se comprimait douloureusement.

— Mon Dieu…, lâcha-t-elle enfin. Je ne savais pas…

— Tu ne pouvais pas savoir, l'apaisa Chloé en sortant la clé de sa poche.

Elle ouvrit rapidement et elles entrèrent dans l'appartement de Lisandro, le cœur battant à tout rompre. Charline observait le moindre recoin avec angoisse, cherchant Lisandro sans relâche, la gorge serrée, faisant fi du désordre apparent.

Puis, sans crier gare, un chat noir s'enroula autour de sa jambe en miaulant. Il faisait le dos rond et se frottait en ronronnant.

— Il n'est pas là, l'informa Chloé en revenant de la salle de bain. Oh, Gizmo !

Elle s'accroupit pour attraper le gros chat et lui faire un câlin.

— Lisandro a un chat ? s'étonna Charline, sans oser s'en approcher.

— Oui, et c'est une vraie sangsue, rigola Chloé.

Mais ce petit moment de répit ne soulagea pas Charline, bien au contraire. Elle voulait savoir où était passé Lisandro.

— Où est-ce qu'il peut être ?

— Il a dit qu'il irait voir Jessica, se rappela soudain Chloé.

— Mais oui ! s'exclama Charline soulagée. Je vais l'appeler.

Lorsque Jessica décrocha, elle lui annonça que Lisandro était déjà reparti et qu'il ne semblait pas en super forme. Puis elle lui apprit que la cousine de Christian, Zoé, était rentrée de Londres et que sa meilleure amie, Kristen, la chanteuse du groupe de Kévin, était probablement rentrée aussi. De fait, ils étaient certainement en train de répéter chez Kévin, ce qui expliquait l'absence de nouvelles de Lisandro. Il ne devait pas entendre son portable à cause de la musique.

Jessica leur donna l'adresse de son ex et elles se précipitèrent toutes les deux chez Kévin.

Une fois garées devant chez lui, elles sortirent en trombe pour venir sonner à sa porte. Elle s'ouvrit au bout de quelques minutes sur une magnifique brune aux yeux bleus pétillants et au sourire irrésistible.

— Salut ! s'exclama-t-elle avec entrain.

— Salut, répliqua Charline. Est-ce que Lisandro est là ? Je suis la cousine de Jessica.

— Ah, heu… oui. Allez-y, entrez.

— Et moi, je suis la sœur de Lisandro, crut bon de rajouter Chloé.

Le visage de Kristen s'illumina soudain et elle lui sauta au cou.

— Oh, super ! On sera peut-être belles-sœurs un jour ! s'écria-t-elle avec joie.

En entendant ces paroles, Charline faillit péter les plombs. Pourtant, elle ne dit rien. La jalousie n'avait jamais fait partie de son panel d'émotions. Elle ne l'avait d'ailleurs jamais vraiment comprise. Mais, en cet instant, malgré l'attitude avenante de cette brune magnifique, elle ne pensait qu'à lui attraper les cheveux pour la plaquer contre un mur et lui hurler que Lisandro lui appartenait. Une réaction qui n'avait rien de rationnel et qui la perturba un peu.

Quant à Chloé, elle resta stoïque, car elle semblait légèrement embarrassée par cette soudaine proximité. Heureusement, Kristen la libéra et les entraîna au sous-sol où elles rejoignirent les trois autres membres du groupe.

Lorsque Chloé vit Lisandro, elle se précipita sur lui et il dut écarter sa guitare pour ne pas l'abîmer.

— Tu n'as rien…, soupira Chloé en le serrant contre elle.

— Hey, je t'avais dit que j'allais bien, répliqua Lisandro en lui tapotant tendrement le dos.

Lorsqu'elle s'écarta, il remarqua enfin Charline qui le dévisageait en bas des escaliers. Kristen se trouvait à côté d'elle et ça ne lui plaisait pas du tout.

— Ah, Charline…, se rembrunit Lisandro, malgré son cœur qui s'emballait frénétiquement.

— Je m'inquiétais…, balbutia timidement cette dernière, ce qui ne lui ressemblait pas du tout. Tu ne répondais ni à mes appels ni à mes messages… et quand j'ai appelé Chloé… enfin, elle s'inquiétait aussi alors, nous voilà…

Lisandro ferma les yeux, tandis que Kévin et Watta observaient tout ce petit monde, à l'affut de la suite. Kévin savait que Charline était une espèce de furie qui foutait souvent la merde. Alors, il préféra attendre que la tempête passe, si tempête il devait y avoir.

— Donc, vous êtes venues ensemble…, reprit Lisandro d'un air sombre en la fixant avec amertume.

Charline se sentit mal, malgré son cœur qui battait la chamade. Elle tremblait d'angoisse après les propos de Chloé. Elle aussi avait envie de le serrer contre elle pour s'assurer qu'il allait bien, et peut-être aussi parce qu'il lui manquait depuis leur étreinte dans sa salle de bain…

— Oui…, acquiesça-t-elle tout de même.

Il soupira en essayant de cacher sa peine. Même si sa sœur lui avait spécifié qu'il ne se passait plus rien entre elles, la scène du baiser le hantait toujours et ça le tuait à petit feu.

— On va commander des pizzas, intervint Kristen avec son éternel enthousiasme. Vous restez manger avec nous ?

— J'ai pas très faim, répliqua Lisandro en se levant. Je pense que je vais rentrer…

— Lisa…, murmura sa sœur, si bas que personne n'entendit le surnom affectueux qu'elle lui donnait.

Toutefois, il lui jeta un regard d'avertissement.

— Amuse-toi bien avec Charline. Je n'ai pas envie d'assister à ça, c'est tout.

Il caressa doucement la joue de Chloé avec des yeux emplis de peine et d'acceptation.

— Sache que je ne t'en veux pas, petite sœur.

Puis, se tournant de nouveau vers le groupe, il les salua, avant de reposer sa guitare sur son support. Il passa devant Charline sans lui adresser un regard et monta les escaliers d'un pas raide. Charline n'eut pas le temps de réagir que Kristen lui passait devant pour rattraper Lisandro. Elle la suivit, déterminée à l'éloigner de celui qui faisait battre son cœur.

Une fois qu'elle arriva en haut des marches, elle se précipita vers la sortie où elle découvrit Kristen, en train d'allumer une cigarette roulée, et Lisandro, appuyé sur la rambarde de l'escalier qui menait jusqu'au trottoir. Lorsqu'il la remarqua, son expression se ferma et il l'ignora en reportant son attention sur la chanteuse.

— Lisandro…, commença Charline, d'une voix mal assurée. Je… pensais qu'on pourrait se voir vendredi, si tu n'as rien de prévu…

Elle était tellement mal à l'aise que l'air lui manquait. Elle suffoqua en apercevant le regard perçant de Kristen qui comprenait qu'elle n'était pas la seule intéressée dans cette histoire.

— On n'a pas une répète vendredi ? intervint-elle en se pendant au bras de Lisandro.

Charline observa le geste tandis que Lisandro se laissait faire en la fixant avec froideur. Elle déglutit en réalisant qu'il allait la rembarrer. Chose qui ne lui était jamais arrivée.

— Oui, Kristen a raison, on a une répète vendredi.

— D'accord…

La boule au ventre, elle comprit soudain qu'il essayait de la fuir. Alors, elle prit une profonde inspiration avant de reprendre la parole.

— Je vais y aller… Tu n'as pas besoin de fuir à cause de moi, ajouta-t-elle en baissant les yeux. J'espère juste qu'on aura l'occasion de se revoir…

Comme elle ne pouvait pas s'en empêcher, elle se rapprocha de lui pour déposer un doux baiser sur sa joue en s'attardant un peu trop. Lisandro ne put retenir son bras de se poser sur la taille de Charline. Il respira son parfum fleuri qui lui faisait tourner la tête et ferma les yeux une seconde, tandis qu'elle s'écartait déjà.

— Bonne soirée… Je te laisse raccompagner ta sœur chez elle.

Et elle s'enfuit, l'estomac comprimé et les jambes flageolantes, sans vraiment réaliser ce qui venait de se passer. Ce fut seulement à cet instant que Lisandro s'aperçut qu'elles n'étaient peut-être pas ensemble.

— Tu l'aimes bien on dirait, intervint Kristen en regardant Charline s'en aller.

Mais Lisandro ne répondit pas, il se contenta d'attendre qu'elle ait terminé sa cigarette.

— On couchera quand même ensemble, hein ? demanda-t-elle en se rapprochant de lui et en glissant un doigt le long de son torse. J'adore coucher avec toi…

Lisandro soupira et attrapa son poignet pour l'éloigner de lui, car il n'éprouvait plus aucune attirance pour Kristen. Son cœur battait encore un peu trop vite du contact de Charline et il n'avait pas envie de l'oublier aussi vite. Il voulait garder le souvenir de son parfum et de ses lèvres sur sa peau encore quelques minutes.

— S'il te plaît, supplia Kristen en faisant la moue. J'ai vraiment besoin de me détendre après tous ces défilés et ces heures de voyage.

— On verra…, répondit-il en ouvrant la porte pour rentrer.

Kristen le suivit et ils retournèrent au sous-sol, retrouvant Watta, Kévin et Chloé en pleine conversation.

— Où est Charline ? demanda soudain cette dernière.

Lisandro se mordilla les lèvres, sans trop savoir comment elle prendrait la nouvelle.

— Elle a préféré rentrer, intervint Kristen. Elle a même demandé à ton frère de te ramener…

Son ton était un peu cassant, ce qui n'échappa à personne dans la pièce. Pourtant, le visage de Chloé devint livide et son regard croisa celui de Lisandro dans une question silencieuse. Ce dernier haussa simplement les épaules, sans réussir à dire quoi que ce soit. Malgré les affirmations de Chloé sur le fait qu'elle ne sortait pas avec Charline, il avait toujours quelques doutes sur leur relation. Il pensait que soit, sa sœur se mettait en retrait pour lui laisser une chance avec Charline malgré son attachement pour elle, soit, il la soupçonnait de cacher sa relation pour le ménager. Dans les deux cas, il se posait des questions et se triturait le cerveau sans réussir à savoir quelle était la vérité.

— Je vais appeler pour les pizzas, intervint Kévin. Vous avez assuré, ce soir !

Puis, il partit à l'étage, suivi par Watta qui était toujours discret. Il ne restait plus que Kristen, Chloé et Lisandro dans la pièce, mais Chloé était bien décidée à parler à son frère en tête à tête.

— Tu ne montes pas avec eux ? s'enquit-elle à l'attention de la chanteuse.

Cette dernière jeta un œil vers Lisandro qui lui fit signe de partir. À contrecœur, elle les laissa seuls, mais ne put s'empêcher de rester près de la porte, en haut des escaliers, pour écouter leur conversation. Cette Charline ne lui plaisait plus autant qu'à son arrivée.

— Que t'a dit Charline ? demanda Chloé, embarrassée que sa patronne se soit enfuie si vite alors qu'elles avaient passé presque une heure à chercher Lisandro.

Il dévisagea sa sœur en pinçant les lèvres. Il ne savait pas comment interpréter la réaction de Chloé, mais il ne put s'empêcher de lui poser encore une fois la question qui le taraudait.

— Pourquoi vous êtes venues ensemble ? Tu m'as dit que… c'était un baiser d'adieu…

Chloé ferma les yeux une seconde et laissa échapper un soupir sec, comme si cette question l'agaçait au plus haut point.

— Elle te l'a dit, on s'inquiétait pour toi. Jessica lui a confié que tu n'allais pas bien et comme tu ne répondais pas à ton téléphone, elle m'a appelée. Et… Je m'attendais au pire, Lisa. J'ai cru… enfin… j'ai eu tellement peur…

Devant la détresse de sa sœur, Lisandro la prit dans ses bras et la câlina en baissant les paupières. Il se sentait bête de l'avoir soupçonnée de quoi que ce soit alors qu'elle n'avait toujours voulu que son bien-être. Seulement, ce que lui faisait ressentir Charline le rendait un peu trop dingue pour qu'il soit rationnel.

— Je vais bien, la rassura-t-il d'une voix calme, apaisante.

— Du coup, j'ai tout raconté à Charline, car elle ne comprenait pas pourquoi j'étais si angoissée en gravissant les marches jusqu'à ton appartement, ajouta-t-elle la tête enfouie contre le torse puissant de son frère.

Il se crispa en retenant son souffle.

— Vous êtes entrées chez moi ? demanda-t-il calmement, alors qu'il paniquait intérieurement.

— Oui, couina sa sœur d'une petite voix contrite. Je t'ai piqué un double des clés ce matin…

Il ferma les yeux encore une fois, ne pouvant croire que Charline avait vu le bazar sans nom qui régnait chez lui. À cet instant, même si sa sœur semblait fragile, il avait envie de lui tordre le cou !

— Je suis désolée, continua-t-elle en s'écartant enfin de lui pour rompre leur étreinte. Tu m'en veux ?

Il la toisa avec agacement, se retenant tout de même de perdre son sang-froid.

— Je mentirais si je te disais que non.

Chloé soutint son regard avant de lui révéler le fond de sa pensée.

— Écoute, je crois vraiment qu'elle t'apprécie. Elle avait l'air paniquée quand je lui ai dit la vérité…

Le visage de Lisandro s'adoucit juste une seconde, puis afficha une colère pleine d'amertume. Il se détourna pour se rapprocher des escaliers.

— Aucune personne sensée ne resterait impassible quand on lui apprend qu'une de ses connaissances est peut-être en train de faire une tentative de suicide, Chlo. Ça ne veut absolument rien dire…

Et il monta rejoindre les autres, tandis que Chloé faisait la moue. Même si une partie d'elle se réjouissait qu'il en veuille à sa patronne, son frère était trop important pour elle pour qu'elle ne tente pas de le raisonner. Car elle savait que Charline l'aimait bien, elle la connaissait suffisamment pour voir ce genre de chose. Toutefois, ce n'était peut-être pas le bon moment pour essayer de convaincre Lisandro de lui laisser une chance.

Lorsque Chloé rejoignit son frère, les pizzas arrivaient déjà et Kristen ne cessait de se frotter à lui en mangeant. Elle détacha ses yeux de la chanteuse quand Kévin lui tendit une boîte avec plusieurs parts coupées. Elle se servit et s'installa autour de la table, juste à côté de Watta. L'ambiance était bonne et Lisandro et Kristen chahutaient un peu, ce qui faisait rire tout le monde. Kévin était un peu trop sérieux par rapport aux autres, mais il était cool. Quant à Watta, il intervenait avec parcimonie dans les conversations, toujours avec une pointe de timidité. Au final, Chloé passa une bonne soirée.

Environs deux heures plus tard, elle commençait à fatiguer et Kristen étant toujours collée à Lisandro, elle n'osait pas lui demander de la ramener. Alors, sans vraiment s'en rendre compte, elle posa son coude sur la table, puis sa tête vint bientôt le rejoindre et elle commença à somnoler. Elle entendit vaguement des gens partir, et puis, enfin, Lisandro lui secoua doucement l'épaule.

— Hey, petite sœur, on y va, chuchota-t-il.

Elle releva lentement les yeux et découvrit Kristen accrochée à la taille de son frère, comme une groupie un peu trop collante.

— Ne m'oblige pas à te porter, dit-il pour la taquiner.

Elle se redressa, puis se leva, un peu dans le brouillard. Kévin la salua en lui adressant une grimace qui devait être sa façon de sourire. Elle lui répondit par un signe de la main puis suivit son frère et la chanteuse jusqu'à la sortie. Elle ne fut qu'à moitié surprise de voir que Kristen montait avec eux en voiture. Elle essaya même de monter devant, mais Lisandro la rembarra sans ménagement pour qu'elle monte à l'arrière. Et Chloé se dit que cette fille ne reculait devant rien.

Une vraie pétasse !

Chapitre 16

Lisandro démarra et jeta un œil vers sa sœur qui somnolait déjà, la tête appuyée contre l'appuie-tête de son siège baquet.

— Tu vois ? J'aurais dû monter à l'avant, se plaignit Kristen d'une voix stridente.

Lisandro se rembrunit.

— C'est ma sœur, c'est hors de question qu'elle aille derrière ! Arrête avec ça, maintenant. Sérieux…

Kristen soupira et croisa les bras sur sa poitrine, tandis que Lisandro sortait du labyrinthe de petites rues qui se ressemblaient toutes. Le trajet dura quelques minutes jusque chez sa sœur. Elle se réveilla complètement et rejoignit son appartement d'un pas traînant. Kristen ne perdit pas une minute pour rejoindre la place de devant. À peine s'était-elle installée qu'elle posa une main possessive sur la jambe de Lisandro, à la limite de son entrejambe.

— Kristen…, soupira-t-il.

Il commençait à en avoir marre qu'elle le colle autant. Elle ne s'était jamais comportée comme ça avec lui et il avait de plus en plus de mal à la supporter.

— Tu m'as manqué, roucoula-t-elle en l'observant pendant qu'il conduisait. On va coucher ensemble maintenant ? J'ai acheté de la superbe lingerie !

— Écoute, j'suis un peu fatigué, ce soir…

— On peut aller chez toi, il n'y a aucun souci, enchaîna-t-elle avec insistance.

Lisandro soupira encore une fois.

— C'est Bagdad chez moi…

— Pire que chez Kévin ? demanda-t-elle avec malice.

— Non, faut pas déconner, non plus, rigola-t-il.

— Alors c'est bon pour moi. Je m'en fous du bordel tant qu'on est ensemble.

Lisandro leva les yeux au ciel.

— On n'est pas ensemble, Kristen. Et dès qu'on aura couché ensemble, tu rentres chez toi. Je t'appellerai un taxi.

— Quoi ? Mais d'habitude, tu dors toujours avec moi, se plaignit-elle.

Il prit une profonde inspiration en se demandant pourquoi il ne l'avait pas rembarrée un peu plus durement avant de la laisser le suivre jusqu'à sa voiture.

— On verra…, se contenta-t-il de dire, car il n'avait pas envie de partir dans une discussion qui n'en finirait plus.

Avec les nanas, c'était toujours le même refrain et ça lui filait toujours la migraine.

Il se gara enfin dans le parking de son immeuble. Kristen sauta presque de sa voiture lorsqu'il coupa le contact et fit le tour pour le rejoindre et lui attraper le bras pour se coller encore à lui, comme une adolescente amoureuse.

— Kristen, grogna-t-il en se dégageant.

— Quoi ? demanda-t-elle innocemment en marchant à ses côtés.

— Qu'est-ce qui t'arrive, bon sang ! C'est quoi ce plan ? Depuis quand tu t'accroches à moi comme une groupie ? Ça me gonfle !

Elle le dévisagea, puis ralentit jusqu'à s'arrêter.

— C'est juste que… tu m'as manqué et… je suis en manque d'affection, mentit-elle.

En réalité, elle avait juste besoin de marquer son territoire face à l'arrivée de sa nouvelle concurrente, Charline, qui ressemblait à une petite grosse, comparé à elle.

— OK, mais laisse-moi respirer deux minutes, sinon je vais péter un câble.

Kristen pinça les lèvres, puis acquiesça et ils se remirent en marche.

Lorsqu'il entra dans son appartement, Lisandro se rappela que Charline y était passée un peu plus tôt et avait été témoin de l'état déplorable dans lequel il se trouvait. Il ressentit une pointe de honte, mais Kristen lui fit vite oublier cette émotion. Elle lui attrapa la main et ondula des hanches jusqu'à sa chambre. Si, en temps normal, il aimait prendre du bon temps avec Kristen à chacun de ses retours en France, aujourd'hui il n'éprouvait aucune attirance pour elle. D'habitude, elle ne lui montrait pas autant d'attachement et c'était ce qui le contrariait le plus, en fait.

Gizmo était roulé en boule sur la couette et il miaula en se rapprochant de son maître. Comme la sangsue qu'il était, il se frotta contre ses jambes en ronronnant.

— Fais sortir cette sale bête de ta chambre, s'agaça Kristen, bien décidée à aller au bout de son plan.

— Je vais lui donner à manger et je reviens.

Elle lui adressa un regard contrarié, croisa les bras sur sa poitrine et attendit. Lorsque Lisandro fut enfin de retour, elle le poussa doucement contre son lit pour qu'il s'asseye et commença un strip-tease langoureux, en enlevant chaque couche de vêtements une par une, jusqu'à dévoiler sa fine lingerie rouge et noire. Le soutien-gorge était transparent et laissait apercevoir ses tétons durcis ainsi que ses aréoles roses. Le bas de son ensemble aurait pu le rendre dingue s'il avait eu la tête à ça. C'était un entrelacement de ficelles parsemées d'un peu de dentelle qui laissait son entrejambe nu.

— Tu aimes ? demanda-t-elle avec malice en posant ses mains sur les épaules de Lisandro.

— C'est très joli, répondit-il en se laissant déshabiller sans grand enthousiasme.

Kristen ne sembla pas vraiment s'en rendre compte, puisqu'elle continua de lui ôter ses vêtements jusqu'à ce qu'il soit nu. Ensuite, elle l'invita à s'allonger sur le dos et il s'exécuta sans protester. Quand elle fut sur lui et qu'elle commença à l'embrasser, il tenta de se concentrer et caressa sa peau chaude qui se parsema de frissons. Kristen était une femme vraiment attirante, mais Lisandro ne pensait qu'à Charline en cet instant et ce qu'il avait découvert sur elle lui avait fait un sacré choc. Désormais, il se sentait en compétition avec sa sœur alors que ça n'aurait jamais dû arriver…

Kristen lui embrassa le cou, puis parcourut son torse d'une ligne de baisers humides qui l'auraient mis en transe en temps normal, mais pas cette fois. Elle descendit plus bas, jusqu'à son sexe qui n'avait toujours pas changé d'aspect.

Elle le prit dans sa bouche et il ferma les yeux en essayant de se concentrer encore, mais il n'avait que l'image de

Charline dans la tête, ce qui lui provoquait une sorte de blocage.

— Tu n'as pas envie…, balbutia Kristen en se redressant pour le dévisager.

Il soupira.

— Je te l'ai dit, Kristen, j'suis fatigué…

Elle plissa les yeux en l'observant.

— C'est à cause de cette fille ? Cette Charline ?

Il y eut un silence de quelques secondes, mais il savait que Kristen ne lâcherait pas l'affaire.

— Oui…, avoua Lisandro en posant un bras par-dessus ses paupières. J'y arrive pas…, j'suis désolé…

Kristen se releva, se sentant aussi humiliée qu'agacée.

— Mais…, balbutia-t-elle avec colère. Tu n'as jamais eu de panne avec moi ?! Tu m'as toujours dit que j'étais parfaite et super bandante ! Et c'est à cause de cette petite grosse que…

— Ne t'avise jamais de l'insulter ! rugit Lisandro en se redressant d'un bond.

Ils se toisèrent un moment, avant que Kristen capitule pour éviter le conflit.

— D'accord, elle n'est pas grosse, mais… J'sais pas, on avait une sorte d'accord tous les deux…

— Je ne t'ai jamais rien promis, Kristen. On n'est pas ensemble et c'est bien pour ça que, d'habitude, je ne couche jamais deux fois avec la même fille. Je croyais que c'était clair pour toi aussi.

Lisandro se rhabilla pendant que Kristen le regardait sans trop savoir quoi faire. Elle n'avait pas envie de partir, mais elle n'avait pas non plus envie de rester dans une ambiance si froide. Elle avala difficilement sa salive en attendant la suite. Elle n'avait jamais été rejetée par un mec, c'était toujours elle qui rompait le contact et pas l'inverse.

— Je vais t'appeler un taxi, couvre-toi, ajouta Lisandro en sortant de la chambre.

— Attends ! s'écria-t-elle en le rattrapant.

Il s'arrêta pour se tourner vers elle.

— Je vais dormir sur le canapé, proposa-t-elle. J'ai pas envie de partir et de me retrouver seule chez moi…

Il fit la moue puis finit par hocher la tête.

— D'accord, sois gentille avec Gizmo, je vais te chercher un oreiller et une couverture.

— Et un T-shirt ? demanda-t-elle en se tordant les doigts avec anxiété.

Lisandro acquiesça et revint avec tout ce dont elle avait besoin. Il posa son fardeau sur le canapé avant de lui souhaiter bonne nuit et de retrouver sa chambre, sans oublier de fermer la porte, laissant Kristen dans une confusion qu'elle n'avait pas l'habitude de ressentir.

Lorsqu'elle se coucha dans le canapé, Gizmo lui sauta dessus pour se blottir contre ses fesses en ronronnant. Elle le laissa faire et savoura le son régulier du chat qui l'apaisa suffisamment pour qu'elle s'endorme.

De son côté, Lisandro n'arrivait pas à fermer l'œil. Depuis qu'il était en âge de coucher avec les nanas, il n'avait jamais eu de panne comme celle-ci. Il y avait bien eu des moments où son désir n'était pas à son paroxysme, mais il avait toujours fini par bander. Alors que là, il se sentait diminué par ce qui venait de se passer, ce qui n'arrangea pas son état de déprime avancé. Le fait d'avoir vu Charline ce soir l'avait complètement chamboulé et il se rendait compte d'à quel point elle lui manquait et à quel point elle le perturbait.

Le lendemain matin, lorsqu'il se réveilla enfin de sa nuit agitée, il trouva Kristen en train de faire du café. Il l'avait presque oubliée et il faillit avoir une attaque quand il la découvrit dans sa cuisine.

— Salut…, murmura-t-elle, mal à l'aise.

— Salut, répondit-il en la détaillant des pieds à la tête d'un regard appréciateur.

Il devait savoir s'il s'agissait d'un accident de parcours ou s'il avait un réel problème avec les filles. Déterminé, il s'approcha d'elle, glissa ses bras autour de sa taille et l'embrassa à pleine bouche. Elle laissa échapper un petit cri en s'agrippant à lui pour lui rendre son baiser. Alors, il l'approfondit encore et la souleva pour la poser sur le plan de travail, collant son sexe contre le sien. Kristen ne cessait de lâcher des petits bruits excitants en se trémoussant contre lui et il sentit le désir monter en lui. Pensant qu'il était guéri, il souleva le T-shirt blanc qu'il avait prêté à Kristen et baissa son boxer pour passer à l'acte. Malheureusement, il se rendit compte qu'il ne bandait toujours pas et il relâcha Kristen, dépité.

— Qu'est-ce qui se passe ? gémit-elle, totalement excitée.

— Je n'y arrive plus…, lâcha Lisandro en croisant son regard enfiévré.

Le sien était empli d'angoisse.

Kristen soupira et descendit du plan de travail pour s'approcher de lui, malgré son corps en feu.

— C'est pas grave, le rassura-t-elle en le prenant dans ses bras. C'est peut-être juste psychologique…

Il ne lui rendit pas son étreinte, car il avait l'impression que son monde s'écroulait un peu plus. Si lui ne pouvait plus coucher avec des nanas alors que c'était devenu un de ses passe-temps favoris avant qu'il ne croise la route de Charline, qu'allait-il devenir ?

Puis Kristen se détacha de lui et lui adressa un regard compatissant.

— Je vais y aller… On se voit à la répète ? grimaça-t-elle, embarrassée.

Il hocha simplement la tête, l'air hagard. Seul le bruit de la porte d'entrée qui se referma le fit sortir de son brouillard. Pourtant, il ne se sentait pas la force de se rendre à sa boutique de chocolats. Il prit une douche, enfila son jogging gris informe et s'affala dans son canapé en repoussant la couverture et l'oreiller que Kristen avait utilisés, bousculant un peu son chat au passage. L'animal miaula de protestation avant de grimper sur les genoux de son maître pour lui réclamer à manger. Lisandro l'observa en faisant la moue, puis se força à se lever pour remplir la gamelle de croquettes, avant de reprendre sa place. Il alluma sa console et se perdit dans des combats fictifs avec sa manette, oubliant tous ses problèmes grâce aux jeux vidéo.

C'était sa drogue et ça lui permettait d'évacuer sa colère, sa frustration et sa tristesse.

Au bout d'un moment, son portable se mit à sonner sans cesse et il fut obligé de prendre une pause pour répondre. C'était Jimmy, son chocolatier.

— Ouais…, grogna-t-il sans enthousiasme.

— Lisandro ? Est-ce que tout va bien ? Tu n'es pas passé au labo depuis plusieurs jours et je m'inquiétais…

Il y eut quelques minutes de silence, le temps que Lisandro rassemble ses pensées.

— Je sais… Il me faut quelques jours de congés, je te laisse gérer la boutique pendant mon absence.

— D'accord…, acquiesça Jimmy, sans grande conviction.

— Merci.

Et il raccrocha avant de tout lui déballer. Il ne voulait pas se confier à qui que ce soit de ce qui lui arrivait mais, en même temps, il avait tellement besoin d'en parler que ça avait failli lui échapper. Le pire, c'était que sa seule confidente soit une femme. Jessica ne pourrait jamais le renseigner sur son problème, ni même comprendre son désarroi…

Pendant plusieurs jours, il se cloîtra chez lui et perdit la notion du temps en s'immergeant dans les jeux vidéo. Pour ne pas être dérangé, il répondait régulièrement aux messages de sa sœur. Quand il lui arrivait d'en recevoir un de Charline, son cœur s'emballait frénétiquement, puis il reposait son téléphone en se faisant violence pour ne pas lui répondre. Il fallait qu'il l'oublie, qu'il passe à autre chose avant qu'elle ne lui brise vraiment le cœur. Rien que d'y penser, il avait l'impression de suffoquer. Mais il tint bon.

Il passa une bonne semaine à s'isoler, à commander de la malbouffe tous les jours et à éparpiller les emballages sur sa table basse. Sans oublier les cannettes de coca qui traînaient un peu partout. Au bout d'une semaine, il se sentait complètement déphasé.

Malgré le fait qu'il réponde à sa sœur dès qu'elle le sollicitait ou lui demandait s'il allait bien, elle vint quand même lui rendre visite. Lorsqu'il l'entendit frapper à sa porte en l'appelant à travers le battant de bois, il grimaça. Quand elle verrait le bazar qui régnait chez lui, elle pèterait probablement un câble.

Avec réticence, il s'approcha de l'entrée pour lui ouvrir. Elle entra comme une furie en s'arrêtant net devant le capharnaüm qui l'entourait.

— Oh, mon Dieu…, lâcha-t-elle en se couvrant la bouche d'une main. C'est quoi cette odeur ?

Lisandro leva les yeux au ciel.

— Sûrement le mélange de bouffe que j'ai commandé depuis une semaine…

Elle se tourna vers lui en le dévisageant, sidérée.

— Tu déconnes…

Lisandro haussa les épaules et retourna s'asseoir à sa place. En réalité, depuis une semaine, il ne la quittait plus, dormant même avec la couverture et l'oreiller qu'il n'avait toujours pas rangés.

— T'as intérêt à être près dans 20 minutes, parce qu'on a notre repas chez les parents, ce midi.

— Ah, on est déjà dimanche…, ronchonna-t-il en reprenant sa partie de Métal Gear Solid.

En le voyant si peu enclin à l'écouter, Chloé péta les plombs. Elle appuya furtivement sur l'interrupteur de la télé.

— J'étais en train de gagner ! s'écria Lisandro en se relavant d'un bond.

Chloé croisa les bras sur sa poitrine en le toisant.

— Arrête de te comporter comme un ado et va te préparer avant que je filme ton appartement pour le montrer aux parents ! répliqua-t-elle d'un ton autoritaire.

Il plissa les yeux.

— Ne me traite pas comme un ado, Chloé. Tu sais très bien que ça n'a rien à voir.

— Je sais, dit-elle d'un ton plus doux. Mais qu'est-ce que tu veux que je fasse ? Je ne peux pas te laisser faire ça… Tu as besoin de prendre l'air et de te changer les idées. Voir les parents, ça te fera du bien. En plus, le repas de maman sera sûrement bien meilleur que ces cochonneries qui puent…

Elle fit un geste en direction des vieux plats dégoutants qui traînaient sur la table, en faisant la grimace, et Lisandro acquiesça. Avec résignation, il partit dans la salle de bain pour prendre une douche, se raser, se coiffer et s'habiller. Cette fois, il délaissa son jogging pour un jean et un pull classique. Il opta même pour une touche de parfum, histoire de donner le change et d'éviter d'inquiéter ses parents.

Une fois qu'il ressortit de la petite pièce, il surprit sa sœur, un sac poubelle à la main, en train de faire le ménage.

— Chloé…, râla-t-il en se sentant un peu humilié.
— Je t'aide juste un peu, d'accord. Je vois bien que tu vas mal en ce moment et si je peux au moins faire ça pour toi, ça me soulagera un peu…

Il hocha la tête et la laissa terminer en l'aidant. Une fois, le tout remis en ordre, ils se rendirent chez leurs parents.

Le trajet se fit plus ou moins en silence. Chloé n'avait pas envie de le questionner sur Charline pour lui en remettre une couche et Lisandro se terrait dans son mutisme, ne voulant pas imposer son mal-être à sa sœur.

Pendant qu'ils remontaient l'allée jusqu'aux trois marches du porche, Chloé adressa un regard plein de sollicitude à son frère. Il ne sembla pas le remarquer. Il toqua et poussa la porte pour entrer. Sa mère se précipita dans l'entrée pour le serrer dans ses bras, puis en fit de même avec sa sœur.

Leur père était tranquillement en train de préparer la salade verte qui accompagnerait le gratin dauphinois et l'entrecôte de bœuf grillée. Il les salua chaleureusement lorsqu'ils le rejoignirent dans la cuisine.

— Pourquoi, il y a cinq assiettes ? demanda soudain Lisandro en apercevant la salle à manger.
— Chloé a invité une amie, répondit sa mère avec entrain.

Lisandro se tourna vers sa sœur en plissant les yeux. Elle lui rendit son regard avec une culpabilité certaine qui lui donna un mauvais pressentiment. Il n'avait qu'une envie : l'entraîner à l'écart pour avoir une petite discussion avec elle. Mais la sonnette retentit et l'empêcha de cuisiner sa sœur. L'appréhension qu'il ressentit lui vrilla les entrailles. C'était comme si le temps s'était figé. Pourtant, sa mère s'empressait d'aller ouvrir, contrastant avec son impression de ralenti.

Lorsqu'il vit Charline entrer, son cœur manqua un battement. Son malaise augmenta et il suffoqua. Ses jambes se firent tellement molles qu'il eut du mal à rester debout. Le pire fut son sourire pétillant quand elle le salua. Il eut l'impression de recevoir une balle en pleine poitrine. C'était trop douloureux pour lui de la voir si joyeuse. Et, surtout, de savoir qu'elle était là pour Chloé…

À cet instant, il se demanda pourquoi sa sœur lui avait fait un coup pareil. Il n'avait qu'une envie : s'enfuir à toutes jambes pour s'éloigner le plus possible de cette fille qui lui faisait perdre la tête, et qui le faisait souffrir, ravivant la blessure qu'il avait mis tant de temps à panser.

Il marmonna un salut presque inaudible tant il était troublé, puis s'excusa pour s'enfuir à l'étage. Il ne savait pas très bien ce qu'il allait faire là-haut, étant donné que sa chambre était devenue le bureau de son père, mais il devait se réfugier quelque part. La première pièce qu'il rencontra fut la salle de bain et il s'y engouffra sans réfléchir.

Il posa ses mains sur le lavabo et baissa la tête sans oser se regarder dans le miroir. Il devait se ressaisir et trouver un moyen d'affronter la situation sans montrer son désarroi. Il avait promis à Chloé qu'il ne lui en voudrait pas si elle sortait avec Charline…

Chapitre 17

Charline termina de saluer la famille de Chloé et Lisandro, mais quand elle avait vu ce dernier, sa joie s'était un peu étiolée. Encore une fois, il agissait d'une façon bizarre comme s'il ne supportait plus de la voir, et cela l'attristait un peu. Depuis une semaine, elle lui envoyait des messages régulièrement, qui restaient sans réponse… Elle avait même tenté de l'invité à une soirée, mais il n'avait pas répondu non plus. Et elle était tellement désespérée qu'elle avait supplié Chloé de l'inviter à leur réunion hebdomadaire en famille, en lui spécifiant de ne rien lui dire de peur qu'il refuse de venir à cause d'elle. Parce qu'elle se doutait que s'il ne répondait pas au téléphone, il y avait peu de chance qu'il lui ouvre si elle passait chez lui…

Chloé avait bien sûr joué le jeu, car elle avait bien remarqué l'état de son frère depuis qu'il avait assisté à leur baiser. Et aussi sa réaction lorsqu'il les avait surprises à sa soirée d'anniversaire… Elle devait faire quelque chose, même si elle ne savait pas trop comment s'y prendre.

Répondant machinalement aux questions des parents de Chloé, Charline regardait distraitement en direction des escaliers où Lisandro avait disparu. Ces mêmes escaliers qu'ils avaient gravis ensemble à la soirée d'anniversaire de Chloé. Mais elle ne pouvait tout de même pas se précipiter à sa suite alors qu'elle rencontrait ses parents pour la première fois. De plus, ils avaient l'air vraiment contents de la recevoir et la questionnaient sans arrêt sur son travail. Ils savaient qu'elle était la patronne de leur fille et cela les fascinait.

C'était bien la première fois que Charline était le centre de l'attention dans une famille et cela lui fit un bien fou. Répondant avec bonne humeur, elle sentit une douce chaleur se répandre dans son cœur. Sa mère n'avait jamais été sympa avec elle, la critiquant sans cesse et la faisant culpabiliser ou angoisser pour la moindre chose, la rabaissant à la moindre occasion. C'était grâce à son rêve un peu fou et à sa détermination sans faille qu'elle avait réussi à faire grandir son entreprise et qu'elle avait commencé à se sentir légitime et bonne dans son domaine.

Mais elle n'avait jamais parlé de la façon dont la traitait sa mère à qui que ce soit. D'une part, elle ne voulait pas faire d'histoire et de l'autre, sa mère se montrait toujours comme la parfaite maman bienveillante devant les autres.

Elle avait mis du temps à se rendre compte de son comportement abusif, mais quand elle voyait l'ambiance chaleureuse qui régnait dans la famille de Chloé et Lisandro, elle se sentait heureuse. Et elle oublia, le temps de quelques minutes, que Lisandro ne faisait que la repousser.

Lorsqu'il réapparut enfin, il avait l'air contrarié. Ses yeux se plantèrent dans les siens dans une expression indéchiffrable, ce qui la mit mal à l'aise. Elle ne savait pas quoi faire pour qu'il lui adresse enfin la parole.

— À table ! s'écria joyeusement la mère de Lisandro en apportant le gratin sur la table, invitant tout le monde à s'installer, tandis que son père s'affairait à la cuisine pour faire cuire la côte de bœuf.

Chloé insista pour que Charline se place à sa droite alors que Lisandro tirait la chaise de l'autre côté. Elle se retrouva donc assise entre le frère et la sœur. Elle scruta Lisandro discrètement, sentant son cœur s'accélérer en respirant son parfum envoûtant.

Sa tenue lui allait comme un gant, le rendant sexy au possible, malgré son comportement. Encore une fois, il croisa son regard et ils se dévisagèrent. Il avait l'air impassible et elle n'osa pas lui décrocher un mot. Pourtant, le cœur de Charline battait à cent à l'heure et le bruit se répercutait dans ses tempes de façon assourdissante.

— Qu'est-ce que tu fais là ? chuchota-t-il tout de même, alors que sa mère commençait à servir les assiettes avec une part de gratin.

— Je voulais te voir…, murmura Charline, hésitante.

Il ferma les yeux comme pour se retenir de dire quelque chose d'autre, puis les rouvrit et jeta un œil vers sa sœur.

— Je ne t'en veux pas pour Chloé, je vous souhaite… d'être heureuses… mais je préfère ne plus te voir, lâcha-t-il en reportant son attention sur son assiette.

— Quoi… ? balbutia Charline sans comprendre.

— Félicitations. C'est la première fois qu'elle ramène une copine à la maison. Mes parents sont aux anges…

Charline leva les yeux en regardant tout le monde. En suppliant Chloé de venir, elle n'avait pas réalisé ce que cela impliquerait. Et le fait que Chloé la regarde toujours avec des yeux remplis d'amour pouvait effectivement porter à confusion.

— Moi aussi, j'ai invité une amie, maman, reprit Lisandro un peu plus fort. J'aurais dû te prévenir avant, désolé… Elle viendra pour le dessert, ça ne t'embête pas ?

— Non, bien sûr que non ! se réjouit sa mère tandis que Charline le dévisageait.

Il attrapa son portable et pianota rapidement dessus, échangeant plusieurs SMS avec quelqu'un.

— Qui ça ? demanda tout de même Charline.

— Kristen, dit-il en la toisant avec amertume.

À ce simple prénom, Charline sentit sa poitrine se comprimer et l'angoisse l'envahir. Cette pétasse ne pouvait pas lui piquer Lisandro, ce n'était pas possible ! Elle se battrait pour le récupérer !

— Crois ce que tu veux, mais je ne suis pas venue pour Chloé, chuchota-t-elle en continuant de l'observer.

Il lui adressa un regard à la fois méfiant et incrédule, avant de détourner les yeux. Le cœur de Lisandro aussi battait à tout rompre, mais il s'évertuait à cacher ses émotions, parce qu'il ne pouvait pas se laisser ressentir une pointe d'espoir, puis être de nouveau déçu, anéanti.

Le repas se passa donc dans la bonne humeur, jusqu'à ce que Brigitte, la mère de Lisandro, apporte la tarte aux pommes sur la table et que la sonnerie retentisse. Lisandro se leva d'un bond et se précipita vers l'entrée pour aller ouvrir.

Kristen lui adressa un sourire rayonnant en le découvrant. Pourtant, l'expression de Lisandro fit disparaître son air joyeux.

— Merci d'être venue, Kristen. Écoute, si tu pouvais faire comme si on sortait ensemble, juste pour aujourd'hui, je t'en serais reconnaissant.

Elle plissa les yeux.

— Je croyais qu'on était juste un plan cul !

Lisandro regarda derrière lui avec angoisse avant de la rabrouer.

— Chut, ne dis pas ça ! Et au-delà d'un plan cul, on est quand même amis, non ?

Elle fit la moue.

— Je crois qu'on ne couchera plus vraiment ensemble après ce qui s'est passé la dernière fois…, lâcha-t-elle en jetant un œil vers son entrejambe.

Lisandro pâlit et se sentit mal. Kirsten en profita pour le dépasser et avancer dans le couloir.

— Attends ! la rattrapa-t-il in extremis. Charline est ici…

Kristen lui décocha un regard incrédule qui se transforma en colère.

— Hors de question, Lisandro ! chuchota-t-elle, alors qu'ils étaient à deux pas du salon.

— S'il te plaît…, supplia-t-il.

Sa mère arriva à ce moment-là.

— Oh, Kristen, c'est ça ? l'accueillit-elle avec joie. Bienvenue, vous voulez de la tarte aux pommes ?

Elle lui fit une bise chaleureuse alors que Kristen restait assez froide. Puis cette dernière toisa Lisandro en lui faisant des signes de négation qui se voulaient discrets pendant qu'ils marchaient derrière Brigitte. Et il continuait à faire le signe de prière en la suppliant silencieusement.

Lorsqu'ils arrivèrent enfin dans le salon, tout le monde se tut en observant Kristen. Lisandro passa un bras possessif autour de ses épaules, pour l'obliger à jouer le jeu, sans oublier de lancer un regard provocateur à Charline. Son père vint immédiatement saluer Kristen. Tout comme sa mère, il était d'un naturel avenant et chaleureux.

La seule place qui restait étant celle entre Lisandro et sa mère, Kristen s'y installa. Lisandro se retrouva donc entre Charline et Kristen. Ils entamèrent le dessert avec entrain tandis que Brigitte questionnait Kristen pour en savoir un peu plus sur sa relation avec son fils.

Charline, qui ressentait une jalousie cuisante, l'écoutait avec intérêt, ne sachant pas comment faire pour attirer l'attention de Lisandro.

Ce fut à cet instant que Chloé lui pressa doucement le bras pour la réconforter. Malgré les efforts qu'elle faisait pour que Charline soit heureuse et qu'elle se rapproche de son frère, elle éprouvait toujours quelque chose de fort pour elle. Et ça se voyait tellement que ses parents pensaient réellement qu'elles étaient en couple.

— Je suis sûre qu'il ne l'aime pas, chuchota-t-elle discrètement.

Charline fit la moue, sans trop savoir quoi répondre.

— Et si on prenait une photo ? s'enthousiasma Brigitte en attrapant son smartphone. Ce n'est pas tous les jours que vous ramenez quelqu'un à la maison.

Elle avait l'air tellement contente que ses deux enfants acquiescèrent et se levèrent, invitant Charline et Kristen à les rejoindre. Lisandro attrapa Kristen par la taille et Chloé en fit de même avec Charline.

Brigitte cadra les deux couples tandis que son mari débarrassait la table en observant la scène avec un petit sourire. Ensuite, Brigitte invita tout le monde dans le salon pour prendre le café autour de la table basse.

— Je reviens, intervint Lisandro en prétextant recevoir un appel et en se dirigeant vers les escaliers, alors que Kristen lui faisait les gros yeux.

La pauvre était en pleine conversation avec Brigitte qui lui posait des tonnes de questions, elle ne pouvait donc pas s'éclipser.

Voyant cela, Charline demanda à rejoindre la salle de bain, qu'elle savait être à l'étage. Chloé lui adressa un clin d'œil.

Une fois en haut des escaliers, Charline chercha Lisandro d'un pas mal assuré. Elle se rappelait de la première fois qu'il l'avait emmenée ici et se dirigea vers le bureau de son père, qui avait été sa chambre autrefois.

Lorsqu'elle découvrit Lisandro dans le canapé du bureau, perdu dans ses pensées en regardant à travers la fenêtre, elle s'arrêta, sa main à hauteur de la porte pour se retenir de toquer.

En réalité, Lisandro était parti parce qu'il avait besoin de prendre l'air. Rester dans la même pièce que Charline en sachant qu'elle sortait avec sa sœur le mettait à l'agonie.

— Salut…, murmura-t-elle

Il tourna la tête vers elle, surpris de la découvrir dans la pièce, mais il garda toutefois une expression neutre pour cacher le tumulte d'émotions qui se déchaînait au creux de son ventre.

— Pourquoi tu t'es enfui ? demanda-t-elle en s'approchant.

Son ventre était noué d'impatience et d'appréhension, car depuis cette fameuse étreinte dans sa salle de bain, Lisandro hantait toutes ses pensées.

— Je voulais être un peu seul..., lâcha-t-il distraitement en reportant son attention sur le jardin pour éviter le regard de Charline.

Elle ne devait pas connaître ses sentiments, c'était bien trop humiliant.

Pourtant, elle s'assit à côté de lui. Lorsqu'il sentit son corps voluptueux tout contre lui, une bouffée de chaleur le submergea, mais il fit son possible pour n'en rien montrer.

Charline, quant à elle, continuait de l'observer sans se décourager. Elle appuya son épaule contre celle de Lisandro, ne pouvant s'empêcher de le toucher. Son parfum entêtant lui fit l'effet d'un cocon enivrant et rassurant, malgré la froideur apparente de Lisandro.

Il tourna enfin la tête vers elle, se retenant de toutes ses forces pour ne pas se jeter sur ses lèvres. De plus, il ne pensait pas que Charline oserait l'embrasser.

— je suis venue pour toi..., souffla-t-elle. Il n'y a rien entre ta sœur et moi.

Sa sœur... Il avait suffi qu'elle y fasse référence pour que l'image de leur baiser s'imprime de nouveau dans son esprit. Et il tourna de nouveau la tête vers la fenêtre, dépité, l'estomac noué à l'extrême.

— Je n'aurais pas dû vous surprendre, dit-il enfin.

Charline baissa les yeux une seconde, se sentant coupable.

— Je n'aurais pas dû faire ça, confessa-t-elle honteuse. Pas après ce qui s'est passé entre nous dans ma salle de bain.

— À propos de ça, je me fais dépister tous les trois mois…

— Moi aussi. Et je me protège avec tout le monde d'habitude… Mais avec toi…

Sa phrase mourut dans sa gorge lorsqu'il tourna de nouveau son visage vers elle. À cet instant, elle le trouva terriblement beau et elle se pencha vers lui, incapable de résister à l'attraction de ses lèvres.

Charline déposa d'abord plusieurs baisers timides contre la bouche de Lisandro pour tester ses réactions. Au départ, il ne réagit pas et elle faillit perdre espoir, mais dès qu'elle chercha sa langue et qu'elles se frôlèrent dans une caresse langoureuse, Lisandro perdit pied. Sa main agrippa la nuque de Charline et il l'embrassa avec une fougue qui la mit à l'agonie.

Elle parcourut son torse à la recherche d'une faille pour s'aventurer sous son pull et se délecta de la chaleur de sa peau autant que de son parfum enivrant. Elle lâcha un faible gémissement lorsqu'ils s'embrassèrent avec encore plus de passion. Leurs respirations étaient saccadées et leurs cœurs battaient à l'unisson, dans un rythme erratique, en parfait accord avec les sensations qu'ils éprouvaient.

Puis, avec toute la volonté du monde, Lisandro se détacha de Charline à regret en évitant son regard.

— Charline... Je ne peux pas... Depuis que je t'ai vue embrasser ma sœur, ça a cassé quelque chose...

— Mais c'est faux, tu es autant excité que moi, répliqua-t-elle sans comprendre.

— Peut-être, mais je ne peux pas...

Ils se dévisagèrent et Charline fit de son mieux pour lire en Lisandro, mais elle n'y comprenait rien et cela la contrariait autant que ça la paniquait.

— Ah, vous êtes là..., intervint Kristen sur le pas de la porte.

Charline s'écarta immédiatement de Lisandro, se sentant tout à coup coupable. Pourtant, l'expression de Kristen ne ressemblait pas à celle d'une petite amie jalouse, ce qui l'intrigua un peu.

Lisandro passa une main sur son visage, d'un air las.

— Désolé, je n'aurais pas dû t'inviter, Kris.

— Ouais..., lâcha-t-elle avec amertume. Toute façon, tu ne risques pas de faire grand-chose !

Lisandro serra les dents et la toisa, comme s'il la menaçait silencieusement pour qu'elle se taise.

Aucunement intimidée, Kristen afficha un sourire ironique en fixant sa rivale.

— Il ne bande plus...

Lisandro devint blanc comme un linge tandis que Kristen repartait et que Charline le dévisageait.

— Mais... qu'est-ce qui s'est passé ? voulut-elle savoir.

— J'en sais rien, bougonna Lisandro en se levant avec mauvaise humeur.

— Écoute, c'est pas non plus indispensable. J'ai couché avec des tonnes de nanas qui n'avaient pas besoin de bite pour me donner du plaisir.

— Merci de me le rappeler…, s'agaça-t-il en prenant la fuite.

Charline ne se rendait pas compte du mal-être de Lisandro. En réalité, elle n'avait jamais compris pourquoi les hommes attachaient tant d'importance à leur queue. Toutefois, savoir qu'il avait couché avec Kristen provoquait en elle une jalousie violente qu'elle n'avait jamais ressentie. Elle ne savait pas s'ils étaient réellement ensemble, même si elle en doutait après l'échange auquel elle venait d'assister, mais elle devait faire quelque chose pour éloigner cette trainée de Lisandro !

Elle avait toujours le cœur qui battait un peu trop vite après leur baiser passionné et elle prit le temps de se ressaisir avant de le rejoindre au rez-de-chaussée. Tout ça la perturbait un peu. Elle aurait voulu lui dire qu'elle n'était pas comme Laura et qu'elle ne disparaîtrait pas sans rien dire, tel un fantôme. Mais elle savait que lui faire ce genre de déclaration risquait d'aggraver la situation, étant donné qu'il ne lui en avait jamais parlé.

Bien qu'elle n'ait jamais eu de relation sérieuse, Charline comprenait qu'il y avait quelque chose de différent chez Lisandro, car elle ne cessait de penser à lui. Il lui manquait toute la journée et elle ressentait ce manque terrible lorsqu'elle n'était pas avec lui.

Exactement les mêmes symptômes que Jessica lui décrivait quand elle niait en bloc son attirance pour Martin…

De plus, Chloé avait l'air de dire que Lisandro tenait à elle et la façon dont il lui avait rendu son baiser lui laissait penser que c'était vrai, ce qui l'encouragea assez pour qu'elle tente de le récupérer et de lui prouver qu'il n'y avait rien avec sa sœur.

Lorsque Charline rejoignit tout le monde en bas, Kristen et Lisandro étaient déjà partis. Elle voulut se renseigner auprès de Chloé, qui était toujours tranquillement installée autour de la petite table basse avec ses parents, mais celle-ci se leva dès qu'elle l'aperçut. Leurs tasses de café étaient vides et elle avait l'air pressée de s'en aller. Chloé attrapa énergiquement le bras de Charline et salua ses parents avant que sa mère n'entame son interrogatoire. Malgré tout, Brigitte et Georges gardèrent une expression joyeuse en les voyant décamper.

Une fois dehors, Chloé ne put s'empêcher de la questionner, le bras toujours accroché à sa patronne.

— Alors ? Raconte-moi tout ! Kristen avait l'air dégoutée quand ils sont partis, se réjouit-elle. Et, entre nous, je ne l'aime pas tellement cette nana.

Charline déverrouilla sa voiture et elles s'y installèrent quelques minutes pour discuter.

— On s'est embrassés…, dit-elle en étudiant la réaction de son assistante personnelle.

Elle voulait être sûre que cela ne l'affecterait pas trop.

— Vraiment ? questionna Chloé, en cachant la pointe de tristesse qui la traversa.

Pourtant, ses yeux la trahirent et l'espace d'une seconde Charline se dit qu'elle ne devrait peut-être pas se confier à la sœur de Lisandro. Elle hocha simplement la tête pour acquiescer.

— Je suis contente pour vous, Charline. Ne t'en fais pas pour moi… Il y a des tonnes de filles célibataires…

Malgré ses paroles sincères, Chloé savait qu'il lui faudrait quelque temps pour tourner la page. L'avantage d'avoir embrassé deux fois Charline, c'est qu'elle n'avait pas ce sentiment d'inachevé qui rend parfois les sentiments à sens uniques difficiles à effacer. Elle le vivait plutôt comme une rupture, même si, heureusement, elle était moins triste que ce qu'elle redoutait. Au fond d'elle, elle savait très bien qu'elle n'aurait jamais pu sortir avec Charline et elle s'était fait une raison depuis bien longtemps. Et, bizarrement, elle se sentait plus mélancolique que triste.

— Écoute, Chloé, je me rends compte qu'il vaudrait mieux que j'évite de te parler de Lisandro.

— Oh, non, non, ne t'inquiète pas, ça va. Je… Enfin, j'ai tourné la page, mentit-elle.

Et, finalement, c'était presque vrai.

Charline étudia son assistante un moment avant de continuer.

— Vraiment, je préfère éviter d'en parler avec toi, surtout après ce que je viens d'apprendre…

Charline estimait que les problèmes d'érection de son frère ne la regardaient pas. Après tout, personne n'aimait qu'on étale ses problèmes, pas même devant sa famille. Et elle respectait ça.

Chloé fit une moue dépitée en avalant difficilement sa salive.

— D'accord, comme tu veux...

Puis elle sortit de la voiture pour laisser Charline repartir.

— À demain ? demanda fébrilement Charline, car elle redoutait toujours que son assistante finisse par la quitter.

Et contre toute attente, Chloé lui sourit.

— Bien sûr. À demain, Chacha, répondit-elle, avant de refermer la portière.

Chapitre 18

Lisandro s'était réfugié dans son appartement. Il avait toujours un peu les boules à cause de son problème d'impuissance mais, avant que Charline ne l'embrasse avec autant de fougue, il avait encore l'espoir de retrouver l'usage de son pénis. Malheureusement, la réalité était tout autre...

En plus de ça, Kristen le détestait probablement à l'heure qu'il était. Il avait été tellement désagréable avec elle, une fois la porte de chez ses parents refermée, qu'elle ne voudrait plus lui adresser la parole. Et les répétitions dans le groupe de Kévin risquaient d'être infernales. Parce que si les membres du groupe adoraient Kristen pour sa bonne humeur et son talent, ils savaient aussi que c'était une vraie peau de vache quand elle avait quelqu'un dans le collimateur.

Même s'il n'était pas aussi déprimé que les jours précédents, son humiliation était à son comble. Alors, il reprit ses mauvaises habitudes et se perdit dans ses jeux vidéo. Il ne se sentait pas capable de parler de son problème à qui que ce soit. À l'heure actuelle, il avait juste envie de l'oublier...

Toutefois, le lendemain matin, il fit un effort pour se lever aux aurores. Cela faisait une semaine qu'il délaissait son chocolatier et son vendeur.

Lorsqu'il arriva devant sa boutique de chocolats, il se figea en découvrant les présentoirs à travers la vitrine. Il ouvrit la porte d'un geste brusque pour aller à la rencontre de Max qui était derrière le comptoir.

— Qu'est-ce qui s'est passé ici ?! s'énerva-t-il en voyant la multitude de bouchées multicolores et girly qui parsemaient les étagères de produits à vendre.

Max parut embarrassé.

— C'est-à-dire que... La copine de Jimmy est passée dans la semaine pour visiter la boutique... Enfin bref, elle a convaincu Jimmy de transformer ton magasin en salon de thé pour nanas.

— Et vous avez cédé, bien sûr..., grogna Lisandro en passant une main dans ses cheveux avec agacement.

Ce fut à cet instant que Jimmy sortit de son labo. Quand il remarqua Lisandro, il s'arrêta net et devint livide.

— Je peux tout t'expliquer, paniqua-t-il. C'était juste pour quelques jours, le temps que tu reviennes et...

— Putain, les mecs, je vous laisse la boutique une semaine sans supervision et quand je reviens, on dirait qu'une tornade est passée..., soupira Lisandro.

— Chloé aussi est venue et elle nous a donné carte blanche, ajouta Max en grimaçant.

Lisandro serra les dents et ferma les yeux une seconde.

— Bon... Et les ventes ont été meilleures, au moins ?

— Oui ! s'enthousiasma Max, coupant l'herbe sous le pied de Jimmy. On a triplé notre chiffre d'affaires ! On a décidé d'ajouter quatre tables pour que les clientes puissent s'asseoir et il y a eu pas mal de réunions féminines. On a même ramené une cafetière et une bouilloire pour servir du thé et du café. C'était la folie, dès qu'un groupe s'en allait, un autre s'installait.

— Vraiment ? tiqua Lisandro.

Non pas que le fait de tripler son chiffre d'affaires le dérange, au contraire, mais que sa boutique soit transformée en repaire féminin n'était pas envisageable.

— Du coup, peut-être qu'on pourrait changer un peu l'organisation ? intervint Jimmy avec hésitation.

— Non ! C'est hors de question !

— C'est vrai que là, c'est un peu trop girly avec toutes ces friandises roses et colorées, mais on pourrait peut-être faire un compromis ? Proposer un coin pour les filles avec les présentoirs colorés du côté des tables et garder le style sobre près du comptoir pour que les habitués ne soient pas trop perturbés ?

Lisandro afficha une expression dépitée, même s'il réfléchit tout de même à la proposition de son chocolatier.

— Tu pourrais aussi juger par toi-même lorsque la boutique sera ouverte, renchérit Max en jetant un œil à sa montre. On ouvre dans dix minutes.

Lisandro fit la moue.

— Je suppose que je n'ai rien à perdre..., bougonna-t-il.

Jimmy afficha un grand sourire.

— Tu veux que je te montre ma spécialité de la semaine ? s'enthousiasma ce dernier en retournant vers son atelier.

— J'en ai une vague idée, ronchonna Lisandro en le suivant, tandis que Max se retenait de rire.

Une fois que Lisandro fut dans l'atelier de son chocolatier, il découvrit une multitude de friandises sur les plans de travail. Il y en avait tellement que sa mâchoire se décrocha.

— C'est quoi tout ça ? souffla-t-il, stupéfait. Tu n'as jamais fait plus de trois recettes pour une semaine...

Jimmy ne se départit pas de son sourire lorsqu'il répondit à son patron.

— J'allais y venir, se réjouit-il, de plus en plus excité. En fait, une des nouvelles clientes nous a passé commande pour un anniversaire de 50 personnes. Elle veut une tour de mini cupcakes de toutes les couleurs. Quatre par personne. C'est génial, non ?

Lisandro se décomposait. Bien sûr, il était content d'avoir des commandes spéciales, mais ça... ça n'avait rien à voir avec la vision qu'il s'était faite de sa boutique. Pour lui, c'était une chocolaterie, pas un salon de thé...

— On dirait que ça te plaît tous ces trucs de nanas, râla-t-il dépité.

Jimmy, qui avait repris sa tâche et garnissait les cupcakes, s'arrêta pour observer Lisandro.

— Oui, c'est amusant de faire des recettes inédites et colorées, parfois même un peu farfelues. Ça change du côté sobre et sophistiqué qu'on a toujours fait jusqu'à maintenant.

Lisandro secoua la tête, toujours aussi contrarié.

— Qu'est-ce que tu proposes cette semaine, du coup ? Une licorne rose en guimauve ? demanda-t-il, sarcastique.

— Hey, ne le prends pas comme ça, patron, répliqua-t-il en rigolant. J'ai pensé à faire une spécialité que je décorerai différemment pour les hommes et les femmes.

Jimmy s'approcha d'un autre comptoir au fond de l'atelier où il y avait trois boîtes fermées. Il ouvrit la rose en premier, révélant une quinzaine de petits cœurs violets en pâte d'amande. La suivante était orange et abritait la même quantité de pâte d'amande mais, cette fois, elles étaient orange, en forme de cravate. La dernière boîte était noire et révéla des pâtes d'amande classiques de trois couleurs différentes : blanche, marron clair et marron foncé.

— Alors ? Qu'est-ce que tu en penses ? demanda Jimmy en observant son patron.

Ce dernier hocha la tête plusieurs fois en réfléchissant. Puis il soupira.

— Je valide, comme d'habitude. C'est une très bonne idée, Jim. Je veux juste qu'au premier abord, le magasin ressemble à ce qu'il était avant et qu'on cache un peu toutes ces nouveautés extravagantes au fond, tu comprends ? Parce que les habitués ne vont peut-être pas aimer tous ces changements.

— Oui, bien sûr, se réjouit-il.

— Bon, je te laisse continuer.

Il attrapa deux boîtes de friandises pour filles avant de retourner dans la boutique. Le brouhaha ambiant lui indiqua qu'il y avait encore plus de monde. Il fut surpris de voir que les quatre tables étaient déjà occupées par des femmes qui prenaient leur café avec chacune un cupcake multicolore devant elle, tandis que plusieurs autres clients faisaient la queue pour prendre un café ou un thé à emporter et les nouvelles pâtisseries. Max lui adressa un clin d'œil discret lorsqu'il le remarqua en train de l'observer.

— Vous avez gagné, lâcha Lisandro, partagé entre la contrariété et la joie. Je repasserai ce soir, quand il y aura moins de monde, pour qu'on discute de tout ça.

Max acquiesça, sans cesser de servir les clients toujours plus nombreux. Au moment où Lisandro franchit la porte, il tomba nez à nez avec sa sœur.

— Tu viens inspecter les dégâts ? plaisanta-t-il en faisant la moue et en croisant les bras sur sa poitrine. On m'a tout raconté.

Il se recula juste assez pour laisser entrer Chloé, ainsi que les deux autres clientes qui patientaient derrière elle.

— Je suppose que tu détestes, rigola Chloé.

— Ouais... Qu'est-ce que tu viens faire à cette heure-ci ?

— Figure-toi que j'adore venir chercher un café et une spécialité de Jimmy au petit déjeuner. J'en ai parlé à toutes mes copines et elles adorent le concept. D'ailleurs, je crois que la copine de Jimmy a dû faire pareil, répliqua-t-elle, un brin moqueuse.

Lisandro lâcha un grognement bougon, avant de passer derrière le comptoir pour lui servir un café. Il lui tendit même une boîte de pâtes d'amande en forme de cœur, avant de poser la deuxième pour avoir les mains libres.

— Tiens, c'est cadeau, dit-il.

Elle leva le couvercle avec impatience et poussa un cri de joie en découvrant le contenu.

— Merci, j'adore ! se réjouit-elle en en mettant un dans sa bouche.

Elle macha quelques secondes en fermant les yeux, occultant le brouhaha ambiant des clients.

— Oh, mon Dieu, c'est tellement bon, souffla-t-elle en extase, ce qui arracha un sourire à Lisandro.

Le premier depuis un moment.

— Content que ça te plaise. Jimmy adore faire ces conneries...

— Ne sois pas si macho et donne-moi une boîte pour Charline, je suis sûre qu'elle va tomber raide dingue en goûtant ces merveilles.

Lisandro se crispa immédiatement en entendant le nom de la patronne de sa sœur.

— Je ne préfère pas entendre parler de Charline pour l'instant...

Chloé le dévisagea.

— Et, je peux savoir pourquoi ? Vous vous êtes embrassés hier, non ?

Lisandro se détourna en se rappelant l'humiliation qu'il avait ressentie lorsqu'il s'était aperçu que son nouveau handicap ne disparaissait pas...

— C'est compliqué. J'ai pas envie d'en parler. C'est un truc de mec, tu vois...

— Ne me raconte pas n'importe quoi, je sais qu'elle te plaît, alors arrête un peu de te morfondre et fonce !

La plupart des clients présents les observaient discrètement, d'une oreille attentive, et cela mit Lisandro mal à l'aise.

— Chloé, laisse-moi tranquille, grogna Lisandro en se retournant pour attraper l'autre boîte de pâtes de fruits en forme de cœur.

— Tiens, et ne dis pas à Charline que ça vient de moi.

Chloé le fixa, tandis que les clients défilaient près d'elle.

— Tu crois vraiment que je vais lui mentir ? rigola-t-elle en récupérant ses friandises. Demain, je l'amène ici avec moi, si tu continues. Et tu as intérêt à accepter sa prochaine invitation !

Elle pointa son frère d'un doigt autoritaire et il leva les yeux au ciel.

— Comme si tu pouvais faire quelque chose contre moi, répliqua-t-il en croisant les bras sur son torse.

— Je pourrais conseiller ta boutique à encore plus de filles, le menaça-t-elle avec un sourire malicieux.

Il secoua la tête avec ironie. Néanmoins, la menace porta ses fruits.

— Très bien, tu as gagné, soupira-t-il.

Chloé lui adressa un grand sourire, récupéra ses boîtes et son café, et s'en alla enfin. Lisandro partit quelques minutes plus tard, gardant en tête qu'il devrait régler les détails de la nouvelle organisation le soir même.

Lorsque Chloé arriva dans son bureau, les bras chargés de deux petites boîtes roses, Charline s'inquiéta. Elle avait toujours peur que son assistante interprète mal le fait qu'elle l'ait accompagnée chez ses parents, même si elle savait qu'elle avait embrassé son frère quand ils étaient à l'étage.

— Salut ! dit-elle joyeusement en déposant les boîtes sur le bureau de Charline.

Elle posa son sac à main et enleva son manteau dans la foulée, ce qui répandit son agréable parfum un peu partout dans la pièce.

— Bonjour, répondit Charline, curieuse de comprendre la soudaine bonne humeur de son assistante.

Chloé mit ses affaires sur le dos de la chaise avant de s'installer en face de sa patronne et de glisser une boîte devant elle.

— Vas-y, ouvre ! C'est de la part de Lisandro. Enfin, c'est Jimmy qui a fait tout le boulot, mais bon…

— Jimmy ? questionna-t-elle, avant de se rappeler que Lisandro travaillait aussi avec un employé du même nom.

Elle leva le couvercle et fut ravie de découvrir tous ces petits cœurs violets. Ils étaient trop mignons ! Elle en prit un dans ses doigts pour l'inspecter sous toutes les coutures, avant d'en croquer une bouchée. Comme tout ce qui venait de la boutique de Lisandro, c'était divin et elle en ferma les yeux de plaisir.

— Il a dit qu'il accepterait ta prochaine invitation, glissa Chloé qui sourit en voyant sa patronne se régaler.

— Il a vraiment dit ça ? questionna-t-elle, suspicieuse en prenant une autre pâte de fruits.

Chloé se tortilla les doigts nerveusement. Elle n'aimait pas mentir et le fait qu'elle ait un peu forcé la main à son frère ne l'aidait pas tellement à répondre à Charline.

— Plus ou moins, répondit-elle, évasive, en souriant maladroitement.

Charline la scruta en dévorant une troisième friandise.

— Vérifions donc ça, dit-elle finalement en attrapant son portable pendant que Chloé commençait à se ronger l'ongle du pouce.

Charline : Merci pour les pâtes de fruits, elles sont divines ! Comme tout ce que cuisine Jimmy, d'ailleurs. Sinon, tu fais quoi ce soir ? Je vais à une soirée costumée sur le thème des années 20, tu m'accompagnes ?

Lisandro : Merci, mais je n'ai pas de costume…

— Il n'a pas l'air ravi, commenta Charline en jetant un œil vers Chloé. Tu es sûre qu'il a envie de me revoir ? Parce que là, on ne dirait pas…

Chloé se tortilla sur sa chaise en se faisant violence pour continuer à mentir.

— Oui, il doit juste être débordé à cause de sa boutique, ils sont en train de changer toute l'organisation.

Charline secoua la tête et pianota de nouveau sur son portable.

Charline : Je t'apporte le costume. Je serai chez toi à 19h !

Lisandro : Non, donne-moi l'adresse, on se rejoindra là-bas. Je viendrai avec d'autres personnes…

Charline fronça les sourcils en lisant le message. Cette réponse lui provoqua un petit pincement au cœur. Puis elle releva les yeux vers Chloé encore une fois.

— Tu crois que c'est normal qu'il veuille inviter d'autres personnes ? Personnellement, j'en doute…

Cette fois, son assistante se releva pour prendre la fuite.

— Peut-être qu'il ne se doutait pas que c'était un rancard ? éluda-t-elle en ramassant ses affaires. Bon, à tout à l'heure.

Et elle s'enfuit avant que sa patronne ne lui pose d'autres questions auxquelles elle ne voulait pas répondre. De son côté, Charline était persuadée que Lisandro n'avait pas changé d'avis par rapport à la dernière fois, même si elle ne comprenait pas bien son comportement. À l'évidence, elle ne le laissait pas indifférent, alors où était le problème ?

Certes, il avait un léger problème d'impuissance, mais ça lui passerait certainement et ça ne la dérangeait pas plus que ça, puisqu'elle avait couché avec un tas de filles qui n'avait pas besoin d'avoir un membre entre les jambes pour l'emmener au septième ciel. Dommage qu'il prenne cela autant à cœur.

C'était décidé, ce soir elle mettrait le paquet pour lui en mettre plein la vue !

Durant toute la journée, elle ne pensa qu'à la soirée à venir. Elle fit son travail tel un automate et répondit aux différentes questions qu'on lui posait succinctement. Comme Charline était quelqu'un de très professionnel quoi qu'il arrive, personne ne remarqua qu'elle avait la tête un peu ailleurs. Enfin, sauf Chloé, qui la connaissait par cœur, et Fred, le geek nounours, qui était toujours à l'affût du moindre potin la concernant.

D'habitude, elle restait toujours assez tard mais, ce soir, elle voulait être à l'heure pour être sûre que Lisandro la trouverait irrésistible. Alors, elle quitta son bureau vers 17h. Elle avait hâte de découvrir quel costume il avait choisi pour l'occasion.

Sur le parking de son entreprise, elle croisa Chloé, qui semblait un peu soucieuse.

— Tout va bien ? demanda Charline, inquiète.

Chloé eut un sursaut et devint rouge comme une pivoine. Son cœur s'emballa sous la pression de son mensonge.

— Heu... Oui, tout va bien, répondit-elle en essayant de cacher son malaise.

— Tu seras là, ce soir ?

Chloé remonta son sac sur son épaule, un peu agitée.

— Non. Je n'aime pas sortir en semaine, dit-elle en esquissant un sourire contrit.

— Très bien, alors à demain ! s'exclama joyeusement Charline, impatiente de rentrer chez elle pour se préparer.

— Oui, à demain, répliqua Chloé en lui adressant un petit signe de la main, malgré l'angoisse qui lui comprimait la poitrine.

Elle espérait que Charline ne lui en voudrait pas pour son petit mensonge. Elle pria aussi pour que Lisandro soit moins rigide avec sa patronne et se laisse enfin aller. Lorsque Chloé rejoignit sa voiture, Charline quittait le parking à bord de sa BMW X4.

Chapitre 19

Au moment où Charline arriva chez elle, il lui restait à peine une heure pour se préparer. Une fois sa porte d'entrée franchie, elle jeta son sac et son manteau sur le canapé, puis se précipita sous la douche. Quand elle en sortit, elle enduit son corps d'une huile parfumée au monoï puis se maquilla, optant pour des smoky-eyes ainsi qu'un magnifique rouge à lèvres rubis.

Ensuite, elle enfila une robe bordeaux des années vingt, type Gastby le magnifique, parsemée de strass et de losanges tout autour des hanches, qui descendaient jusqu'à ses chevilles. Deux fentes laissaient apercevoir ses jambes à travers un tulle noir délicat lorsqu'elle marchait.

Elle se coiffa d'un ruban noir avec une plume du même rouge que la robe sur le côté. Elle rassembla ses longs cheveux couleur miel sur une de ses épaules pour les attacher grossièrement. Le rendu était assez convaincant. Avant de partir, elle enfila ses chaussures de type sandales latines noires avec des strass.

Charline s'habillait rarement de façon si féminine. D'habitude, elle ajoutait toujours une touche un peu rock pour trancher avec les tenues trop coquettes. Mais ce soir, elle voulait mettre le paquet.

À presque 19h, elle regagna sa voiture pour se rendre à la soirée costumée. Durant tout le trajet, l'angoisse et l'impatience la tenaillaient. Toute la journée, elle s'était fait violence pour n'envoyer aucun autre message à Lisandro.

N'y tenant plus, elle accéléra exagérément pour arriver le plus vite possible.

Par chance, elle trouva une place juste devant le restaurant où elle avait réservé pour cinq, comme demandé par Lisandro. Elle ne savait absolument pas qui la rejoindrait, à part la seule personne qu'elle voulait voir, ce soir.

Il ne lui fallut pas plus de quelques secondes pour rejoindre l'entrée, tant elle était impatiente. À l'intérieur, un jeune homme l'accueillit pour prendre son nom et lui montrer sa table. Le groupe qui jouait une musique d'époque au fond de la salle apportait une ambiance chaleureuse à l'endroit. Il était encore tôt et la plupart des clients n'étaient pas encore arrivés. Seules quelques tables étaient remplies.

Charline suivit le réceptionniste jusqu'à la sienne. Elle était la première arrivée, ce qui la contraria un peu. Elle détestait être la première. En général, elle s'arrangeait toujours pour arriver légèrement en retard et éviter ce genre de situation.

Au bout d'à peine quelques minutes, elle s'ennuya, surveillant fréquemment l'entrée. Le cocktail de bienvenue qu'on lui avait apporté presque immédiatement après qu'elle se soit assise ne fit pas long feu. Elle en but plusieurs gorgées en surveillant les arrivées. Il était délicieux.

Puis, une grande blonde magnifique attira son attention. Elle détaillait la belle robe blanche à motifs argentés et pailletés, qui lui arrivait à mi-cuisse et dont les franges lui descendaient jusqu'aux genoux, quand elle s'aperçut qu'elle marchait dans sa direction d'un pas jovial.

C'est à cet instant qu'elle remarqua l'homme qui l'accompagnait. Il portait un pantalon de smoking noir et une chemise de la même teinte, ainsi que des bretelles et une cravate blanches pour trancher. Il avait même un borsalino noir avec un ruban blanc.

— Waouh, Chacha ! Tu es magnifique ! s'écria Jessica qu'elle avait mis du temps à reconnaître.

Elle se leva pour l'embrasser.

— Merci, Jess, tu es sublime, toi aussi. Et Martin a une de ces classes…, s'émerveilla Charline, soulagée de passer la soirée avec eux.

Elle lui fit une bise et ils s'installèrent autour de la table. Un serveur vint aussitôt leur apporter leurs cocktails de bienvenue. Juste au moment où Charline allait questionner sa cousine sur Lisandro, ce dernier les rejoignit, accompagné de Kristen. Lorsqu'elle l'aperçut, Charline sentit la colère et la jalousie l'envahir. Elle trouvait ça tellement injuste qu'il ait invité cette nana à leur rancard qui se transformait bien malgré elle en une sortie entre amis.

Kristen était habillée avec une robe similaire à celle de Jessica, mais dans les tons beiges et dorés avec des franges noires. Elle était magnifique et, si Charline était plutôt du genre à être sûre de ses charmes, voir Kristen pendue au bras de Lisandro la fit douter. Après ce qui s'était passé chez les parents de Lisandro, elle aurait juré qu'ils n'étaient pas vraiment en couple, mais il était difficile d'en être sûr en voyant la façon dont Kristen se collait à lui. On aurait dit une groupie…

Lorsque Charline posa ses yeux sur Lisandro, une bouffée de chaleur l'envahit tant il lui faisait de l'effet. Son pantalon de smoking gris lui allait à la perfection et sa chemise blanche sous son gilet de costume lui donnait une classe folle. Contrairement à Martin, il avait opté pour une casquette assortie au tissu de son ensemble.

— Salut…, murmura-t-elle, intimidée sans réussir à le quitter des yeux.

— Salut, répondit-il en tenant toujours la taille de Kristen qui s'accrochait à lui telle une sangsue.

À croire qu'elle avait peur qu'on le lui vole. Et selon Charline, elle faisait bien de s'y accrocher car, bientôt, ce serait elle qui prendrait sa place.

Les deux femmes se jaugèrent de façon un peu hostile et Jessica se sentit obligée d'intervenir.

— Alors Kristen, comment tu vas ? questionna-t-elle mielleusement.

En réalité, Jessica n'avait jamais vraiment apprécié la chanteuse du groupe de Kévin. Lorsqu'elle sortait avec lui, elle adorait assister aux répétitions. D'ailleurs, ça lui manquait beaucoup. Mais voir Kristen en faire des tonnes à chaque fois et se forcer à paraître parfaite et avenante malgré son sale caractère l'avait toujours agacée. Autant dire que leur relation était plutôt explosive et elles s'étaient disputées plus d'une fois à l'époque, mettant toujours Kévin dans l'embarras.

Voyant l'ambiance tendue, Charline reprit sa place, alors que Lisandro invitait sa compagne à s'installer entre lui et Martin, car ils ne pouvaient pas se supporter. Il aurait aimé être entre Jessica et Kristen, mais il était arrivé trop tard pour choisir sa place. Et se placer à côté de Charline plutôt que de Martin était un moindre mal. Du moins, il l'espérait…

Leurs plats arrivèrent peu de temps après, alors que personne n'osait vraiment entamer la conversation. La soirée s'annonçait bizarre et ennuyeuse, contrairement à ce qu'avait prévu Charline. Pourtant, la proximité de Lisandro lui faisait battre le cœur de façon incontrôlable. Son parfum envoûtant lui faisait même perdre un peu ses moyens. Et, même s'il le cachait, lui aussi avait du mal à rester indifférent. Il faisait tout pour l'ignorer.

Une fois leur repas terminé, profitant que Kristen aille aux toilettes et que Jessica et Martin se fassent des mamours, Charline attira discrètement l'attention de Lisandro.

— Au cas où tu ne l'aurais pas remarqué, c'était un rancard…

Il lui jeta un regard impassible, malgré son trouble.

— Je sais.

Elle posa sa main sur la sienne et la serra juste assez pour qu'il ferme les yeux une seconde.

— Quelle est ta relation avec Kristen au juste ?

Lisandro se fit violence pour rester impassible, malgré son cœur qui s'emballait frénétiquement et cette irrésistible envie de l'embrasser. Il réussit à hausser les épaules.

— On sort ensemble…

— Alors, explique-moi pourquoi on s'est embrassés chez tes parents ? continua-t-elle déterminée, malgré la boule d'angoisse qui lui vrillait l'estomac.

Charline n'était pas du genre à s'accrocher à quelqu'un ni à se soucier de ses sentiments, mais ce qu'elle ressentait en présence de cet homme avait tout changé et chamboulait un peu trop ses habitudes. Elle avait du mal à se contrôler et à garder une attitude normale, surtout avec sa nature impulsive.

Lisandro ne répondit pas à sa question et cela l'énerva encore plus.

— Et pourquoi Kristen n'a pas fait de scène ? insista-t-elle. On aurait dit qu'elle s'y attendait…

— Parce que… elle n'est pas comme ça…, bafouilla-t-il en tirant sur le col de sa chemise, mal à l'aise, sans pour autant se dégager de la main de Charline.

Ce contact doux et chaud le mettait dans tous ses états et il était tiraillé entre céder ou la repousser. Il fallait dire qu'il ne l'avait jamais vue aussi belle et il ne put s'empêcher de la fixer avec intensité tant elle le subjuguait.

Malheureusement, Kristen finit par revenir et Charline retira sa main de celle de Lisandro à regret. Leurs regards se croisèrent une longue seconde, avant qu'il ne recommence à l'ignorer. Cela l'énerva tellement qu'elle se leva.

— On va danser, Jess ?

Cette dernière acquiesça et l'accompagna sur la piste de danse où d'autres clients se trémoussaient déjà. Beaucoup dansaient le charleston, mais d'autres se contentaient d'une danse de salon qui se faisait à deux. Charline savait bouger et elle se fit un plaisir d'entraîner Jessica avec elle, qui était plus frileuse et inexpérimentée. Pourtant, elle réussit à suivre sa cousine et même à y prendre plaisir. Quant à Martin, il finit par les rejoindre malgré sa timidité.

Il avait du mal à supporter Lisandro et même si ce dernier ne faisait rien de particulier, sa seule présence le rendait dingue. Même s'il avait éprouvé une certaine compassion lorsqu'il l'avait vu dans un piteux état lorsqu'il était venu se confier à Jessica, il ne pouvait museler son animosité à son égard. C'était tout simplement plus fort que lui. Alors, bien qu'il ne sache pas danser, il fit de son mieux lorsqu'il rejoignit sa compagne.

Jessica se jeta littéralement à son cou et ils finirent par danser une sorte de slow langoureux en s'embrassant, laissant Charline sur la touche. Après plusieurs mois à vivre quasiment ensemble, ils avaient encore l'air d'un jeune couple insatiable l'un de l'autre. Cette vision fit naître une certaine mélancolie chez Charline, qui les enviait un peu trop à son goût.

Avec fatalité, elle s'apprêta à retourner à sa place, mais juste avant qu'elle ne sorte de la piste de danse, un beau jeune homme l'invita à danser. Son expression chaleureuse et ses yeux pétillants lui arrachèrent un sourire et elle accepta l'invitation avec plaisir. Après tout, si Lisandro ne voulait pas d'elle, elle pouvait au moins s'amuser un peu et peut-être se consoler avec quelqu'un d'autre. Elle ne connaissait pas son nom, mais il était bon danseur et la faisait rire, tout ce dont elle avait besoin, ce soir. Avec son sauveur, elle se sentait beaucoup mieux, presque comme si elle était venue seule, finalement.

Pourtant, sa bonne humeur vacilla quand elle remarqua Lisandro planté à côté d'eux. Il n'avait pas l'air content et, pendant un instant, elle se demanda s'il était jaloux.

— Je danse mieux que lui, dit-il d'un air bougon.

Charline s'arrêta et concentra toute son attention sur lui. Bien malgré elle, elle occulta le jeune homme qui lui avait redonné le sourire. Comme deux statues au milieu des danseurs, ils se dévisagèrent.

— Et Kristen ? demanda-t-elle laconique.

Lisandro baissa les yeux.

— Elle est partie fumer une clope.

Charline ne savait pas trop quoi en penser, malgré l'espoir irrationnel qui s'insinua en elle. Comme elle ne répondait pas, Lisandro soupira et détourna les yeux encore une fois.

— Kristen est juste un plan Q, mais on est amis. Enfin, je crois…

Charline ressentit une certaine amertume après cette révélation. Elle avait du mal à digérer le fait qu'il ait couché avec cette nana, bien qu'ils ne s'étaient rien promis et qu'elle s'en était doutée la première fois qu'elle les avait vus ensemble. Mais l'entendre l'admettre donnait une tout autre dimension à la situation.

— Je vois…

Elle ne savait pas quoi dire d'autre et elle ne connaissait pas non plus les intentions de Lisandro.

Avait-il enfin changé d'avis ?

La seule chose qui était sûre, c'est qu'elle se retenait de toutes ses forces pour ne pas se jeter sur lui. Elle ne l'avait jamais vu aussi élégant, aussi beau et irrésistible. Et sa proximité lui permit de sentir son parfum, ce qui augmenta son trouble. Lui aussi avait mis le paquet alors qu'il lui avait confié ne pas avoir de déguisement.

— Chloé m'a dit que tu ne l'avais pas invitée, continua-t-il maladroitement, par-dessus le son de la musique des années vingt.

Comprenant qu'il avait enfin décidé de lui parler, elle attrapa sa main pour l'entraîner à leur table et il ne résista pas. Ses doigts se refermèrent autour de ceux de Charline. Ils étaient chauds, rassurants et lui arrachèrent un délicieux frisson.

Une fois qu'ils furent assis, leurs doigts toujours entrelacés, Charline reprit leur conversation.

— Ta sœur m'a dit que tu accepterais ma prochaine invitation, alors j'ai tenté ma chance. Encore une fois…

Lisandro fuit encore une fois son regard et se concentra sur les gens qui se trémoussaient sur la piste.

— Elle m'a un peu forcé la main, à vrai dire. Elle m'a fait du chantage, avoua-t-il sans oser regarder Charline.

Pourtant, son pouce commençait à la caresser délicatement. Il ne s'en rendait même pas compte, c'était juste naturel et plus fort que lui.

— Écoute, je sais qu'on n'est pas du genre à s'engager tous les deux, mais tu ne peux pas nier qu'il y a un truc entre nous. Je veux dire… je pense tout le temps à toi, tu hantes mes jours et mes nuits et ça ne m'était jamais arrivé, confessa Charline, d'une petite voix.

Lisandro reporta enfin son attention sur elle et la fixa en silence pendant un long moment. Ses yeux d'un bleu pur l'hypnotisèrent et il fut tiraillé entre ses émotions et ses peurs.

— Je sais que depuis ta rupture avec Laura, tu ne fais plus confiance aux femmes, et je ne suis pas la meilleure placée pour te promettre amour éternel et fidélité, mais je peux te promettre d'être toujours honnête avec toi.

Lisandro pinça les lèvres, sans cesser ses tendres caresses sur la peau de Charline.

— Chloé n'aurait jamais dû te parler d'elle.

— Pourquoi ?

Il y eut un moment de silence durant lequel, la musique ambiante et le brouhaha devinrent presque assourdissants.

— Parce que c'est du passé. Et c'était à moi de t'en parler.

Elle acquiesça.

— J'aimerais juste comprendre pourquoi tu me repousses.

Lisandro ferma les yeux et se pinça l'arrête du nez. Lorsqu'il reporta son attention sur Charline, il fut incapable de continuer à lui mentir.

— J'ai peur que tu finisses par préférer ma sœur. Et si jamais ça arrivait, je n'arriverais pas à l'encaisser. Je n'aurais jamais imaginé qu'être en compétition avec elle serait encore pire que d'être abandonné par Laura sans explication…

Ils étaient tous deux absorbés l'un par l'autre. De fait, ils ne virent pas Kristen revenir.

— C'est une blague ?! s'insurgea-t-elle, les bras croisés sur sa poitrine.

Lisandro et Charline sursautèrent et se lâchèrent la main d'un même mouvement.

— Kristen…, soupira Lisandro en passant nerveusement une main dans ses cheveux.

— Tu m'as pratiquement suppliée de t'accompagner, à la dernière minute en plus, et tu préfères passer la soirée avec cette petite grosse ?!

Charline et Lisandro se levèrent simultanément.

— Ne l'appelle pas comme ça ! rugit-il tandis que Charline hurlait en même temps que lui :

— Une petite grosse ??

— Tu ferais mieux de rentrer, Kristen, continua Lisandro d'un ton plus calme, malgré l'animosité dans les yeux de la chanteuse.

Quant à Charline, elle rongeait son frein, car elle ne voulait pas que cette soirée finisse en scandale. Elle avait prévu autre chose et Lisandro allait bientôt le découvrir.

— Ne t'avise pas de me rappeler ! cracha Kristen en récupérant ses affaires avec colère.

Lisandro soupira et se tourna enfin vers Charline. Il avait l'air vraiment embarrassé. Encore une fois, il passa une main nerveuse dans ses cheveux.

— Ne l'écoute pas, moi je te trouve parfaite, confessa-t-il.

Ils se dévisagèrent, leurs rythmes cardiaques s'accélérant subitement, puis l'un des membres du groupe prit le micro et les interrompit.

— Après la danse, place au karaoké ! Évidemment, ce sera difficile de rester dans le thème, mais notre groupe a besoin d'une petite pause, alors profitez-en ! On commence par une demande spéciale d'une certaine Charline qui a inscrit Lisandro pour chanter Trouble de Coldplay.

— Tu déconnes ? demanda Lisandro, stupéfait, en revenant à la réalité.

Puis soudain, elle rigola, comme si leur conversation sérieuse, suivie de ce moment intense, n'avaient jamais existé.

— Normalement, c'est moi qui aurais dû la chanter, mais comme je suis une casserole, j'ai pensé que ce serait une bonne idée…

Il secoua la tête de droite à gauche incrédule, tandis qu'on l'appelait encore au micro.

— Allez, s'il te plaît, supplia Charline. C'est important pour moi et je suis sûre que tu la connais.

Lisandro prit une grande inspiration avant de se lever et de faire signe qu'il arrivait.

— C'est bien parce que c'est toi, bougonna-t-il.

— Merci, se réjouit Charline en tapant dans ses mains pour se joindre aux encouragements de la salle.

Quelques minutes plus tard, les premières notes de Trouble commençaient. Lisandro semblait plus concentré que jamais, les yeux fermés, se balançant au rythme du tempo. Il entama les premières paroles et Charline en eut la chair de poule tant elle était fascinée par sa voix. Elle était moins haute que celle du chanteur de Coldplay, mais tout aussi envoûtante et juste. Sur ce coup-là, elle y avait été au bluff, mais elle était ravie du résultat.

Charline n'avait pas choisi cette chanson par hasard, elle voulait lui faire passer un message et lui prouver qu'elle ne mentait pas. Toutefois, elle aurait bien voulu terminer leur conversation avant que le karaoké commence. Malgré tout, cette chanson était sa dernière chance.

Lisandro quant à lui, s'imprégnait de la musique pour donner la meilleure performance possible. Lorsqu'il ouvrit enfin les paupières, il chercha Charline dans toute la salle. Il la trouva juste devant la scène, qui le fixait avec émerveillement. Ses émotions étaient sens dessus dessous, mais il n'arrivait pas à la quitter des yeux, tout en continuant à chanter. Sa voix était d'une sensualité telle que la plupart des personnes présentes s'étaient arrêtées de danser pour l'observer, comme hypnotisées.

Lisandro connaissait cette chanson et sa traduction. Il l'avait écoutée des centaines de fois lorsqu'il était plus jeune et plus particulièrement lorsqu'il avait commencé à jouer de la guitare pour Laura. C'était comme ça qu'il l'avait fait craquer. Alors, en dépit de ses sentiments naissants envers Charline et du message qu'elle voulait lui faire passer, en cet instant, son passé refit surface, le submergeant d'une vague de mélancolie.

Au moment où la musique se termina, il était encore dans ses souvenirs du passé. Toutefois, les acclamations et les applaudissements des gens devant lui le ramenèrent au moment présent.

— C'était magnifique, s'extasia Charline qui était juste devant lui, maintenant.

Lisandro cligna plusieurs fois des paupières, l'air hagard, puis afficha un faible sourire en croisant les yeux bleus de Charline.

— Merci, répondit-il enfin en rendant le micro à l'animateur de la soirée.

Quelqu'un d'autre prit le relai et une autre musique commença, tandis que Lisandro et Charline retournaient à leur table. Martin et Jessica y étaient retournés aussi.

— Belle performance, Lisandro, le félicita Jessica, complètement sous le charme, ce qui agaça Martin.

Pourtant, pour une fois, il n'ajouta rien, car il savait que Jessica avait raison. De plus, voir Lisandro focalisé sur Charline pendant toute la chanson l'avait un peu rassuré et il commença à accepter le fait qu'il soit si proche de Jessica. D'ailleurs, il trouva ce moment parfait pour offrir son cadeau à Jessica. Il sortit une petite boîte en velours rouge de sa poche et la tendit vers Jessica en esquissant un demi-sourire.

— Qu'est-ce que…, paniqua-t-elle en s'attendant au pire.

Martin rigola franchement, en voyant sa réaction.

— C'est un cadeau, ouvre-le.

Alors, Charline sortit son portable pour les filmer.

— Si c'est une demande en mariage, je ne veux pas en louper une miette !

Jessica se tourna vers sa cousine.

— Tu crois que c'est une demande…?
Puis vers Martin.
— Tu n'oserais pas…
— Allez, ouvre, se contenta-t-il de répondre, sans se départir de son sourire.
Alors, Jessica attrapa l'écrin d'une main tremblante. Elle prit une profonde inspiration, puis se décida enfin à l'ouvrir.
C'était un magnifique pendentif cœur en diamants et en or. La chaîne passait à l'intérieur du cœur, ce qui lui donnait une impression de légèreté.
Autant émerveillée que soulagée, Jessica sauta au cou de Martin pour l'embrasser.
— Il est tellement beau…, mais ne me refais plus jamais un coup pareil !
Martin ne put s'empêcher de rire, tandis que Charline et Lisandro faisaient de même. Puis Charline rangea son téléphone, un peu déçue, tout de même.
Quand tout le monde fut calmé, Martin s'approcha de l'oreille de Jessica.
— On devrait peut-être les laisser seuls et puis, on se lève tôt demain… et quelque chose me dit qu'on risque de se coucher tard.
Il glissa une main dans le dos de Jessica et remonta jusqu'à sa nuque, puis déposa un baiser appuyé dans son cou. Elle frissonna et rougit comme une adolescente.
— Oui…, d'accord, bégaya-t-elle, dans tous ses états.
— Ça va, Jess ? la taquina Charline qui ne l'avait jamais vue rougir.
Jessica se leva maladroitement.

— Oui, tout va bien, répliqua-t-elle en se tournant vers Martin pour qu'il suive le mouvement. On va rentrer.

Elle prit sa pochette dans ses mains, tandis que Martin plaçait une main au creux de son dos en adressant un petit clin d'œil à Charline.

— Et le pire, c'est qu'elle n'arrête pas de me traiter de timide, rigola ce dernier. Merci pour la soirée Charline et, oui, belle performance Lisandro.

Il lui adressa un signe de tête un peu froid, mais pas hostile, comme à son habitude, et Lisandro lui répondit par un mouvement de tête reconnaissant. Une conversation silencieuse qui commençait enfin à tendre vers le respect. Ces deux-là en avaient mis du temps pour commencer à se tolérer. Charline espérait secrètement qu'ils finiraient par redevenir amis, parce qu'elle trouvait cette soirée particulièrement réussie, si on occultait la présence de Kristen. De son côté, Jessica n'ajouta rien, car elle ne voulait pas montrer que Martin lui faisait autant d'effet. Charline avait raison sur un point : aucun homme à part lui ne l'avait jamais fait rougir.

Chapitre 20

Une fois que Jessica et Martin furent partis, ils se retrouvèrent de nouveau en tête à tête.

— Est-ce que tu m'as réservé une autre surprise ? s'inquiéta Lisandro, sans réussir à détacher ses yeux de Charline, tant il la trouvait magnifique.

Son regard, sa folie, son élégance et son parfum… absolument tout l'envoûtait. Elle rapprocha sa chaise de la sienne pour qu'ils soient collés l'un à l'autre et lui adressa un sourire coquin.

— Ça dépend. Est-ce que je pourrais t'offrir un verre d'eau en rentrant ?

Le cœur de Lisandro s'accéléra subitement lorsqu'il comprit l'allusion. Pourtant, la peur d'avoir une autre panne le freina et il ne répondit pas. Il resta stoïque. Alors, Charline se sentit obligée de préciser.

— Par rapport à ta sœur, reprit-elle. Elle ne m'a jamais attirée. Le soir où on a fêté la fin de notre gros projet dans ma société, j'ai un peu trop bu et, dans ces moments-là, on va dire que je me laisse tenter par n'importe qui. Enfin, non pas que Chloé soit n'importe qui pour moi, mais elle est plutôt jolie et elle s'était donnée tant de mal pour organiser cette fête et me faire une belle surprise, que je n'ai pas pu m'empêcher de l'embrasser… Le seul problème, c'est qu'elle était amoureuse de moi et aussi qu'elle m'était indispensable dans mon travail. Quand j'ai vu qu'elle pétait un peu les plombs suite à ça et qu'elle annonçait à tout le monde que j'étais sa petite amie, alors qu'il était 3h du matin, j'ai réalisé que je m'étais mise dans une sacrée merde. Je ne voulais pas lui briser le cœur et la voir démissionner dans la foulée. Je ne savais pas quoi faire, mais je ne voulais pas la laisser seule pour qu'elle aggrave encore la situation. Le lendemain matin, quand j'ai vu qu'elle semblait avoir tout oublié et que je lui ai rafraichi la mémoire, elle avait l'air tellement désemparée que j'ai accepté d'être sa fausse petite amie pour sa soirée d'anniversaire. En temps normal, je n'aurais jamais fait une chose pareille, mais je lui devais bien ça…

Lisandro la dévisagea, partagé entre le soulagement et la colère. Parce que c'était tout de même de sa sœur dont elle parlait et, pour lui, c'était difficile d'accepter que Charline l'ait traitée comme la plupart des mecs… Comme il traitait lui-même la plupart des nanas…

— Et pour le baiser que j'ai interrompu ?

Charline soupira.

— C'était un baiser d'adieu, je te l'ai déjà dit. Elle méritait un vrai baiser, tu sais…

— Ouais…, grinça Lisandro en fixant la chanteuse qui massacrait Avril Lavigne.

Charline posa sa main sur la cuisse de Lisandro pour attirer son attention et se pencha vers lui, lui offrant une vue imprenable sur son décolleté. Il croisa son regard et ils se dévisagèrent un moment.

— Tu as toujours été mon préféré et je l'ai compris quand j'ai entendu Kristen se pavaner devant Chloé en lui disant qu'elles seraient peut-être belles-sœurs un jour…

Lisandro eut un mouvement de recul.

— Elle a dit ça ? s'étonna-t-il. Pourtant, on ne s'est jamais rien promis…

— Ouais, elle a dit ça, bougonna Charline en faisant la moue. Et ça m'a tellement énervée que j'ai failli l'encastrer dans un mur.

Les lèvres de Lisandro s'étirèrent progressivement en un sourire satisfait.

— Vraiment ?

— Tu n'imagines même pas le nombre d'efforts que j'ai fait ce soir pour ne pas lui sauter à la gorge, ajouta-t-elle en enroulant ses bras autour du cou de Lisandro.

— J'aurais bien aimé voir ça, dit-il alors que son sourire s'élargissait encore.

N'y tenant plus, Charline attrapa le col de sa chemise pour le tirer vers elle et combler la distance qui les séparait. Leurs lèvres se touchèrent enfin, amenant une faim dévorante dans chacun de leurs corps, comblant leurs cœurs qui s'emballaient en même temps. La langue de Lisandro glissa dans la bouche de Charline et elle ne put retenir un gémissement de pure extase. C'était la première fois que quelqu'un lui faisait autant d'effet et elle peinait à rester sage dans ce restaurant bondé. Elle accentua son baiser et ils s'embrassèrent passionnément pendant de longues minutes, tels des adolescents sans pudeur, à la vue de tous. Elle grimpa même sur ses genoux avec empressement, tant elle avait besoin de lui.

Lisandro se détacha des lèvres de Charline, juste assez pour pouvoir parler.

— Chez toi ou chez moi ? demanda-t-il, le souffle court.

Charline reprit leur baiser passionné, savourant encore un instant sa langue douce et sensuelle, avant de se détacher de nouveau.

— Chez moi, répondit-elle en se levant et en lui agrippant la main avec frénésie.

Leurs doigts s'enlacèrent pour ne plus se quitter. Ils récupérèrent leurs manteaux, payèrent leur partie de la note et se précipitèrent sur le parking.

Le seul problème, c'était qu'aucun d'entre eux ne voulait laisser sa voiture devant le restaurant.

Charline qui était garée le plus près s'arrêta devant sa BMW.

— Ma voiture est juste derrière, commença Lisandro, sans lâcher la main de Charline.

Il leur était difficile de se quitter.

— Tu pourrais monter avec moi, murmura Charline en se collant contre son torse.

Il jeta un œil vers son Audi TT et ne put s'y résoudre, malgré l'attraction que Charline exerçait sur lui. Il secoua la tête, sans pour autant réussir à s'éloigner d'elle.

— Tu habites à combien de minutes d'ici ? demanda Lisandro en avalant difficilement sa salive.

— Quinze, répondit-elle en passant ses bras autour de sa taille pour se blottir contre son torse. C'est trop long…

Lisandro lui rendit son étreinte et savoura sa proximité.

— Je ne peux pas la laisser ici, Charline. Je te suis, d'accord ?

Elle se détacha de lui en faisant la moue.

— D'accord…

Il déposa un baiser rapide sur ses lèvres et courut jusqu'à sa voiture, le corps tendu à l'extrême. Il n'aurait jamais pu abandonner son Audi sur un parking en pleine nuit, elle lui avait coûté beaucoup trop cher. Même si s'éloigner de Charline pendant quinze minutes était devenu une torture, il pourrait le supporter.

Elle l'observa s'installer derrière le volant avant de démarrer. Puis, ils se suivirent jusqu'à chez elle.

Durant tout le trajet, ils furent tendus et rongés par l'impatience de se retrouver. Lorsque Charline arriva enfin devant sa maison, Lisandro se gara sur le trottoir, tandis qu'elle actionnait le portail électrique pour ranger sa BMW.

Ils se rejoignirent devant la porte d'entrée et se jetèrent l'un sur l'autre, s'embrassant à en perdre haleine. Charline tâtonna pour mettre la clé dans la serrure et déverrouiller sa porte qu'elle ouvrit d'un coup de coude. Elle agrippa le col de Lisandro pour le tirer à l'intérieur sans cesser de lui dévorer la bouche. Il suivit le mouvement, tout en la délestant de son manteau, puis du sien. Il claqua maladroitement la porte avec son pied pour la refermer. Ils se lâchèrent une seconde, juste le temps d'ôter leurs chaussures, puis revinrent se coller l'un à l'autre. Lisandro lui fit un langoureux baiser dans le cou et elle gémit en refermant son poing dans ses cheveux.

— Est-ce que tu veux, un verre d'eau ? haleta-t-elle en plaisantant.

— Je crois qu'on a dépassé ce stade, souffla-t-il en reprenant possession de sa bouche.

Elle se cambra contre lui et il la souleva dans ses bras pour l'emmener jusque dans sa chambre. Il la déposa sur le lit et elle retira sa robe pendant qu'il faisait sauter le bouton de sa braguette. En moins d'une minute, ils se retrouvèrent nus, allongés l'un sur l'autre à s'embrasser de nouveau. C'était intense et ils n'arrivaient pas à ralentir le rythme.

Comme il avait peur de ne pas être à la hauteur, Lisandro déposa de langoureux baisers contre la peau de Charline et descendit progressivement jusqu'à sa poitrine. Il prit un de ses tétons dans sa bouche, tandis que sa main s'aventurait plus bas, trouvant son intimité chaude et humide. Il la caressa doucement et elle se cambra en tremblant entre ses bras tant les sensations étaient exquises. Elle haletait et s'agrippai à lui avec frénésie, les yeux fermés et le cœur battant à tout rompre. Lisandro continua de jouer avec son intimité tout en suçant son autre sein et en titillant le deuxième de sa main libre. Il ne fallut pas longtemps à Charline pour exploser dans un orgasme fulgurant. Un des meilleurs de sa vie…

Malgré son excitation, Lisandro n'arrivait toujours pas à bander. Sa frustration était à son comble, mais au moins, Charline semblait avoir apprécié ce qu'il lui avait fait. Il se redressa et s'allongea contre elle, la prenant délicatement dans ses bras. Elle se blottit contre lui en savourant cette étreinte.

— Tu vois, tu n'as eu besoin que de ta bouche et de tes mains, le taquina-t-elle avant de déposer un baiser plein de tendresse dans son cou.

Lisandro ne répondit pas et se contenta de la serrer contre lui. Il avait encore du mal à passer au-dessus du fait qu'il avait été en compétition avec sa sœur. Il faisait un vrai blocage et il espérait que Charline pourrait le rassurer pour que son problème disparaisse.

En tout cas, il se sentait vraiment heureux avec elle et ça faisait longtemps qu'il n'avait pas éprouvé ça. Depuis Laura, en fait…

L'angoisse l'étreignit soudain à l'idée de revivre la même chose. Il savait que Charline était quelqu'un de volage et qu'elle n'avait jamais eu de relation sérieuse d'après les dires de Jessica.

— Qu'est-ce qui se passera demain ? demanda-t-il d'une voix hésitante.

Charline se blottit dans son cou et respira son odeur irrésistible.

— Comment ça ? Tu as quelque chose de prévu, demain ?

Il y eut une minute de silence avant que Lisandro ne daigne répondre.

— Je voulais dire, entre nous. Qu'est-ce qui se passera… Est-ce qu'on est un couple ?

Profitant du fait qu'il ne pouvait pas voir son expression, Charline pinça les lèvres.

— J'en sais rien… Est-ce que c'est ce que tu veux ?

En réalité, elle mourait d'envie de lui dire oui, mais il l'avait tellement repoussée ces derniers temps qu'elle avait peur de le faire fuir.

— J'suis bien avec toi, mais… je sais que tu n'es pas du genre à te caser, alors…

— Dit le mec qui sort avec une fille différente chaque soir, pouffa Charline en s'écartant pour l'observer.

— Justement, j'en ai assez de faire ça, ça ne rime à rien…

En lisant la sincérité et la vulnérabilité dans le regard de Lisandro, Charline devint plus sérieuse que jamais.

— Moi aussi, je suis bien avec toi, dit-elle d'une petite voix timide qui n'avait rien à voir avec son ton habituel. Je veux bien essayer d'être en couple.

— Un couple monogame, insista-t-il en reprenant possession de ses lèvres.

Elle s'écarta et le dévisagea en fronçant les sourcils.

— Mais pour qui tu me prends ?! s'insurgea-t-elle, piquée au vif. Je n'ai jamais trompé qui que ce soit et j'ai toujours été claire dans mes intentions.

— OK, parfait ! Oublie ce que j'ai dit, répliqua-t-il en souriant et en lui attrapant la nuque pour la ramener contre sa bouche.

Il l'embrassa encore, glissa sa langue dans sa bouche pour savourer la chaleur de la sienne et s'abandonna à ce baiser. Il sentit une bouffée de chaleur l'envahir tandis que son cœur s'accélérait subitement. Et pour la première fois depuis qu'il avait surpris sa sœur et Charline en train de se dévorer la bouche, il sentit son sexe se gonfler et bander tellement fort qu'il en eut mal.

— Bordel ! jura-t-il avant de plaquer Charline sur le matelas.

Il se plaça entre ses cuisses et pressa son énorme érection contre son sexe chaud et trempé. Charline en eut le souffle coupé et lâcha un gémissement d'impatience. Elle s'agrippa à ses épaules en se cambrant pour qu'il s'enfonce en elle.

— J'suis guéri ! se réjouit Lisandro en glissant sur l'intimité de Charline qui tremblait dans ses bras tant elle était excitée.

Ils échangèrent un sourire complice, plein de malice.

— Où sont tes préservatifs ? demanda-t-il enfin, bien qu'il sache qu'il aurait dû s'en inquiéter avant de coller son membre contre le sexe trempé de Charline.

— On s'en fout ! s'exclama-t-elle en tirant son cou pour le ramener contre elle.

Elle déposa un baiser sur ses lèvres avant de murmurer :

— On se dépiste tous les trois mois et je n'ai couché avec personne d'autre depuis la dernière fois.

— Moi non plus… Je n'ai pas réussi avec Kristen, je ne pensais qu'à toi, avoua-t-il avant de prendre possession de sa bouche et de s'enfoncer doucement en elle.

À ce simple mouvement, le corps de Charline fut parcouru de spasmes. Son cœur menaçait d'éclater à chaque va-et-vient doux et profond. Elle était tellement excitée qu'elle avait du mal à se contrôler. Elle tentait d'accélérer le rythme, mais elle commencer à comprendre que Lisandro était du genre à prendre son temps et à faire monter le plaisir doucement. Alors, elle s'abandonna à lui, acceptant encore une fois de se faire diriger par cet homme qui lui faisait un effet dévastateur, malgré les contractions involontaires qui se manifestaient de plus en plus, à mesure qu'il s'activait en elle et que le plaisir montait.

Bientôt, Lisandro accéléra enfin et l'orgasme la frappa de plein fouet. Elle eut l'impression d'atteindre le septième ciel. Pendant de longues secondes, Charline savoura la vague d'extase qui la consumait, lui procurant des sensations telles qu'elle n'en avait jamais éprouvées avec un autre homme.

Lorsqu'elle rouvrit enfin les yeux, alanguie, Lisandro l'observait avec un sourire attendrissant et un poil macho.

— J'ai dû mal à croire que tu prennes ton pied sans ça, dit-il en désignant son sexe.

Charline n'eut même pas la force de rire, tant elle était détendue et heureuse. À la place, elle lui rendit son sourire et l'attira contre elle.

— T'es con, murmura-t-elle tout de même.

Ils se blottirent l'un contre l'autre.

— Avoue que c'est vrai, franchement…, insista-t-il.

— Arrête avec ça et dors. Il est tard et demain, je me lève à 7h.

Lisandro caressa tendrement les cheveux de Charline et déposa un doux baiser dans ses cheveux.

— D'accord, bonne nuit, souffla-t-il en la serrant un peu plus fort.

Il ne leur fallut pas longtemps pour s'endormir tant leur proximité les apaisait.

Pour la première fois de sa vie, Charline ressentait des choses qu'elle n'avait jamais comprises lorsqu'on lui parlait d'amour. À cet instant, elle se dit qu'elle ne pourrait plus jamais se passer de Lisandro et elle se demandait comment elle avait bien pu vivre toutes ces années sans lui, sans éprouver toutes ces émotions réconfortantes et joyeuses qui l'envahissaient dès qu'elle se trouvait près de lui. Aujourd'hui, elle se sentait plus vivante que jamais, comme si elle avait enfin trouvé le sens de la vie.

Pourtant, à la différence de sa cousine, Charline n'avait jamais cru en l'amour et préférait regarder des films d'action et d'effets spéciaux plutôt que les comédies romantiques insipides que Jessica affectionnait. Aujourd'hui, elle comprenait mieux pourquoi on en faisait tout un plat. Elle était tellement heureuse d'avoir trouvé Lisandro qu'elle avait envie de partager ce sentiment avec la terre entière et que tout le monde connaisse ce bonheur.

Le lendemain matin, le bip insupportable du réveil les tira du sommeil. Ils avaient tous les deux la tête lourde et, bien que Charline tente de s'extirper du lit, Lisandro l'emprisonna dans le cocon chaud de ses bras.

— Reste encore un peu…, marmonna-t-il, les yeux toujours fermés.

— Je dois vraiment y aller, mais tu peux rester ici si tu veux. Je te laisse les clés de la maison. Pense juste à les déposer dans la boîte aux lettres si tu as besoin de sortir.

Pour toute réponse, il émit un grognement mécontent en enfouissant son nez contre sa nuque, les bras toujours enroulés autour de Charline, comme si elle était son doudou.

— Lisandro…, souffla-t-elle, à la fois embarrassée et aux anges. Si je le pouvais, je resterais, mais ce n'est pas possible.

— Tu es la patronne. Tu n'as qu'à leur dire que tu es malade…

Effectivement, Charline n'avait jamais envisagé cette option. Elle ne l'avait d'ailleurs jamais mise à exécution. Durant toutes ces années à travailler comme une acharnée, elle n'avait jamais manqué un seul jour de travail, pas même quand elle était malade. Alors, pourquoi ne pas écouter Lisandro, finalement ?

— Je vais appeler Chloé pour prendre la température, capitula-t-elle.

En fait, Charline n'avait pas plus envie d'aller travailler que Lisandro de la lâcher. Il lui laissa juste assez d'espace pour qu'elle puisse attraper son téléphone et composer le numéro de son assistante. Il n'attendit pas que sa sœur réponde pour ramener Charline contre son torse. D'ailleurs son érection se pressa contre les fesses de cette dernière.

— Lisandro ! le gronda-t-elle au moment où Chloé décrochait

— Tu es avec mon frère ? demanda-t-elle à la fois, enthousiaste et surprise.

Charline jeta un œil vers Lisandro, embarrassée.

— Heu… en fait… je suis malade, grimaça-t-elle.

— Tu veux dire : malade d'amour ? rigola Chloé, qui se sentait mieux à présent qu'elle avait accepté les sentiments de son frère et tourné la page de cet amour à sens unique.

— Est-ce que tu penses pouvoir t'en sortir seule ? questionna Charline en se mordant la lèvre d'angoisse.

— T'en fais pas, je m'occupe de tout. Prends soin de mon frère et ne lui brise pas le cœur, c'est tout ce que je te demande. Il a assez souffert comme ça...

L'intéressé lui arracha le téléphone des mains.

— J'entends absolument tout. Ne te mêle pas de notre relation et ne raconte rien sur moi à Charline. C'est à moi de lui dire les choses qui me concernent. Pour la peine, je la garde un jour de plus !

— Non, chuchota Charline en reprenant son téléphone.

— Je crois qu'il est sérieux, dit Chloé. Mais ne t'inquiète pas, je peux m'occuper de la boîte même une semaine entière s'il le faut. Tant que vous êtes heureux...

Lisandro se mit à l'embrasser dans le cou.

— Allez, raccroche, grogna-t-il en descendant sur son épaule.

— Merci, Chloé. Je te tiens au courant.

Et elle raccrocha pour reporter son attention sur l'homme qui faisait battre son cœur.

— T'es un peu gonflé quand même, rigola-t-elle. Si ta sœur n'avait pas été mon assistante, tu n'aurais jamais osé faire ça.

Il releva la tête pour croiser son regard clair, d'une intensité troublante.

— On ne le saura jamais, répliqua-t-il d'un ton malicieux.

Chapitre 21

— Je crève de faim, lâcha soudain Charline.

Lisandro, qui était toujours en train de parsemer sa peau de langoureux baisers, s'arrêta pour la dévisager.

— Charline, gronda-t-il. Je bande comme un malade, ce qui ne m'est pas arrivé depuis des jours, et tu veux t'enfuir pour manger ?

Elle rigola.

— Si ce n'est que ça, je vais m'occuper de ton cas et dans cinq minutes, on pourra aller déjeuner.

Il la toisa d'un air condescendant.

— Cinq minutes…, mais bien sûr…

Charline le fit basculer contre le matelas et glissa sa paume contre son torse jusqu'à atteinte son membre. Elle enroula ses petits doigts autour et Lisandro eut un soubresaut. Il ferma les paupières tandis qu'elle s'activait, faisant de lents va-et-vient. Au moment où elle se pencha pour mettre son gland dans sa bouche, il lâcha un râle d'excitation et lui agrippa les cheveux. Son corps montait en tension à mesure qu'elle léchait la petite crête autour de son gland et qu'elle le prenait dans sa bouche.

— Bordel Charline, jura-t-il en sentant la pression monter de plus en plus vite.

Elle accéléra la cadence, caressant ses boules en même temps, et il ne lui en fallut pas beaucoup plus pour jouir. Charline s'écarta juste à temps pour qu'il se répande sur ses abdominaux tendus.

Elle souriait en le regardant en pleine extase. Lorsqu'il rouvrit les yeux, elle vérifia l'heure.

— Cinq minutes, dit-elle simplement en se sauvant.

Elle l'entendit bougonner dans son dos.

Durant toute la journée, ils restèrent enlacés l'un à l'autre comme des koalas. Devant la télé, sous la douche, en mangeant… Charline et Lisandro étaient devenus inséparables. Ils avaient aussi fait l'amour plusieurs fois. À croire qu'ils vivaient une véritable lune de miel.

Le soir même, ils se chamaillèrent pour choisir un film qui leur conviendrait à tous les deux. Le dos de Charline était contre le torse de Lisandro et ils étaient emmitouflés dans une couette.

Lisandro récupéra encore une fois la télécommande.

— Pas de comédies romantiques ! s'exclama-t-il. Je croyais que tu préférais les films comme Aliens. Jessica m'a pratiquement forcé à tous les regarder…

Charline se contorsionna pour le dévisager, incrédule.

— Elle a vraiment fait ça ?

— Ouais. Elle m'a dit que tu détestais les comédies romantiques…

Charline récupéra la télécommande en rigolant.

— Oui, eh bien, ça, c'était avant de te rencontrer. Avant que je croie à l'amouuuur, pouffa-t-elle.

— Tu sais que je vais me battre pour obtenir gain de cause ? la menaça-t-il, en dissimulant un sourire.

— Mais, bien sûr, j'aimerais bien voir ça, tiens !

Sans prévenir, Lisandro enleva la couette d'un coup sec et bascula Charline sur le canapé pour la chatouiller.

— Tu l'auras vouluuu, s'écria-t-il en esquivant ses coups. Alors, c'est qui le maître, maintenant ?

— Je vais te TUER ! hurla-t-elle entre deux éclats de rire.

Elle réussit à se dégager et lui pinça un téton.

— Hey ! râla-t-il. Interdiction de faire ça.

Elle profita de son moment d'inattention pour lui balancer un coussin en pleine tête, avant de partir en courant. Lisandro se ressaisit rapidement et se lança à sa poursuite. Comme le salon était petit et que Lisandro courait bien plus vite qu'elle, il ne lui fallut pas plus de quelques secondes pour l'attraper. Elle se débattit pour la forme et il la tourna dans ses bras avec un sourire chaleureux.

— J'ai gagné, c'est moi qui choisis.

— Bon, d'accord, soupira-t-elle, fataliste.

Ils se réinstallèrent sur le canapé.

— On va mettre Passengers, annonça-t-il en lançant le film.

Charline ne protesta pas, car elle savait que ce film était finalement une belle romance. Ils se blottirent l'un contre l'autre pendant toute la soirée et savourèrent leurs petits moments de bonheur.

Le lendemain matin, Lisandro parla du changement effectué dans sa boutique à Charline et elle le supplia de l'emmener contempler le « désastre ». Elle était même surexcitée à l'idée d'y aller. Ils s'habillèrent rapidement et décidèrent de prendre leur petit déjeuner là-bas. Charline insista pour qu'ils prennent sa voiture et Lisandro capitula. En même temps, il était tellement dépité d'avoir transformé sa chocolaterie en repaire pour nanas qu'il déprimait un peu.

Une fois sur place, Charline sautilla sur le trottoir, tant elle était impatiente de découvrir l'ambiance girly dont Lisandro lui avait parlé.

— Tu vas me faire regretter de t'avoir emmenée, bougonna Lisandro en la rejoignant devant l'enseigne.

— Oh, arrête d'être si ronchon, je suis sûre que ce n'est pas si terrible, le taquina-t-elle.

Lisandro fit la moue et posa sa main dans le creux des reins de Charline pour la guider à l'intérieur. La porte émit un petit tintement, ce qui attira l'attention de Max, derrière le comptoir. Il terminait de préparer un café pour une cliente.

— Waouh ! s'exclama Charline émerveillée. Je comprends mieux ta mauvaise humeur.

Elle pouffa en inspectant la vitrine remplie de cupcakes roses et violets, en passant par le vert.

— Bonjour, intervint Max qui en avait fini avec sa cliente.

— Salut, tu peux m'en mettre un de chaque avec un café ? On va déjeuner ici, commença Charline avant de se tourner vers Lisandro.

— Juste un café pour moi, ronchonna ce dernier.

Max acquiesça, non sans retenir un petit sourire moqueur en voyant la mine déconfite de son patron.

Lisandro et Charline s'installèrent l'un en face de l'autre à une petite table et attendirent que Max leur apporte leur commande. Dès que les trois cupcakes furent devant elle, Charline les dévora sans retenue en s'extasiant bruyamment, ce qui fit sourire Lisandro.

— Le concept s'essouffle déjà ? demanda ce dernier en constatant l'absence de clients.

— Non, rigola Max, c'est juste que l'heure de pointe est passée.

L'infime espoir de Lisandro se volatilisa et il but son café dans le silence. Malgré tout, il prit plaisir à observer Charline déjeuner avec appétit. Une fois qu'ils eurent terminé, Lisandro fit un détour par l'atelier de Jimmy pour voir si tout allait bien. Une fois rassuré, il retourna auprès de Charline, puis ils repartirent main dans la main.

— Tu sais, je suis sûre qu'un concept masculin marcherait aussi bien, si tout ce rose t'embête à ce point.

Ils s'arrêtèrent devant la voiture.

— Tu crois ? demanda Lisandro qui n'y avait jamais réfléchi.

Elle hocha la tête.

En même temps, c'était tellement récent qu'il n'avait pas tellement eu le temps de penser à un autre concept. Et puis, ses ventes étaient en hausse. Il n'avait donc presque aucune raison de changer le nouvel agencement, si ce n'était à cause de son amour propre.

Ils s'installèrent dans l'habitacle.

— Et… tu penses à quelque chose ? insista-t-il curieux et enthousiaste.

Elle lui adressa une moue malicieuse en démarrant.

— Plus ou moins… En fait, il faudrait trouver un truc accrocheur pour attirer la gent masculine. Les mecs sont aussi gourmands que les nanas, essaye de faire des cupcakes plus sobres et ça devrait le faire. Tu as bien fait plusieurs types de friandises, fais la même chose avec tous les produits proposés, même si pour cela tu dois réduire un peu la partie girly.

Lisandro hocha la tête. L'idée faisait son chemin et il ne manquerait pas d'en parler à son chocolatier.

— Tu pourrais peut-être agrandir ton magasin aussi, continua Charline, tout en restant concentrée sur la route. Enfin… ce serait sympa d'avoir un plus grand espace pour proposer des places assises.

— Je vais y réfléchir. Au départ, je n'ai jamais envisagé d'ouvrir un salon de thé, tu sais.

Elle acquiesça en lui adressant un sourire bienveillant. C'était leur deuxième jour ensemble et ils avaient décidé d'en profiter pour se pelotonner devant la télé et se câliner, comme la veille. À l'heure du déjeuner, Charline prépara une ratatouille et des blancs de poulet, accompagnés de riz basmati. Lisandro fut agréablement surpris par ses talents de cuisinière.

Malheureusement, le lendemain, Charline dut retourner travailler. Chloé n'arrivait pas à s'en sortir seule sur certains dossiers.

Charline n'avait aucune envie de se lever. En plus, Lisandro l'empêchait de se sauver en s'accrochant à elle tel un doudou.

— Je vais être en retard, rigola Charline. Je te promets que je quitterai le plus tôt possible et si tu veux, on peut aller au restaurant ce soir ? Je te laisse tout organiser.

— Mmm, bougonna-t-il en la libérant enfin pour qu'elle puisse sortir du lit.

Charline s'habilla rapidement avant de déposer un dernier baiser sur les lèvres de Lisandro. Bien sûr, il la fit basculer contre lui pour l'embrasser passionnément et elle se retrouva de nouveau allongée contre lui, prisonnière de son corps chaud et musclé. Elle lutta pour reprendre ses esprits et s'en aller, mais ce n'était pas de gaité de cœur. Ils avaient un mal fou à se quitter.

— Tu vas me manquer, souffla-t-elle en se dégageant de son étreinte.

— Toi aussi, répondit Lisandro en lui adressant un sourire attendrissant.

Dès qu'il l'entendit quitter la maison, Lisandro ressentit déjà le manque de son absence. Pour que le temps passe plus vite, il essaya de se rendormir, mais il abandonna au bout de trente minutes. Au lieu de cela, il entreprit de ranger la maison et de faire le ménage. Un comportement qui ne lui ressemblait pas du tout. Même avec Laura, il n'avait jamais fait un seul effort pour l'aider avec les tâches ménagères. Et dans son appartement ? N'en parlons même pas…

Mais, aujourd'hui, il avait envie de faire plaisir à Charline, de l'aider. Il savait qu'elle travaillait dur pour son studio d'effets spéciaux. Sa sœur lui avait raconté tout ce qu'elle avait fait pendant toutes ces années. Chloé avait été embauchée peu de temps après la création de l'entreprise de Charline. Elle avait donc assisté à son démarrage, puis à son évolution. Et d'après ses dires, Charline avait accompli un travail titanesque pour en arriver là où elle en était. À bien y réfléchir, ils avaient tous les deux pris un certain risque en montant leur société. Mais ce risque avait fini par payer. Ils pouvaient être fiers du chemin parcouru.

Dans l'après-midi, il repensa à sa proposition d'aller dîner au restaurant. Il réfléchit un moment pour trouver l'endroit parfait et décida d'opter pour son restaurant préféré : Le Végan. Il réserva, puis rentra chez lui pour se préparer. Charline lui avait dit de déposer les clés dans sa boîte aux lettres s'il devait partir et c'était ce qu'il avait fait. Elle avait juste pris le bip d'ouverture électrique du portail pour pouvoir sortir et rentrer sa voiture.

Charline, qui n'avait pas eu une minute à elle de la journée, ne cessait de surveiller l'heure, regrettant que le temps passe si vite. À 17h, il lui restait encore une tonne de choses à faire. Bien que Chloé ait fait son maximum pour lui épargner une trop grosse charge de travail à son retour, certaines choses ne pouvaient être faites que par Charline. Dépitée, elle prévint Lisandro qu'elle finirait plus tard que prévu et ce dernier lui répondit qu'il viendrait la chercher à son bureau pour aller directement au restaurant. Elle accepta volontiers.

Lorsqu'il arriva sur les coups de 19h, Charline était perdue au milieu de ses dossiers, assise devant son bureau à éplucher des propositions de contrat.

— Salut, commença Lisandro avec un sourire chaleureux.

Elle releva la tête vers lui et lui rendit son sourire. Il avait mis un jean brut et un pull blanc sous une veste en cuir qui lui allait à la perfection. Contrairement à lui, elle avait les cheveux en bataille et sa robe en cuir noir avec manches en dentelle n'était plus si parfaite qu'au début de la journée. Toutefois, son allure restait chic, car Charline s'habillait toujours avec classe, bien qu'elle aime l'extravagance. Quand elle se leva, Lisandro nota son décolleté plongeant qui ne cachait pas grand-chose, son collant noir et ses bottines plates à lacets. Il la trouvait tellement sexy qu'il avait du mal à détacher ses yeux d'elle.

— C'est pour moi ? demanda-t-elle en avisant le bouquet de roses rouges et la petite boîte de la même teinte que Lisandro tenait à la main.

— À ton avis ? répliqua-t-il sans la quitter des yeux.

Elle se pendit à son cou et l'embrassa avec fougue. Il referma ses bras autour de sa taille, malgré ses mains chargées.

Lorsqu'elle se dégagea, ils étaient tous les deux à bout de souffle, mais ils étaient heureux de se retrouver.

— Tu m'as manqué, chuchota-t-elle en déposant un doux baiser sur sa joue rugueuse.

— Toi aussi, répliqua-t-il en la serrant contre lui.

Ils restèrent encore quelques secondes à savourer leur proximité. Puis Charline s'écarta une nouvelle fois pour aller chercher un vase digne du magnifique bouquet. Par chance, elle en trouva un dans son placard.

— Je le verrai plus souvent ici, dit-elle en partant vers le point d'eau de plus proche.

Il acquiesça.

Lorsqu'elle revint, Lisandro n'avait pas bougé. Il faut dire qu'elle avait fait au plus vite. Avec mille précautions, elle disposa les fleurs de façon harmonieuse dans le vase avant de le placer au centre de son bureau, bien en vue.

— Il est magnifique, s'extasia-t-elle en contemplant les belles roses rouges et les quelques brins de gypsophiles blanches.

Lisandro s'approcha.

— Et ce n'est pas tout, dit-il en levant le couvercle de la petite boîte rouge.

Charline se figea un instant devant la mignonne paire de boucles d'oreilles Swarovski Ocean Octopus.

— Elles te plaisent ? s'enquit Lisandro.

— Je les adooore !! Elles sont trop choux !

Sans perdre une seconde, Charline retira ses boucles d'oreilles, les posa sur son bureau à côté du vase, puis prit les nouvelles avec précautions. Une fois les bijoux fixés à ses oreilles, elle sortit son miroir de poche pour contempler le résultat.

— Elles sont parfaites ! J'adore les choses asymétriques, ajouta-t-elle en avisant la pieuvre en diamant et en or pendant d'un côté et un simple coquillage en diamant de l'autre.

— Oui, tu es parfaite, continua Lisandro en la contemplant avec amour. Tu es prête ?

Charline acquiesça en rassemblant ses affaires.

Sur le parking, Lisandro se dirigea vers son Audi TT jaune moutarde qu'il affectionnait tant.

— On prend ma voiture, cette fois, dit-il en attrapant la main de Charline.

— Mais… comment je vais faire pour aller au bureau demain matin ? s'inquiéta cette dernière qui jetait quelques coups d'œil embarrassés vers sa BMW.

— Ma sœur viendra te chercher chez moi, la rassura-t-il. Enfin si ça ne t'embête pas de passer la nuit dans mon appartement ?

Elle lui adressa un regard taquin.

— Ça dépend, est-ce que c'est rangé cette fois ?

Lisandro fit la moue en ouvrant sa portière tandis que Charline lui faisait face de l'autre côté du véhicule.

— Bien sûr que c'est rangé. J'ai même fait le ménage dans ta maison…, lâcha-t-il en s'installant derrière le volant.

— Quoi ? s'étonna Charline en prenant place du côté passager.

— Ça t'en bouche un coin, hein ? rigola-t-il.

— C'est-à-dire que… tu n'es pas ce genre de mec qui partage les tâches ménagères…

Il démarra et lui lança un coup d'œil énigmatique.

— Les gens changent quand ça en vaut la peine…

Charline resta en bouche bée. Puis un sourire lumineux apparut sur son visage. Elle était aux anges.

Chapitre 22

Devant le restaurant, Charline reconnut le nom de l'enseigne dont lui avait parlé Jessica.

— C'est donc ici que tu emmènes toutes tes conquêtes, le provoqua-t-elle. Jessica m'a parlé de ce restaurant.

Lisandro retint un sourire coupable.

— Oui, j'adore cet endroit. Je te promets que tu ne seras pas déçue.

Il posa une main dans le creux de ses reins et l'entraîna à l'intérieur où ils prirent place près de la baie vitrée. La vue sur l'étang était des plus agréables. Une fois assis, ils se tinrent la main, comme le couple inséparable qu'ils étaient devenus, ne pouvant s'empêcher de se regarder et de se sourire automatiquement.

Quand ils commandèrent, Charline fut émerveillée de découvrir toutes ces saveurs succulentes qu'elle n'aurait jamais soupçonnées exister.

— Je dois dire que lorsque Jessica m'a vanté les mérites de ce restaurant, j'étais assez septique, mais là… C'est tout simplement délicieux ! En même temps, tu as un goût prononcé pour les bonnes choses, déclara-t-elle en le couvant d'un regard amoureux.

Il lui sourit, toujours aussi charmé par Charline. Ils savourèrent le repas tandis que Lisandro se réjouissait en observant la femme qu'il aimait prendre autant de plaisir à manger.

Le dessert arriva et la table à côté d'eux se libéra pour laisser place à d'autres clients. La petite fille, qui arrivait en sautillant, attira l'attention de Lisandro. Il l'observa avec bienveillance et ne put s'empêcher de regarder la femme qui l'accompagnait. Elle s'installa face à lui.

Lorsqu'il la reconnut, il lui fallut quelques secondes pour réaliser ce que cela signifiait. Puis le temps s'arrêta et son cœur s'accéléra subitement lorsqu'il reprit enfin ses esprits. C'était Laura. Soudain, il suffoqua, incapable de réprimer la montée d'émotions qui explosaient en lui.

— Ça va ? demanda Charline en resserrant ses doigts sur les siens.

Mais il ne l'entendait pas, focalisé qu'il était sur la femme qui l'avait anéanti quelques années plus tôt. Machinalement, il se dégagea de la main de Charline pour se lever brusquement et s'avança vers Laura. Il contourna la table jusqu'à arriver à sa hauteur.

— Laura..., murmura-t-il d'une voix qu'il ne reconnut pas.

C'était plus un cri d'agonie qu'autre chose. L'homme assis à côté d'elle le dévisagea, les sourcils froncés, alors que Laura se tournait lentement vers Lisandro. Quand elle le vit, son visage se décomposa. Elle ouvrit la bouche, mais aucun son n'en sortit.

— Tu le connais, chérie ? demanda l'homme, visiblement perturbé.

— Oui, je..., balbutia Laura en serrant sa serviette de toutes ses forces.

— Pourquoi tu m'as fait ça ?! s'emporta Lisandro, perdu entre la colère et le chagrin.

Il avait chaud, il se sentait mal, ses jambes tremblaient et son cœur battait beaucoup trop vite.

— Pardon…, mais c'est du passé, maintenant…

— Tu m'as anéanti, lâcha Lisandro qui était sur le point de s'écrouler.

Il se retint au dossier d'une chaise et Laura se leva enfin.

— Je reviens dans quelques minutes, Thomas. Je t'expliquerai…

Puis, se tournant vers Lisandro :

— Viens, on va discuter dehors.

En temps normal, il aurait certainement refusé et déversé toute sa colère. Il aurait probablement frappé ce Thomas sorti de nulle part, aussi. Mais il y avait cette petite fille qui ne cessait de le dévisager. Il ne pouvait pas péter les plombs maintenant. Alors, il suivit simplement Laura jusqu'à la sortie, oubliant complètement l'existence de Charline, qui assistait à la scène en silence, mortifiée par la situation.

Une fois sur le trottoir, Laura observa Lisandro sans trop savoir quoi lui dire à part s'excuser. Il était toujours sous le choc et n'arrivait pas à se calmer. C'était un énorme coup pour lui. En même temps, il se rappelait vaguement qu'il aimait ce restaurant, car c'était elle qui le lui avait fait découvrir et, qu'au début, il y retournait pratiquement tous les jours en espérant la revoir. Avec le temps, il avait oublié ce détail. Pourquoi fallait-il que son vœu se réalise ce soir ?

Alors qu'il commençait tout juste à retrouver goût à la vie avec Charline ?

— Charline…, balbutia-t-il en regardant à l'intérieur du restaurant.

Mais l'angle n'était pas bon et il n'arrivait pas à voir sa table. Il ferma les yeux un bref instant, car il savait que l'occasion de parler avec Laura et de panser ses blessures ne se représenterait probablement pas.

— Est-ce que ça va ? demanda Laura, sans cesser de l'observer.

Le pire c'est que cette garce semblait vraiment inquiète pour lui !

— Pas vraiment…

— Écoute, je suis désolée. Je n'aurais pas dû partir comme ça mais, plus le temps passait, plus je me sentais coupable… Je pensais que tu serais furieux de me revoir, alors je n'ai pas pu me résoudre à revenir pour t'expliquer. Je savais que ta famille s'occupait de toi… et puis je suis tombée enceinte et…

— Tais-toi ! Épargne-moi les détails, Laura. Je veux juste savoir pourquoi.

— Parce que… je suis tombée amoureuse d'un autre homme et je ne savais pas comment te le dire…

Il ferma les yeux, accusant le coup.

— Putain…, jura-t-il. J'ai failli me foutre en l'air alors que toi tu étais juste amoureuse d'un autre type ?!

Elle fronça les sourcils.

— Tu as fait une tentative de suicide ? s'inquiéta-t-elle.

Le visage de Lisandro se ferma d'un coup.

— Comme si t'en avais quelque chose à foutre.

Malgré son corps tremblant, il se contraignit à abandonner Laura sur le trottoir pour rejoindre Charline. Il était triste et en colère, mais une partie de lui se sentait mieux, car il savait maintenant pourquoi elle l'avait abandonné. Ça n'avait rien à voir avec lui. Il allait enfin cesser de se triturer le cerveau et de se flageller.

— Attends ! s'écria Laura en le rattrapant. Je ne voulais pas te faire de mal, tu sais… J'étais juste… perdue. Et je ne savais pas comment te quitter sans te faire de mal.

Il se tourna vers elle pour la toiser.

— Donc, tu as choisi la pire des façons, celle qui m'anéantirait…

Il se détourna encore une fois pour retourner à l'intérieur du restaurant. Malgré son assurance apparente, il n'en menait pas large et il espérait que Charline comprendrait. Il se dirigea vers leur table d'un pas chancelant et se figea en découvrant sa place vide. Elle était partie…

Comme si le choc de cette soirée n'était pas suffisant, son cœur se serra douloureusement, lui rappelant l'affreuse blessure que lui avait causée cette garce qui marchait derrière lui.

Il se retourna brusquement et lui percuta l'épaule en se dirigeant vers l'accueil. Il ne s'excusa pas et ne l'écouta pas lorsqu'il l'entendit se plaindre.

— Où est passée la femme qui m'accompagnait ? demanda-t-il avec angoisse au maître d'hôtel.

Celui-ci fronça les sourcils. Lisandro lui donna le numéro de sa table et le maître d'hôtel lui indiqua que l'addition avait été payée.

Lisandro passa une main nerveuse dans ses cheveux et regarda tout autour de lui, l'air hagard et perdu. Qu'est-ce qu'il avait fait ?

— Tout va bien, monsieur ? questionna le maître d'hôtel en voyant sa détresse.

— Pas vraiment…

Il marcha vers la sortie, regarda partout autour de lui comme s'il pouvait retrouver Charline. Au bout de quelques minutes, il se résigna et retourna à sa voiture. Dans un sursaut de lucidité, il attrapa son portable et essaya de la joindre, mais elle ne répondit pas. Il lui laissa plusieurs messages sur son répondeur et lui envoya une dizaine de textos dans lesquels il s'excusait.

Comme si ça ne suffisait pas, une pluie torrentielle s'abattit sur la ville. Il démarra dans un état second, surveillant son téléphone toutes les minutes pour vérifier s'il avait un message ou un appel de Charline. La route était un peu glissante et la visibilité n'était pas très bonne. De plus, Lisandro n'était pas dans un bon état d'esprit pour conduire dans ces conditions et la nuit n'arrangeait rien… Il se fit klaxonner plusieurs fois par son manque de vigilance, mais arriva sain et sauf.

Il se gara machinalement et ne prit même pas la peine de se protéger de la pluie en traversant le parking pour rejoindre son immeuble. Il se sentait vide, triste et en colère mais, surtout, anéanti d'avoir peut-être perdu Charline. Il n'avait pas osé se rendre chez elle.

Lorsque Charline avait compris ce qui se passait et qu'elle avait vu l'expression livide sur le visage de Lisandro, elle avait compris qu'il n'avait toujours pas tourné la page. Elle avait lutté pour garder la face mais, dès qu'ils étaient sortis, elle s'était précipitée pour payer l'addition et s'enfuir discrètement, priant pour qu'il ne la remarque pas sur le trottoir. Elle avait pratiquement couru jusqu'au coin de la rue, où elle avait appelé un taxi.

Elle aurait dû rester pour soutenir Lisandro dans cette épreuve, mais c'était au-dessus de ses forces. Le voir si bouleversé devant cette femme avait tué tout espoir de construire quelque chose avec lui. Il l'aimait toujours, ça se voyait comme le nez au milieu du visage et ça la dégoutait de l'avoir vu de ses propres yeux. Elle était furieuse, malgré son chagrin qui explosait en larmes continues depuis qu'elle était rentrée chez elle. Le pire fut au moment de constater qu'il avait tout rangé. Il avait été si adorable avec elle…

Elle pleura de plus belle, ne sachant pas comment apaiser cette peine qui lui grignotait les entrailles. C'était une douleur insupportable qui vous rongeait de l'intérieur et vous laissait vide. Un sentiment tellement intense et difficile à surmonter qu'il éclipsait toute raison de vivre. Elle n'avait encore jamais enduré ça…

Lorsqu'elle vit les nombreux appels et messages de Lisandro, elle préféra les ignorer, car elle n'avait pas la force de lui parler. Même s'il s'excusait, elle avait besoin de se calmer pour pouvoir discuter avec lui. Toutefois, le dernier message qu'elle reçut lui serra le cœur.

Lisandro : Ne m'abandonne pas, s'il te plaît. Je suis désolé… J'étais sous le choc…

Elle se sentit obligée de répondre, juste de quoi le rassurer pour qu'il n'ait pas l'impression de revivre la même situation qu'avec Laura.

Charline : J'ai besoin de faire le point. Je ne sais pas trop quoi penser de tout ça… Je croyais que tu avais tourné la page, mais ça n'est visiblement pas le cas…

Comme elle s'y attendait, elle ne reçut aucune réponse. En même temps, il était déjà très tard. Elle n'avait pas vraiment fait attention à l'heure en pleurant toutes les larmes de son corps, mais le temps avait filé et la nuit était bien avancée. Peut-être que Lisandro s'était endormi… En tout cas, elle espérait qu'il n'avait rien fait de stupide.

Par acquit de conscience, elle téléphona à Chloé pour s'assurer qu'il allait bien, car elle ne pouvait décemment pas courir chez lui pour s'assurer qu'il ne faisait pas de bêtises.

— Je dors…, répondit son assistante en bougonnant.

— Est-ce que… tu pourrais appeler Lisandro pour voir s'il va bien ? Il a croisé Laura tout à l'heure et… je suis partie. Ils avaient beaucoup de choses à se dire…

— Quoi ?! hurla Chloé à l'autre bout du fil.

— Je sais, j'aurais dû rester et le soutenir, mais si tu avais vu sa tête… C'était trop douloureux, Chloé.

Son assistante soupira, comme si elle essayait de garder son calme.

— OK, je l'appelle. Je te tiens au courant.

— Merci, t'es un ange.

— Ne me remercie pas tout de suite. Je suis furieuse que tu l'aies abandonné à un moment pareil !

— Je comprends…

Chloé râla une dernière fois puis raccrocha.

Les minutes suivantes, Charline se rongea les ongles en attendant que son assistant la rappelle. Plus de dix minutes passèrent sans nouvelle. Elle dut se faire violence pour ne pas la rappeler. Elle était même à deux doigts de téléphoner à Lisandro, mais elle tint bon. Heureusement, son portable sonna quelques secondes plus tard.

— Alors ? s'enquit Charline, toujours inquiète.

— Il va bien. Enfin… il a l'air bouleversé, mais ça a l'air d'aller. Il m'a demandé si je pouvais te parler pour que tu lui pardonnes, Chacha.

— Merci… J'ai besoin de réfléchir à tout ça. Il est clair qu'il a toujours des sentiments pour Laura et c'est difficile à encaisser. Il va me falloir un peu de temps.

— Bon sang, Charline ! Il t'aime ! N'importe qui aurait été sous le choc à sa place.

— Il m'a totalement zappée, Chloé. Je n'existais plus, dès l'instant où il l'a vue, il m'a oubliée.

Chloé soupira, excédée.

— Il est tard, alors je vais te laisser te reposer. La nuit porte conseil… mais, ne compte pas sur moi pour lâcher l'affaire. On en reparlera demain.

— D'accord, bonne nuit.

Après ça, Charline eut du mal à trouver le sommeil. Elle passa une nuit agitée, entre somnolence et rêves biscornus.

Le lendemain, elle fit son possible pour éviter Chloé une bonne partie de la matinée, mais c'était son assistante et elles étaient censées travailler ensemble… Sans compter qu'elle lui avait envoyé plusieurs messages pour la prier de la rejoindre dans son bureau où elle l'attendait de pied ferme.

Même si Charline prenait tout son temps pour saluer tous ses employés et discuter avec eux le plus possible, elle savait qu'elle finirait par rejoindre son poste et Chloé par la même occasion. Elle aurait mieux fait de prendre un jour de congé…

Lorsqu'elle entra dans son bureau d'un pas traînant, Chloé avait les bras croisés sur sa poitrine et se leva, mécontente. Puis, Charline posa les yeux sur le magnifique bouquet que Lisandro lui avait offert la veille et sa poitrine se serra. Son chagrin refit surface et plusieurs larmes se mirent à couler sur ses joues, ce qui adoucit immédiatement son assistante. Elle s'avança vers Charline pour la prendre dans ses bras.

— Je sais qu'il t'aime…, murmura-t-elle prudemment.

Charline se ressaisit et s'écarta de Chloé en essuyant ses larmes avec un mouchoir.

— Je n'en suis pas si sûre, balbutia-t-elle d'une voix enrouée.

Chloé soupira et croisa de nouveau les bras sur sa poitrine.

— Qu'est-ce que tu aimerais qu'il fasse pour te le prouver ?

Charline haussa simplement les épaules, car elle n'en avait aucune idée, mais elle voulait quelque chose qui sorte du cœur.

— Bon, reste ici, je vais chez lui, râla Chloé.

Charline n'eut pas le temps de protester qu'elle avait déjà filé. Comme elle savait qu'elle ne pourrait pas travailler dans ces conditions, elle décida de rentrer chez elle aussi. Tant pis… Elle ne pouvait décemment pas se montrer en pleurs devant tous ses employés. Même si elle s'était crue assez forte en se préparant ce matin, le fait de revoir le bouquet avait ravivé ses souvenirs et son chagrin.

Avec mollesse, elle rejoignit sa voiture sur le parking puis retourna chez elle. Peut-être qu'une semaine de vacances lui ferait du bien, après tout. Même si elle restait cloîtrée chez elle à broyer du noir devant des films et séries débiles qui prônaient le grand amour…

Quelle belle connerie…

Malheureusement, si Charline pensait pouvoir se ressourcer en restant seule quelques jours, son client ne lui en laissa pas l'occasion.

Le lendemain matin, l'appel de Chloé la réveilla en sursaut.

— Lisandro va bien ? demanda-t-elle d'une voix pâteuse.

Son assistante rigola.

— Mais t'es vraiment accro, ma parole. Je vais tout répéter à mon frère, menaça-t-elle avec humour.

Charline bougonna et attendit la suite avec impatience.

— Je t'appelle pour le boulot. Comme tout est prêt, ils veulent tourner aujourd'hui.

— Aujourd'hui ?! s'écria Charline en se réveillant totalement. Mais on n'a rien préparé !

— T'en fais pas, les gars vont s'en occuper. Tu sais qu'ils sont hyper efficaces quand il s'agit d'un tournage.

— OK… J'espère que tu as raison. C'est à quelle heure ?

— Ça commence à 14h. Tu as encore un peu de temps pour te préparer. On va tourner au studio habituel sur Paris.

— D'accord, accepta Charline avec fatalité.

Charline fit son possible pour se ressaisir. Elle fit de son mieux pour ne pas penser à Lisandro, même si ce n'était pas facile. Pourtant, l'effervescence du tournage et la multitude de choses à gérer lui permirent d'être opérationnelle.

Assistée de toute son équipe et de son indispensable assistante, Charline s'occupait de superviser la mise en place des décors et de préparer les acteurs. Elle adorait le maquillage d'effets spéciaux et mettait tout son cœur à l'ouvrage, de sorte que le résultat était toujours époustouflant. Bien sûr, le travail numérique en post-production apporterait également un plus non négligeable. D'ailleurs, à son grand désarroi, les effets spéciaux par ordinateur étaient de plus en plus utilisés, laissant ses talents de maquilleuse un peu sur la touche.

En son for intérieur, elle se félicita d'avoir un studio numérique, en plus de ses ateliers d'effets spéciaux. Car avec cette complémentarité, elle était sûre que son entreprise pourrait prospérer en suivant la tendance.

Le tournage dura une semaine complète, mettant les équipes dans un état d'épuisement avancé. La plupart des gens faisant plus de dix heures par jour et travaillant avec une passion certaine, le rythme était assez dur à tenir. Et la plupart du temps, les équipes mangeaient un peu n'importe comment, prenant une mini pause pour avaler un sandwich sur le pouce et boire un peu d'eau. D'ailleurs, il était conseillé de faire des mini-siestes de quelques minutes quand c'était possible, pour tenir ces horaires de folie. Mais contribuer à un film était toujours une expérience unique et exceptionnelle.

À la fin de cette semaine éprouvante, Charline se décida enfin à nommer Chloé comme son bras droit. Cela faisait longtemps qu'elle y pensait, mais elle n'avait jamais trouvé le temps ni la manière de le faire. Alors, à la fin du tournage, devant tous ses salariés, elle lui fit une liste de toutes ses qualités et lui proposa d'être son associée. Chloé accueillit la nouvelle avec joie et ils finirent leur dernière soirée de travail dans un pub à fêter sa promotion.

Chapitre 23

Après le choc d'avoir revu Laura et la réaction de Charline qui ne lui donnait plus vraiment de nouvelles, Lisandro avait de nouveau sombré dans sa drogue favorite : les jeux vidéo en ligne. Et comme à chaque fois dans ces moments-là, son appartement était sens dessus dessous et l'odeur de vieux plats commandés emplissait l'air. Il ne s'était passé qu'une semaine, mais on aurait dit que cela faisait des mois qu'il vivait de cette façon.

Sa sœur avait bien essayé de rentrer de force pour le raisonner, mais il avait pris les devants et n'avait pas cédé. Il lui avait d'ailleurs retiré le bip de l'ouverture de la porte pour l'empêcher de se pointer n'importe quand chez lui. Il se contentait juste de lui répondre au téléphone quand il se sentait capable de lui parler. Il savait qu'elle s'inquiétait, mais il avait besoin d'être tranquille et de surmonter ce nouvel abandon…

Même si Chloé n'arrêtait pas de lui dire de trouver quelque chose pour prouver son amour à Charline, il n'arrivait pas à trouver quoi faire. Il préférait se noyer dans des mondes virtuels pour atténuer sa douleur. Pourtant, le fait d'avoir régulièrement des nouvelles de sa sœur lui parlant de Charline et de son état proche du sien finit par le faire réagir.

Même si Charline ne lui avait pas donné de nouvelles depuis cette soirée fatidique, les paroles de Chloé avaient progressivement fait leur chemin. Sur un coup de tête,

Lisandro prit une douche puis s'habilla avec classe. Il laissa son appartement en désordre, mais ça lui était égal. Il avait des choses plus importantes à régler.

Il se rendit chez un tatoueur proche de chez lui qui avait de bons avis d'après sa recherche Google. Il n'en menait pas large quand le type tatoué de partout et bodybuildé lui demanda de choisir un motif. Il se décida sur une écriture calligraphiée. Il voulait tellement prouver à Charline qu'il l'aimait, qu'il avait choisi de se tatouer son nom sur la cuisse, avec un cœur sur le i. Toutefois, son boxer cacherait sa folie.

Lorsqu'il s'installa sur la table et que le tatoueur commença son œuvre, il serra les dents tant la douleur était insupportable. Après une bonne heure de torture où il n'avait pensé qu'à Charline, il fut enfin libre de se rhabiller, sans oublier le film de protection et les soins d'usage.

Sa peau le tiraillait un peu lorsqu'il bougeait, mais il était persuadé que sa folie serait récompensée, car Charline aimait les actes imprévus et farfelus. Après avoir payé et remercié le tatoueur, il retourna à sa voiture, déterminé à se rendre chez Charline le plus vite possible.

Il se gara sur le trottoir devant son portail et appuya frénétiquement sur la sonnette. Il attendit plusieurs minutes, perdant espoir à mesure que le temps s'écoulait. Enfin, une silhouette à moitié recroquevillée marcha vers lui. Elle n'avait pas l'air bien. Ses cheveux étaient en bataille, son visage était crispé et elle boitait à moitié.

— Tu es malade ? s'inquiéta Lisandro quand elle arriva à sa hauteur.

— J'ai mes règles, grogna Charline en serrant une bouillotte contre son ventre.

— Ah, d'accord… Est-ce que je peux quand même entrer ? J'ai quelque chose à te montrer…, hésita-t-il.

Charline pinça les lèvres, se sentant honteuse d'être dans un état si pitoyable devant lui. Mais sa semaine de tournage avait été éprouvante et ses menstruations n'avaient rien arrangé à sa fatigue avancée.

— C'est que… je n'attendais personne et c'est un peu le bazar…

— S'il te plaît, la supplia Lisandro.

Il avait l'air tellement désespéré qu'elle se sentit obligée d'accepter. Malgré tout, son cœur battait la chamade. Il lui avait tellement manqué…

Lorsqu'il la rejoignit dans l'allée, son parfum la frappa de plein fouet, ravivant tous les souvenirs qu'ils avaient partagés. Elle en ferma les yeux de contentement, tandis qu'ils marchaient jusqu'à l'entrée.

Une fois à l'intérieur, Charline s'écroula de nouveau sur le canapé, et s'emmitoufla de nouveau sous son plaid. Lisandro resta planté devant elle, sans trop savoir comment entamer la conversation, vu son état. Elle leva les yeux vers lui. Ils étaient emplis de tristesse et ça lui comprima la poitrine.

— Tu n'aurais pas dû partir ce soir-là, commença-t-il avec appréhension.

Charline baissa les yeux pour cacher son chagrin.

— Si tu avais vu ton expression, tu serais aussi parti, répliqua-t-elle. J'ai bien vu que tu n'avais pas tourné la page...

Lisandro ferma les yeux de désespoir.

— J'étais juste sous le choc. C'est un peu comme si j'avais vu un fantôme...

Charline ne répondit pas, préférant garder le silence en fixant son plaid.

— Chloé m'a dit que tu attendais une preuve alors j'ai fait quelque chose tout à l'heure, continua-t-il d'une voix hésitante.

Puis il commença à déboutonner son jean et Charline le dévisagea en fronçant les sourcils, mais elle n'osa pas l'arrêter. Une fois son jean à hauteur de ses chevilles, il fit glisser son boxer pour dévoiler le nom qui était désormais imprimé sur sa cuisse.

Puis il leva les bras en haussant les épaules.

— Est-ce que tu me crois, maintenant ?

Charline se releva d'un bond pour s'approcher et inspecter le nouveau tatouage de Lisandro. Et contre toute attente, elle explosa de rire. Lisandro se rhabilla prestement en bougonnant.

— Tu trouves ça drôle ? râla-t-il en se sentant complètement con d'avoir fait une chose pareille.

— Qu'est-ce que tu feras si je te mets un vent ? pouffa-t-elle encore.

— J'attendrai cinq ans qu'il disparaisse... J'ai demandé un tatouage éphémère. Il parait que ça dure cinq ans, alors...

Lisandro serra les dents en s'apprêtant à repartir, mais Charline lui attrapa le poignet avec douceur.

— Le cœur est mignon, dit-elle enfin en passant ses bras autour de sa taille.

Et Lisandro put de nouveau respirer tandis qu'elle se blottissait contre son torse.

— Tu es sûre que tu n'as plus aucun sentiment pour Laura ? demanda-t-elle tout de même, l'angoisse lui tenaillant les entrailles.

— J'en suis sûr, répondit-il en lui caressa tendrement les cheveux.

Elle se dégagea vivement.

— Arrête, j'ai pas pris ma douche et je me sens assez moche aujourd'hui…

Pour toute réponse, il lui sourit et l'emmena vers le canapé pour qu'elle puisse de nouveau se reposer. Il la serra contre lui et déposa un baiser sur sa tempe.

— Tu m'as manqué, chuchota-t-il à son oreille.

— Toi aussi, murmura-t-elle en retour.

Après quelques minutes de silence, Lisandro reprit la parole.

— Ne dis à personne ce que j'ai fait pour t'impressionner. Surtout pas à ma sœur.

Charline pouffa de nouveau.

— Ton secret est bien gardé et je ne veux pas que quelqu'un d'autre que moi voie ce tatouage.

Leurs regards se croisèrent une seconde et ils s'embrassèrent enfin. Puis, ils passèrent la soirée blottis l'un contre l'autre à savourer leur proximité.

Remerciements

J'espère que vous avez passé un bon moment de lecture en compagnie de Charline et Lisandro et que vous avez aimé l'évolution du couple Jessica et Martin 😊

Cette série comptera plusieurs spin-off avec un couple différent par tome où l'on verra évoluer les couples précédents, le prochain sera sur Christian 😉

Je vous invite à me retrouver sur mon site Internet (https://oliviasunway.com/) pour suivre mes actualités et découvrir mes autres romans, notamment la saga Au Nom de l'Harmonie.

Je remercie ma super bêta-lectrice, Marie-Laure Saint Mars, qui a toujours des remarques géniales pour améliorer mes romans <3

Également un grand merci à ma binôme Sarah Conte pour son aide sur le groupe Facebook « groupe de lecture et papotage (romance fantastique et contemporaine) » (n'hésitez pas à nous rejoindre) mais aussi grâce à ses talents de correctrice et à son œil de lynx pour traquer les dernières coquilles <3

À bientôt, lors d'une séance de dédicaces ou via les réseaux sociaux. Merci à vous de me lire et merci pour vos petits mots qui me touchent toujours autant.